Johann Rist

Geistliche Lieder

Johann Rist: Geistliche Lieder

Berliner Ausgabe, 2013
Vollständiger, durchgesehener Neusatz mit einer Biographie des Autors bearbeitet und eingerichtet von Michael Holzinger

Erstdruck in: J. Rist, Himlische Lieder, 1658.

Textgrundlage sind die Ausgaben:
Johann Rist: Dichtungen, Herausgegeben von Karl Goedecke und Edmund Goetze, Leipzig: Brockhaus, 1885.
A. Fischer / W. Tümpel: Das deutsche evangelische Kirchenlied des 17. Jahrhunderts, Hildesheim: Olms, 1964.

Herausgeber der Reihe: Michael Holzinger

Reihengestaltung: Viktor Harvion

Gesetzt aus Minion Pro

Verlag, Druck und Bindung:
CreateSpace Independent Publishing Platform, North Charleston, USA, 2013

Inhalt

Geistliche Lieder 7
[Motto] 7
Ein Weihenachtgesang 7
Ein Neujahrsgesang 9
Nachtmahlgesang 11
Ein trauriger Grabgesang 13
Ein frölicher Ostergesang 14
Himmelfahrts-Gesang 17
Betrachtung der Ewigkeit 20
Bet- und Bußgesang 23
Abendgesang 25
Reisegesang 27
Klaglied 29
Letzte Seufzer 31
Abschiedslied aus diesem Leben 33
Ueber das Evangelium am ersten Adventssonntage 35
Ueber das Evangelium am h. Christtage 37
Ueber das Evangelium am 15. Sonntage 40
Ueber das Evangelium am 17. Sonntage 42
Ueber das Evangelium am 25. Sonntage 44
Danklied 46
Tauflied 48
Abendlied 50
Sterbeliedelein 51
Festlied 52
Nachtmahlsandacht 54
Jesus am Kreuze 55
Osterlied 57
Lobgesang der erquicketen Seelen 59
Die Seele rühmet die Freundlichkeit 60
Errettung aus großer Not zur See 62
Des Lebens Garten 64
Blumen des Gartens 66
Ueber Psalm 77, Vers 4 und 7 68
Christus der rechte Lehrer 70
Christus vor den Hohenpriestern 72
An die Hände seines Seligmachers 74
Lob- und Danklied für den Frieden 75
Lied 77
Christliche Betrachtung der Person 78
Christliches Morgen-Lied 82
Ein fröliches Lobe-Lied Gottes 85
Das Triumph-Lied Mose 89
Der Lob-Gesang des Priesters Zacharias 92
Hertzliches Klag- und Trost-Lied 94
Sehnliches Verlangen 98
Andächtiges Gebet zu Gott 100

Christliche Betrachtung	104
Hertzliches Verlangen	107
Andächtiges Lied zu Gott	110
Gebet zu dem Herrn Jesu	114
Ernstliches Gebet zu Gott	118
Gottselige Betrachtung	121
Ein Lob-Lied	124
Ein herrlicher Lob-Psalm Gottes	128
Christlicher Lob-Gesang	131
Beschluß-Lied zu Gott	134
Die Erste Hinführung	138
Die Dritte Hinführung	140
Die Sechste Hinführung	142
Die Erste Andacht	145
Die Vierte Andacht	147
Die Siebende und Letste Andacht	149
Über Joh. 19, 30.	151
Dank für Jesu Leiden	153
Andächtiges Buhßlied zu Gott	157
Flehentliches Buhßlied zu Gott	160
Das Vierte BuhßLied	163
Das Siebende Buhßlied	166
Ein hertzliches Danklied	168
Hertzinnigliches Lob- und Danklied	171
Hertzliches Lob- und Danklied	174
Lob- und Dankliedlein	178
Lob- und Danklied	181
Ein Dank- und Bittlied	183
Ein Danklied zu Gott	187
Christliche Betrachtung [1]	190
Ernstliche Betrachtung	192
Treühertzige Ermahnung und Warnung an die sichere Welt	195
Ernstliche Betrachtung der grausahmen Gefängnisse	198
Nohtwendige Betrachtung	202
Ernstliche Betrachtung der unendlichen Ewigkeit	205
Eines Gottseligen Christen sehnliches Verlangen	209
Fröliche Betrachtung	212
Liebliche Betrachtung	216
Freüdiges Abscheidslied	219
Über das Evangelium am Andern Advents Sontage	222
Über daß Evangelium am Hochheiligen Ostertage	225
Über das Evangelium am Fünften Sontage nach Ostern	227
Über das Evangelium am Sechsten Sontage nach Ostern	230
Über das Evangelium am Heiligen Pfingst-Tage	233
Über das Evangelium am sieben und zwanzigsten Sontage	236
Hertzliches Bittlied zu Gott	239
Danklied [1]	241
Andächtiges Lied	242
Ein anderes Andächtiges Lied	244
Hertzliches Danklied eines Gottseligen Christen	246
Andächtiges Lied [1]	248

Täglicher Schulgesang Der lernenden Jugend	250
Andächtiges Lied [2]	252
Gottseliges Morgen-Lied	254
Christliches Bitt-Lied	255
Andächtiges Lob- und Danklied	257
Tägliches Bitt-Lied	258
Andächtiges Buhßlied	261
Frommer Haußvätter und Haußmütter	263
Andächtiges Lied [3]	264
Dank-Lied	266
Hertzliches Lob- und Danklied [1]	268
Beschluß-Lied	270
Andächtiges Lied [4]	272
Ein ander Sterbelied	274
Weihnachtslied	276
Uber Ein Anderes Evangelium	278
Uber das Evangelium	281
Karfreitagslied	284
Osterlied [1]	287
Uber das hochheilige Evangelium	289
Uber das hochheilige Evangelium [1]	292
Uber das Evangelium am heiligen Pfingsttage, Joh. 14.	295
Uber das hochheilige Evangelium [2]	299
Uber das hochheilige Evangelium [3]	301
Uber das hochheilige Evangelium [4]	304
Ein anderes Lob- und Danklied	307
Fröliches Dank- und Gedächtnis-Lied	309
Das Vierzehnde Katechismus-Lied	312
Das Fünfzehnde Katechismus-Lied	315
Das Zwantzigste Katechismus-Lied	318
Das Ein und Zwantzigste Katechismuslied	321
Das Vier und zwantzigste Katechismuslied	324
Das andere erbauliches Lied	327
Das zwei und zwantzigste erbauliches Lied	329
Das neundte erbauliche Seelen-Lied	331
Das zwölffte erbauliche Seelen-Lied	333
Die wegen ihres schwehren Kreutzes	335
Der Herr Jesus tröstet	337
Die in der äussersten Todes Angst	340
Psalm 34, 9.	343
Joel 2, 13.	345
Psalm 104, 1. 2.	348
Joel 2, 12. 13.	351
Psalm 145, 15. 16.	354
Röm. 5, 19.	357
Röm. 12, 11.	359

Johann Rist
Geistliche Lieder

Nur Gott und keinem mehr
Sei Lob, Preis, Dank und Ehr.

J. Rist, Himlische Lieder,
1657.

Ein Weihenachtgesang

Ermuntre dich, mein schwacher Geist,
Und trage groß Verlangen,
Ein kleines Kind, das Vater heißt,
Mit Freuden zu empfangen!
Dieß ist die Nacht, darin es kam
Und menschlich Wesen an sich nahm,
Dadurch die Welt mit Treuen
Als seine Braut zu freien.
Willkommen, süßer Bräutigam,
Du König aller Ehren,
Willkommen Jesu, Gottes Lamm,
Ich wil dein Lob vermehren;
Ich wil dir all mein Leben lang
Vom Herze sagen Preis und Dank
Daß du, da wir verloren,
Für uns bist Mensch geboren.
O großer Gott, wie könt' es sein,
Dein Himmelreich zu lassen,
Zu springen in die Welt hinein,
Da nichts denn Neid und Hassen,
Wie köntest du die große Macht,
Dein Königreich, den Freuden-Pracht,
Ja, solch ein herrlichs Leben
Für deine Feind' hingeben?
Ist doch, Herr Jesu, deine Braut
Ganz arm und voller Schanden;
Noch hast du sie dir selbst vertraut
Am Kreuz in Todesbanden.
Ist sie doch nichts als Ueberdruß,
Fluch, Unflat, Tod und Finsternus,
Und du magst ihrentwegen
Den Scepter von dir legen!
Du Fürst und Herscher dieser Welt,
Du Friedens Wiederbringer,

Du kluger Rat und tapfrer Held,
Du starker Hellenzwinger,
Wie war es müglich, daß du dich
Erniedrigtest so jämmerlich,
Als wärest du im Orden
Der Bettler Mensch geworden?
O Freudenzeit, o Wundernacht,
Dergleichen nie gefunden!
Du hast den Heiland hergebracht,
Der alles überwunden.
Du hast gebracht den starken Mann,
Der Feur und Wolken zwingen kan,
Für dem die Himmel zittren,
Und alle Berg erschüttren.
Du bleicher Mond, halt eiligst ein
Den blassen Schein auf Erden,
Wirf deinen Glanz zum Stall hinein,
Gott sol gesäuget werden.
Ihr helle Sternlein, stehet stil
Und horcht, was euer Schöpfer wil,
Der schwach und ungewieget
In einem Kripplein liget.
Du tummes Vieh, was blökest du
Dort bei des Herren Mutter?
Immanuel hält seine Ruh
Allhie auf dürrem Futter,
Dem alle Welt sol dienstbar sein,
Ligt hier, hat weder Brot noch Wein,
Die Wärme muß er meiden,
Frost, Blöß' und Hunger leiden.
Brich an, du schönes Morgenlicht,
Und laß den Himmel tagen!
Du Hirtenvolk, erstaune nicht,
Weil dir die Engel sagen,
Daß dieses schwache Knäbelein
Sol unser Trost und Freude sein,
Dazu den Satan zwingen
Und alles wiederbringen.
O liebes Kind, o süßer Knab,
Holdselig von Geberden,
Mein Bruder, den ich lieber hab'
Als alle Schätz auf Erden,
Kom', Schönster, in mein Herz hinein,
Kom' eiligst, laß die Krippen sein,
Kom', kom', ich wil bei Zeiten

Dein Lager dir bereiten.
Sag' an, mein Herzensbräutigam,
Mein' Hoffnung, Freud' und Leben,
Mein edler Zweig aus Jacobs Stamm,
Was sol ich dir doch geben?
Ach nim von mir Leib, Seel und Geist,
Nim alles, was Mensch ist und heißt,
Ich wil mich ganz verschreiben,
Dir ewig treu zu bleiben!
Lob, Preis und Dank, Herr Jesu Christ,
Sei dir von mir gesungen,
Daß du mein Bruder worden bist
Und hast die Welt bezwungen;
Hilf, daß ich deine Gütigkeit
Stets preis' in dieser Gnadenzeit
Und mög' hernach dort oben
In Ewigkeit dich loben!

Ein Neujahrsgesang

Hilf, Herr Jesu, laß gelingen,
Hilf, das neue Jahr geht an,
Laß es neue Kräfte bringen,
Daß aufs neu ich wandlen kan,
Neues Glück und neues Leben
Wollest du mit Gnaden geben.
Alles, was ich auszurichten
Und zu reden bin bedacht,
Müsse mich, mein Gott, verpflichten
Deines theuren Namens Macht,
Daß auch das, was ich gedenke,
Dich zu preisen stets sich lenke.
Meiner Hände Werk' und Thaten,
Meiner Zungen Red und Wort
Müsse nur durch dich geraten
Und ganz glücklich gehen fort;
Neue Kraft laß mich erfüllen,
Zu verrichten deinen Willen.
Was ich dichte, was ich mache,
Das gescheh' in dir allein,
Wenn ich schlafe, wenn ich wache,
Wollest du, Herr, bei mir sein;
Geh' ich aus, halt an zur Seiten,
Komm' ich heim, so hilf mich gleiten.
Laß mich beugen meine Kniee

Nur zu deines Namens Ehr';
Hilf, daß ich mich stets bemühe,
Dich zu preisen mehr und mehr;
Laß mein Bitten und mein Flehen
Doch im Himmel vor dir stehen.
Laß mich, Herr, in deinem Namen
Frölich nehmen Speis' und Trank,
Güter, die von dir her kamen,
Fodern ja von mir den Dank;
Deine Weisheit kan mich stärken
Zu der Lieb' und guten Werken.
Mein Gebet das muß aufsteigen,
Herr, für deinen Gnadenthron,
Denn wirst du zu mir dich neigen
Wie zu deinem lieben Sohn;
Herr, ich weiß, es wird für allen
Dieß mein Opfer dir gefallen.
Laß dieß sein ein Jahr der Gnaden,
Laß mich büßen meine Sünd';
Hilf, daß sie mir nimmer schaden,
Sondern bald Verzeihung find',
Herr, in dir! Nur du, mein Leben,
Kanst die Sünd' allein vergeben.
Tröste mich mit deiner Liebe,
Nim, o Gott, mein Flehen hin,
Weil ich mich so sehr betrübe,
Ja, vol Angst und Zagen bin;
Stärke mich in meinen Nöten,
Daß mich Sünd' und Tod nicht töten.
Salb', o Vater, meine Wunden,
Wasche mich mit Isop ab,
Zwar ich bin noch unverbunden,
Doch verletzet bis aufs Grab,
Tilg', Herr, meine Missetaten,
So wird meiner Not geraten.
Große Sünder kanst du heilen,
Ach! ich bin in ihrer Zahl;
Du, du kanst mir Gnad' ertheilen,
Hilf mir doch aus dieser Qual;
Denn du kennest ja die Schwachen,
Die du wiedrum stark wilt machen.
Zähle los mich Hochbetrübten,
Der ich nicht bezahlen kan;
Liebe mich in dem Geliebten,
Dein Sohn Jesus nimt mich an,

Jesus läßt mich nicht verderben,
Jesus läßt mich nicht im Sterben.
Herr, du wollest Gnade geben,
Daß dieß Jahr mir heilig sei
Und ich christlich könne leben
Sonder Trug und Heuchelei,
Daß ich noch allhie auf Erden
Fromm und selig möge werden.
Laß mich armen Sünder ziehen
Deinen Weg der Frömmigkeit;
Laß mich Stolz und Hoffart fliehen,
Laß mich beten jederzeit,
Laß mich Schand' und Unzucht meiden,
Laß mich willig Unglück leiden.
Jesus richte mein Beginnen,
Jesus bleibe stets bei mir,
Jesus zäume mir die Sinnen,
Jesus sei nur mein' Begier,
Jesus sei mir in Gedanken,
Jesus lasse nie mich wanken.
Jesu, laß mich frölich enden
Dieses angefangne Jahr,
Trage stets mich auf den Händen,
Halte bei mir in Gefahr!
Freudig wil ich dich umfassen,
Wenn ich sol die Welt verlassen.

Nachtmahlgesang

O großes Werk, geheimnisvol,
Das höchlich zu verehren;
O Werk, das stündlich in uns sol
Durch seine Kraft vermehren
Bereuung unser schweren Schuld,
Furcht, Glauben, Hoffnung und Gedult,
Zucht, Lieb' und aller Tugend Zahl,
O Himmelssal,
O hochgepries'nes Abendmal!
Hier ist des Lebens Baum gesetzt,
Desselben Blätter heilen
Was durch den Satan war verletzt
Mit so viel Sündenpfeilen;
Hier ist das Holz ganz voller Saft,
Von Früchten süß, sehr groß von Kraft,
Ja dessen edle Lieblichkeit

Zur jeden Zeit
Vertreibt des Todes Bitterkeit.
Hie ligt das rechte Himmelsbrot,
Von Gott uns selbst gegeben,
Das für den wolverdienten Tod
Uns wiederbringt das Leben;
Dieß ist der Christen Unterhalt,
Dieß macht die Seelen wolgestalt,
Dieß ist der Engel Speis' und Trank,
Dafür ich Dank
Gott singen wil mein Leben lang.
Hie steht die rechte Bundeslad'
Hier ist der Leib des Herren,
Vol Weisheit, Güt' und großer Gnad',
Hie schau ich, gleich von ferren,
Die wunderschöne Himmelsschul',
Den Tempel samt dem Gnadenstul',
Hie find' ich ja das höchste Gut,
Das theure Blut,
So mir erquicket Seel' und Mut.
Hier ist die schönste Himmelspfort',
Hie steht der Engel Leiter,
Israels auserwählter Ort
Und seiner Lust Bereiter;
Hie steigen wir mit vollem Lauf
In Christo stracks zum Himmel auf,
Der uns durch ihn ist zuerkant.
O herlichs Pfand,
O allerliebstes Vaterland!
Ach schauet, wie der Herr uns liebt,
Wie hoch er uns verehret,
Indem er sich uns selber gibt
Und freundlich uns zukehret.
Bedenket, wie er uns gemacht
Zu Bürgern seiner großen Pracht,
Ja, wie er unser Fleisch ergetzt,
Das er zuletzt
Zu seiner Rechten hat gesetzt.
Das Fleisch, das nun erhöhet ist,
In Gottes Statt zu leben,
Das wird uns hie zu dieser Frist
Durch Christum selbst gegeben;
So wird sein Wesen uns zu Theil,
So finden wir der Seelen Heil,
So bleiben wir in Gottes Huld,

Und unser Schuld
Wird übersehen mit Gedult.
Wie kan uns der zuwider sein,
Der uns so freundlich reichet
Sein Fleisch und Blut im Brot und Wein,
Der nimmer von uns weichet?
Wie kan uns lassen aus der Acht
Der uns so trefflich hat bedacht,
Indem er unser Missethat,
O kluger Rat,
Durch seinen Tod getilget hat?
Wie kan hinfort des Satans Stärk'
Uns Christen überwinden,
Dieweil durch dieses Gnadenwerk
Wir große Kraft empfinden?
Hat doch dieß Mal uns so erquickt,
Daß uns kein Feind mehr unterdrückt,
Drum, Satan, kome nur zum Streit,
Wir sind bereit,
Zu spotten deiner Grausamkeit.
Was achten wir des Leibes Not,
Der kranken Glieder Schmerzen?
Hier ist Arznei für alle Not,
Ein edler Trank zum Herzen;
Ja, Christus Fleisch ist solcher Art,
Da alles durch geheilet ward;
Hier ist sein Seitenwasser feil,
Dadurch in Eil'
Wird stumpf gemacht der Höllenpfeil.
O Gottes Fleisch, o heiligs Blut,
Das auch die Engel ehren!
O Himmelspeis', o höchstes Gut,
Wozu sich fleißig kehren
Die Kräft' und Thronen Wunders vol,
Herr, meiner Seelen ist so wol,
Es trifft sie schon in dieser Qual
Ein Freudenstral.
O hochgepriesnes Abendmal.

Ein trauriger Grabgesang

O Traurigkeit,
O Herzeleid!
Ist das nicht zu beklagen?
Gott des Vaters einigs Kind

Wird ins Grab getragen.
O große Not!
Gott selbst ligt tot,
Am Kreuz ist er gestorben,
Hat dadurch das Himmelreich
Uns aus Lieb' erworben.
O Menschenkind,
Nur deine Sünd'
Hat dieses angerichtet,
Wie du durch die Missethat
Warest ganz vernichtet.
Dein Bräutigam,
Das Gotteslamm,
Ligt hie mit Blut beflossen,
Welches er ganz mildiglich
Hat für dich vergossen.
O süßer Mund,
O Glaubensgrund,
Wie bist du doch zuschlagen!
Alles, was auf Erden lebt,
Muß dich ja beklagen.
O lieblichs Bild,
Schön, zart und mild,
Du Söhnlein der Jungfrauen,
Niemand kan dein heißes Blut
Sonder Reu' anschauen.
Hochselig ist
Zur jeden Frist,
Der dieses recht bedenket,
Wie der Herr der Herlichkeit
Wird ins Grab versenket.
O Jesu, du
Mein' Hülf und Ruh',
Ich bitte dich mit Thränen:
Hilf, daß ich mich bis ins Grab
Möge nach dir sehnen!

Ein frölicher Ostergesang

Lasset uns den Herren preisen,
O ihr Christen, überall,
Kommet, daß wir Dank erweisen
Unserm Gott mit süßem Schall.
Es ist frei von Todesbanden
Simson, der vom Himmel kam,

Und der Löw aus Juda Stamm,
Christus Jesus, ist erstanden;
Nun ist hin der lange Streit.
Freue dich, o Christenheit.
Christus selbst hat überwunden
Des ergrimmten Todes Macht;
Der in Tüchern lag gebunden,
Hat die Schlang' itz ümgebracht;
Satans Reich ist ganz verheret,
Christus hat es nach der Ruh'
Ausgetilget, und dazu
Belial sein Schloß zerstöret,
Daß wir haben frei Geleit.
Freue dich, o Christenheit.
Warest du nicht nur gestorben,
Sondern auch ins Grab gelegt?
Ei, du bliebest unverdorben:
Da sich nur der Fels erregt',
Held, da bist du wiederkommen,
Hast das Leben und die Macht
Aus der schwarzen Gruft gebracht
Und des Todes Raub genommen,
Schenkst uns nun die Seligkeit.
Freue dich, o Christenheit.
Tod, wo sind nun deine Waffen,
Hölle, wo ist dein Triumph?
Satan konte gar nichts schaffen,
Seine Pfeile wurden stumpf:
Christus ist sein Gift gewesen,
Ja der Höllen Seuch und Pest,
Welt und Sünde, ligen fest
Und wir Menschen sind genesen
Nur durch seinen tapfren Streit.
Freue dich, o Christenheit.
Gott der heilet unsre Plagen,
Wenn wir nirgend Hülfe sehn,
Lässet uns nach dreien Tagen
Lebend wiedrüm auferstehn;
Darüm muß ich dankbar werden,
Und mein' Ehr' ist Freuden vol
Weil der Herr nicht sehen sol
Die Verwesung in der Erden,
Noch der Hölen Einsamkeit.
Freue dich, o Christenheit.
Er ist aus der Angst gerissen

Und mit Ehren angethan.
Wer ist, der sein Leben wissen
Und die Läng' ausreden kan?
Christus ist der Eckstein worden;
Gott, das ist von dir geschehn,
Wie wir itzt für Augen sehn:
Wir sind aus der Sünder Orden
Hingerissen durch den Streit.
Freue dich, o Christenheit.
Hast du schon vom Bach' am Wege
Angenommen einen Trank
Und erlitten tausend Schläge,
Warest kränker noch als krank:
Ei, so hast du doch erhoben
Dein verklärtes Angesicht,
Stirbest nun und nimmer nicht.
Ja, wir werden ewig loben
Dich, Herr Jesu, nach dem Streit.
Freue dich, o Christenheit.
Herr, dieß sind recht edle Früchte,
Die dein' Auferstehung gibt,
Daß wir treten für Gerichte,
Ganz in deine Gunst verliebt.
Herr, dieß sind die schöne Gaben,
Gnad' und Leben, Freud und Sieg,
Trost und Friede nach dem Krieg',
O, die sollen kräftig laben
Leib und Seel' in allem Leid.
Freue dich, o Christenheit.
Weil nach diesem Fried ich dürfte,
Wie nach Wasser, Tag und Nacht,
Den du großer Kriegesfürste
Durch den Kampf hast wiederbracht:
Ei, so theil' itzt aus die Beute,
Wie der starke Simson that,
Als er überwunden hat,
Laß dich rühmen alle Leute,
Daß geendigt sei der Streit.
Freue dich, o Christenheit.
Gib, Herr Jesu, deine Gnade,
Daß wir stets mit Reuen sehn,
Was uns armen Sündern schade,
Daß wir, dir gleich, auferstehn.
Brich herfür in unsern Herzen,
Ueberwinde Sünde, Tod,

Teufel, Welt und Höllennot;
Dämpf' in uns Angst, Pein und Schmerzen
Samt der Seelen Traurigkeit.
Freue dich, o Christenheit.
Meinen Leib wird man vergraben,
Aber gleichwol ewig nicht,
Bald werd ich das Leben haben,
Wenn das letzte Weltgericht
Alle Gräber wird entdecken
Und der Engel Feldgeschrei
Zeiget, was vorhanden sei;
Dann wird mich mein Gott aufwecken
Und beschließen all mein Leid.
Freue dich, o Christenheit.
Denn so werden meine Glieder,
Die itz Staub und Asche sein,
Unverweslich leben wieder
Und erlangen solchen Schein,
Dessen gleichen auf der Erden
Nimmermehr zu finden ist.
Ja, mein Leib, Herr Jesu Christ,
Sol dem deinen ähnlich werden,
Voller Pracht und Herlichkeit.
Freue dich, o Christenheit.

Himmelfahrts-Gesang

Du Lebensfürst, Herr Jesu Christ,
Der du bist aufgenommen
Gen Himmel, da dein Vater ist
Und die Gemein der Frommen,
Wie sol ich deinen großen Sieg,
Den du durch einen schweren Krieg
Erworben hast, recht preisen
Und dir gnug Ehr' erweisen?
Du hast die Höll und Sündennot
Ganz ritterlich bezwungen,
Du hast den Teufel, Welt und Tod
Durch deinen Tod verdrungen,
Du hast gesieget weit und breit!
Wie werd' ich solche Herlichkeit,
O Herr, in diesem Leben
Gnug würdiglich erheben?
Du hast dich zu der rechten Hand
Des Vaters hingesetzet,

Der alles dir hat zugewandt,
Nachdem du, kaum verletzet,
Die starken Feind' hast ümgebracht,
Triumph und Sieg daraus gemacht,
Ja gar auf deinen Wagen
Sehr herlich Schau getragen.
Nun liget alles unter dir,
Dich selbst nur ausgenommen,
Es müssen Engel für und für,
Dir aufzuwarten, kommen;
Die Fürsten stehen auf der Bahn
Und sind dir willig unterthan,
Luft, Wasser, Feur und Erden
Muß dir zu Dienste werden.
Du starker Herscher fährest auf
Mit Jauchzen und Lobsagen
Und gleich mit dir in vollem Lauf
Auch mehr denn tausend Wagen.
Du fährest auf mit Lobgesang,
Es schallet der Posaunen Klang;
Mein Gott, für allen Dingen
Wil ich dir auch lobsingen.
Du bist gefahren in die Höh,
Hinführend die gefangen,
Welch' uns mit Thränen, Ach und Weh
Genetzet oft die Wangen;
Drüm preisen wir mit süßem Schall,
O starker Gott, dich überall,
Wir, die wir so viel Gaben
Hierdurch empfangen haben.
Du bist das Häubt in der Gemein',
Und wir sind deine Glieder,
Du wirst der Glieder Schutz ja sein,
Wir dienen dir hinwieder.
Du stärkest uns mit Trost und Licht;
Wann uns für Angst das Herz zerbricht,
Dann kanst du Kraft und Leben,
Ja, Fried' und Freude geben.
Du salbest uns mit deinem Geist
Und gibst getreue Hirten,
Die Lehrer, welch' uns allermeist
Mit Himmelsbrot bewirten.
Du Hoherpriester zeigest an,
Daß deine Faust uns retten kan,
Ja, von der Höllen Rachen

Uns frei und ledig machen.
Du hast durch deine Himmelfahrt
Die Straßen uns bereitet;
Du hast den Weg uns offenbart,
Der uns zum Vater leitet,
Und weil denn du, Herr Jesu Christ,
Nun stets in deiner Wonne bist,
So werden ja die Frommen
Dahin zu dir auch kommen.
Ist unser Haubt im Himmelreich,
Als die Apostel schreiben,
So werden wir, den Engeln gleich,
Auch nicht heraußen bleiben;
Du wirst uns, deine Gliederlein,
Mein Gott, nicht lassen von dir sein,
Die doch so fest vertrauen,
Dein' Herrlichkeit zu schauen.
Herr Jesu, zieh' uns für und für,
Daß wir mit den Gemütern
Nur oben wohnen stets bei dir
In deinen Himmelsgütern;
Laß unsern Sitz und Wandel sein,
Wo Fried und Wahrheit gehn herein,
Laß uns in deinem Wesen,
Das himlisch ist, genesen.
Hilf, daß wir suchen unsern Platz
Nicht hier in diesem Leben,
Besondern dort, wo du den Platz
Wirst Gottes Kindern geben.
Ach, laß uns streben fest und wol
Nach dem, das künftig werden sol,
So können wir ergründen,
Wo dein Gezelt zu finden.
Zieh uns dir nach, so laufen wir,
Gib uns des Glaubens Flügel;
Hilf, daß wir fliehen weit von hier
Auf Israelis Hügel.
Mein Gott, wann fahr ich doch dahin,
Woselbst ich ewig frölich bin,
Wann werd' ich für dir stehen,
Dein Angesicht zu sehen?
Wenn sol ich hin ins Paradies
Zu dir, Herr Jesu, kommen?
Wann kost' ich doch das Engelsüß,
Wann werd' ich aufgenommen?

Mein Heiland, komm und nim mich an,
Auf daß ich frölich jauchzen kan
Und klopfen in die Hände:
Gelobt sei Gott ohn' Ende!

Betrachtung der Ewigkeit

O Ewigkeit, du Donnerwort,
O Schwert, das durch die Seele bohrt,
O Anfang sonder Ende!
O Ewigkeit, Zeit ohne Zeit,
Ich weiß für großer Traurigkeit
Nicht, wo ich mich hinwende.
Mein ganz erschrocknes Herz erbebt,
Daß mir die Zung' am Gaumen klebt.
Kein Unglück ist in aller Welt,
Das endlich mit der Zeit nicht fällt
Und ganz wird aufgehoben;
Die Ewigkeit hat nur kein Ziel,
Sie treibet fort und fort ihr Spiel,
Läßt nimmer ab zu toben,
Ja, wie mein Heiland selber spricht,
Aus ihr ist kein' Erlösung nicht.
O Ewigkeit, du machst mir bang,
O Ewig, Ewig ist zu lang',
Hie gilt fürwahr kein Scherzen.
Drum, wenn ich diese lange Nacht
Zusamt der großen Pein betracht',
Erschreck' ich recht von Herzen.
Nichts ist zu finden weit und breit
So schrecklich als die Ewigkeit.
Was acht' ich Wasser, Feur und Schwert?
Dieß alles ist kaum nennenswert,
Es kann nicht lange dauren:
Was wär' es, wenn gleich ein Tyran,
Der funfzig Jahr kaum leben kan,
Mich endlich ließ vermauren?
Gefängnis, Marter, Angst und Pein
Die können ja nicht ewig sein.
Wenn der Verdammten große Qual
So manches Jahr, als an der Zahl
Hie Menschen sich ernähren,
Als manchen Stern der Himmel hegt,
Als manches Laub das Erdreich trägt,
Noch endlich solte währen:

So wäre doch der Pein zuletzt
Ihr recht bestimtes Ziel gesetzt.
Nun aber, wenn du die Gefahr
Viel hundert tausend tausend Jahr
Hast kläglich ausgestanden
Und von den Teufeln solcher Frist
Ganz grausamlich gemartert bist,
Ist doch kein Schluß vorhanden!
Die Zeit, so niemand zählen kan,
Die fänget stets vom neuem an.
Ligt einer krank und ruhet gleich
Im Bette, das am Golde reich
Recht fürstlich ist gezieret,
So hasset er doch solchen Pracht
Auch so, daß er die ganze Nacht
Ein kläglichs Leben führet;
Er zählet aller Glocken Schlag
Und seufzet nach dem lieben Tag.
Ach, was ist das? Der Höllen Pein
Wird nicht wie Leibeskrankheit sein
Und mit der Zeit sich enden;
Es wird sich der Verdamten Schar
Im Feur und Schwefel immerdar
Mit Zorn und Grimm ümwenden,
Und dieß ihr unbegreiflichs Leid
Sol währen bis in Ewigkeit!
Ach Gott, wie bist du so gerecht,
Wie strafest du die bösen Knecht'
Im heißen Pfuhl der Schmerzen!
Auf kurze Sünden dieser Welt
Hast du so lange Pein bestellt.
Ach, nim dieß wol zu Herzen
Und merk auf dieß, o Menschenkind:
»Kurz ist die Zeit, der Tod geschwind.«
Ach, fliehe doch des Teufels Strick,
Die Wollust kan ein' Augenblick,
Und länger nicht, ergetzen;
Dafür wilt du dein' arme Seel',
Hernachmals in des Teufels Höhl'
Hin zur Vergeltung setzen!
Ja, schöner Tausch, ja wol gewagt,
Das bei den Teufeln wird beklagt!
So lang ein Gott im Himmel lebt
Und über alle Wolken schwebt,
Wird solche Marter währen.

Es wird sie plagen Kält' und Hitz',
Angst, Hunger, Schrecken, Feur und Blitz
Und sie doch nie verzehren;
Dann wird sich enden diese Pein,
Wenn Gott nicht mehr wird ewig sein.
Die Marter bleibet immerdar,
Als anfangs sie beschaffen war,
Sie kan sich nicht vermindern;
Es ist ein Arbeit sonder Ruh',
Sie nimt an Klag' und Seufzen zu
Bei jennen Satanskindern.
O Sünder, deine Missethat
Empfindet weder Trost noch Rat!
Wach' auf, o Mensch, vom Sündenschlaf,
Ermuntre dich, verlornes Schaf,
Und bessre bald dein Leben!
Wach auf, es ist doch hohe Zeit,
Es komt heran die Ewigkeit,
Dir deinen Lohn zu geben;
Vielleicht ist heut der letzte Tag;
Wer weiß noch, wie man sterben mag?
Laß doch die Wollust dieser Welt,
Pracht, Hoffart, Reichtum, Ehr' und Geld,
Dir länger nicht gebieten;
Schau an die große Sicherheit,
Die falsche Welt und böse Zeit
Zusamt des Teufels Wüten;
Vor allen Dingen hab in Acht
Die vorerwähnte lange Nacht.
O du verfluchtes Menschenkind,
Von Sinnen toll, von Herzen blind,
Laß ab, die Welt zu lieben!
Ach, ach, sol denn der Höllen Pein,
Da mehr denn tausend Henker sein,
Ohn' Ende dich betrüben?
Wo lebt ein so beredter Mann,
Der dieses Wort aussprechen kan?
O Ewigkeit, du Donnerwort,
O Schwert, das durch die Seele bohrt,
O Anfang sonder Ende!
O Ewigkeit, Zeit ohne Zeit,
Ich weiß vor großer Traurigkeit
Nicht, wo ich mich hinwende.
Herr Jesu, wenn es dir gefällt,
Eil' ich zu dir ins Himmelszelt.

Bet- und Bußgesang

Jesu, der du meine Seele
Hast durch deinen bittern Tod
Aus des Teufels finstern Höle
Samt der schweren Sündennot
Kräftiglich herausgerissen
Und mich solches lassen wissen
Durch dein angenehmes Wort,
Sei doch itzt, o Gott, mein Hort!
Treulich hast du ja gesuchet
Die verlorne Schäfelein,
Als sie liefen, ganz verfluchet,
In der Höllen Pfuhl hinein.
Ja, du Satans Ueberwinder
Hast die hochbetrübte Sünder
So gerufen zu der Buß,
Daß ich billich kommen muß.
Ach, ich bin ein Kind der Sünden,
Ach, ich irre weit und breit;
Es ist nichts bei mir zu finden
Als nur Ungerechtigkeit;
All mein Tichten, all mein Trachten
Heißet unsern Gott verachten,
Böslich leb' ich ganz und gar
Und sehr gottlos immerdar.
Herr, ich muß es ja bekennen,
Daß nichts Gutes wohnt in mir;
Das zwar, was wir *wollen* nennen,
Halt' ich meiner Seelen für;
Aber Fleisch und Blut zu zwingen
Und das Gute vollenbringen,
Folget gar nicht, wie es sol;
Was ich nicht wil, thu' ich wol.
Aber, Herr, ich kann nicht wissen
Meiner Fehler Meng' allein,
Mein Gemüt ist ganz zerrissen
Durch der Sünden Schmerz und Pein,
Und mein Herz ist matt von Sorgen;
Ach, vergib mir, was verborgen,
Rechne nicht die Missethat,
Die dich, Herr, erzürnet hat.
Jesu, du hast weggenommen
Meine Schulden durch dein Blut,
Laß es, o Erlöser, kommen

Meiner Seligkeit zu gut,
Und dieweil du, sehr zuschlagen,
Hast die Sünd am Kreuz getragen,
Ei, so sprich mich endlich frei,
Daß ich ganz dein eigen sei.
Weil mich auch der Höllen Schrecken
Und des Satans Grimmigkeit
Vielmals pflegen aufzuwecken
Und zu führen in den Streit,
Daß ich schier muß unterligen,
Ach, so hilf, Herr Jesu, siegen,
O du meine Zuversicht,
Laß mich ja verzagen nicht.
Deine rotgefärbte Wunden,
Deine Nägel, Kron' und Grab,
Deine Schenkel, fest gebunden,
Wenden alle Plagen ab;
Deine Pein und blutigs Schwitzen,
Deine Striemen, Schläg' und Ritzen,
Deine Marter, Angst und Stich,
O Herr Jesu, trösten mich.
Wenn ich für Gericht sol treten,
Da man nicht entfliehen kan,
Ach, so wollest du mich retten
Und dich meiner nehmen an.
Du, Herr, kanst allein es stören,
Daß ich nicht den Fluch darf hören:
Ihr zu meiner linken Hand
Seid von mir noch nie erkant.
Du, Herr, gründest meine Schmerzen,
Du, du kennest meine Pein;
Es ist nichts in meinem Herzen
Als dein herber Tod allein:
Dieß mein Herz, mit Leid vermenget,
Durch dein theures Blut besprenget,
Das am Kreuz vergossen ist,
Geb ich dir, Herr Jesu Christ.
Nun, ich weiß, du wirst mir stillen
Mein Gewissen, das mich plagt;
Es wird deine Treu' erfüllen,
Was du selber hast gesagt:
Daß auf dieser weiten Erden
Keiner auch verloren werden,
Sondern ewig leben sol,
Wann er nur ist Glaubens vol.

Herr, ich gläube; hilf mir Schwachen,
Laß uns ja verderben nicht!
Du, du kanst mich stärker machen,
Wann mich Sünd' und Tod anficht.
Deiner Güte wil ich trauen,
Bis ich frölich werde schauen
Dich, Herr Jesu, nach dem Streit
In der süßen Ewigkeit.

Abendgesang

Werde munter, mein Gemüte,
Und ihr Sinne geht herfür,
Daß ihr preiset Gottes Güte,
Welch' er hat gethan an mir,
Als er mich den ganzen Tag
Für so mancher schweren Plag
Hat erhalten und beschützet,
Daß mich Satan nicht beschmitzet.
Lob und Dank sei dir gesungen,
Vater der Barmherzigkeit,
Daß mir ist mein Werk gelungen,
Daß du mich für allem Leid
Und für Sünden mancher Art
So getreulich hast bewahrt,
Auch die Feind hinweg getrieben,
Daß ich unbeschädigt blieben.
Keine Klugheit kan verstehen
Deine Güt' und Wunderthat;
Ja, kein Menschenkind kan sehen,
Was dein' Hand erwiesen hat;
Deine Wolthat ist zu viel,
Sie hat weder Maß noch Ziel.
Herr, du hast mich so geführet,
Daß kein Unfall mich berühret.
Dieser Tag ist nun vergangen,
Die betrübte Nacht bricht an;
Es ist hin der Sonnen Prangen,
Welch' uns all' erfreuen kan.
Stehe mir, o Vater, bei,
Daß dein Glanz stets vor mir sei
Und mein kaltes Herz erhitze,
Wenn ich gleich im Finstern sitze.
Herr, verzeihe mir aus Gnaden
Alle Sünd' und Missethat,

Die mein armes Herz beladen
Und so gar vergiftet hat,
Daß auch Satan bös und stil
Mich zur Höllen stürzen wil.
Aber, Herr, du kanst mich retten,
Strafe nicht mein Übertreten.
Bin ich gleich von dir gewichen,
Stell' ich mich doch wieder ein,
Hat uns doch dein Sohn verglichen
Durch sein' Angst und Todespein.
Ich verleugne nicht die Schuld,
Aber deine Gnad und Huld
Ist viel größer als die Sünde,
Welch' ich stets in mir befinde.
O du Licht der frommen Seelen,
O du Glanz der Ewigkeit,
Dir wil ich mich ganz befehlen
Diese Nacht und allezeit.
Bleibe doch, mein Gott, bei mir,
Weil es nunmehr dunkel schier
Und ich mich sehr drob betrübe;
Tröste mich mit deiner Liebe.
Schütze mich fürs Teufels Netzen,
Für der Macht der Finsternis,
Die mir manche Nacht zusetzen
Und erzeigen viel Verdrüß;
Laß mich dich, o wahres Licht,
Nimmermehr verlieren nicht.
Wenn ich dich nur hab' im Herzen,
Fühl' ich nicht der Seelen Schmerzen.
Wann mein' Augen schon sich schließen
Und ermüdet schlafen ein,
Muß mein Herz dennoch geflissen
Und auf dich gerichtet sein.
Meiner Seele mit Begier
Träume stets, o Gott, von dir,
Daß ich fest an dir bekleibe
Und auch schlafend dein verbleibe.
Laß mich diese Nacht empfinden
Eine sanft und süße Ruh,
Alles Uebel laß verschwinden,
Decke mich mit Segen zu;
Leib und Seele, Mut und Blut,
Weib und Kinder, Hab' und Gut,
Freunde, Feind' und Hausgenossen

Sind in deinen Schutz geschlossen.
Ach, bewahre mich für Schrecken,
Schütze mich für Ueberfall,
Laß mich Krankheit nicht aufwecken,
Treibe weg des Krieges Schall,
Wende Feur und Wassersnot,
Pestilenz und schnellen Tod;
Laß mich nicht in Sünden sterben
Noch an Leib und Seel verderben.
O du großer Gott, erhöre,
Was dein Kind gebeten hat.
Jesu, den ich stets verehre,
Bleibe ja mein Schutz und Rat
Und mein Hort; du werter Geist,
Der du Freund und Tröster heißt,
Höre doch mein sehnlichs Flehen!
Amen, ja, das sol geschehen.

Reisegesang

So brech' ich auf von diesem Ort
Und zieh' in deinem Namen fort,
Herr Gott, du wirst mich gleiten
Und über mich, dein liebes Kind,
Das gar nichts ist als Staub und Wind,
Die Gnadenflügel breiten,
Damit ich mag vor allen Dingen
Die Reise glücklich vollenbringen.
Gib, daß die lieben Engelein,
Die starken Helden, bei mir sein
Auf allen meinen Wegen
Und zwischen die, so dieser Zeit
Mir nachzustellen sind bereit,
Und zwischen mich sich legen;
Herr, schütze mich durch deine Gnade,
So trifft mich weder Schimpf noch Schade.
Viel treuer Wächter hast du mir
Verordnet, daß sie für und für
Mein Leben wol bewahren;
Wo sie nun brauchen ihre Macht,
Da kan mir weder Tag noch Nacht
Kein Arges widerfahren,
Denn diese Geister sind verbunden,
Vor mich zu wachen alle Stunden.
Und sol ich denn mein täglich Brot,

Auch was mir sonst zum Leben not,
In meinem Haus erwerben,
So bleibe du mein Hülf und Schutz,
Vertreibe weit des Satans Trutz
Und laß mich nicht verderben.
Wilt du mir nur dein' Hand verleihen,
So darf ich gar kein Unglück scheuen.
Sol ich mich aber fügen hin,
Wo müglich ich ein Fremder bin,
Und hin und wieder reisen,
So wolle ja dein göttlichs Licht
Mich auf der Fahrt verlassen nicht,
Besondern mir erweisen,
Daß du, mein Gott, zu jeden Zeiten
Zugegen bist den Wandersleuten.
Dieweil auch sind der Feinde viel,
So führe mich zum rechten Ziel,
O Herr, auf allen Straßen;
Laß deine Diener bei mir stehn,
Daß, wie Tobias ist geschehn,
Sie nimmer von mir lassen;
Denn wann mich diese Helden führen,
So kan kein Unfall mich berühren.
Herr, biete mir die Gnadenhand,
Ich sei zu Wasser oder Land,
In Feldern, Wäldern, Hecken,
Da wirst du mich in aller Not
Für Räubern, Fallen, Schand und Tod
Mit deiner Macht bedecken;
Wenn du mir nur wilt Hülf erteilen,
So kan kein Unfall mich ereilen.
Solt ich auch kommen, wo das Gift
Der schnellen Pest die Menschen trifft
Und durch die Länder wütet,
So schütze mich nach deinem Rat:
Ich weiß, der dich zum Führer hat,
Der bleibet wol behütet;
Sind doch mein Haar' also gezählet,
Daß sonder dich auch eins nicht fehlet.
Sol denn ein Unfall treffen mich,
So warne mich, Herr, gnädiglich,
Gleichwie der Stern die Weisen;
Schweb' über mir, o du mein Heil,
Wie dort die Feur- und Wolkenseul,
Auf allen meinen Reisen,

Doch wil ich meinen Rat und Willen
Nach deinem Rat und Willen stillen.
Verleihe mir, o treuer Gott,
Daß ich nicht fall in Sünd und Spott
Auf unbekanten Wegen,
Daß auch die Feind aus bösem Sinn,
Im Fall ich nicht zugegen bin,
Kein Unglück mir erregen;
Du wollest doch an keinen Enden
Die Gnadenhände von mir wenden.
Beschirm', o Vater, Seel' und Leib,
Samt Ehr' und Gut, Haus, Kind und Weib,
Und was mir mehr gegeben;
Und wenn es dir also gefällt,
Daß in der Fremd' ich aus der Welt
Zu dir mich sol erheben,
So stärke mich, daß ich mit Freuden,
Mein Gott, von hinnen möge scheiden.
Drauf reis' ich hin zu diesem mal
Durch Wälder, Felder, Berg und Thal,
Weil Gott mir ist zur Seiten;
Der wird mich kräftig diesen Weg
Und folgends auch den schmalen Steg
Zum Himmel wol begleiten.
Da werd' ich ihn denn frölich sehen,
Wann nun mein Reisen ist geschehen.

Klaglied

Gott des Trostes, Herr der Gnaden,
Vater der Barmherzigkeit,
Ich, mit Trübsal stark beladen,
Fühl' itz einen harten Streit;
Ach, ich leide tausend Schmerzen,
Klage dir demnach von Herzen
Meine Not und schweres Leid!
Herr, ich hab' es wol verdienet,
Daß dein' Hand so drücket mich,
Vielmals hab' ich mich erkühnet,
Heftig zu erzürnen dich;
Laß mich aber nicht verzagen,
Deinen Grimm den wil ich tragen,
Schlägst du mich schon grausamlich.
Diesen Kelch wil ich zwar trinken,
Schenk' ihn nur mit karger Hand;

Laß mich nicht so gar versinken
An dem gähen Unglücksstrand.
Herr, es brausen starke Wellen,
Mich durch ihre Macht zu fällen,
Ach, wie kom' ich doch zu Land!
Hast du mein denn gar vergessen,
Wilst du nimmer gnädig sein?
Sol ich stets mit Seufzen essen
Und genießen Thränen-Wein?
Sol dein scharfes Schwert mich schneiden?
Kan man deinen Grimm erleiden?
Ach, mein Glaub' ist viel zu klein!
Zittern muß ich und erschrecken,
Herr, für deiner Majestat,
Die sich weiter kan erstrecken
Als der höchste Sonnen-Grad.
Ach! ich sitz' auf meinen Knieen,
Reu und Demut anzuziehen,
Die das Kreuz erzeiget hat.
Vater, sol ich denn verderben
Unter dieser schweren Last?
Sol ich keine Gunst erwerben,
Bin ich denn so gar verhaßt?
Ist es gleichwol dein Behagen,
Daß ich diese Last sol tragen,
Ei, so gib doch etwas Rast.
Vollenbringe deinen Willen
Mir zu meiner Seligkeit,
Und die Lust in mir zu stillen,
Die mich führet oft so weit,
Daß ich, bloß von deiner Liebe,
Leider mich in Sünden übe
Und zum Bösen bin bereit.
Liebster Vater, diese Wunden
Hast du zornig mir gemacht,
Heile mich in wenig Stunden,
Treib' hinweg des Kreuzes Nacht;
Denn auf Rettung aus den Nöten,
Etwas plagen, selten töten,
Ist dein treues Herz bedacht.
Sol ich stets im Finstern sitzen,
Da mir mangelt Sonn' und Licht?
Sol ich Blut und Thränen schwitzen?
Ist denn kein Erbarmen nicht?
Führe mich doch aus der Hellen,

Laß mich hier dein Lob bestellen
Und erweisen meine Pflicht.
Stärke meinen schwachen Glauben,
Heile das zerspaltne Rohr,
Schweige doch nicht wie die Tauben,
Oeffne mir dein gnädigs Ohr,
Sei mein Gott nicht nur in Freuden,
Bleib' es auch in allem Leiden,
Hebe bald mein Haubt empor.
Dieser Unfall, der mich troffen,
Komt von deinem Willen her;
Stärke nun mein schwaches Hoffen,
Denn so fällt mir nichts zu schwer,
Gib Gedult, daß ich nicht wanke,
Hilf, daß ich dir herzlich danke;
Dieses ist nur mein Beger.
Kan auch eine Mutter hassen
Ein von ihr gebornes Kind?
Kan ein Vater auch verlassen
Die von ihm erzeuget sind?
Weiniger kanst du verderben
Mich, o Vater, deinen Erben,
Vater, kom' und hilf geschwind!
Deinen Namen wil ich nennen,
Herr, mein Licht, Rat, Trost und Teil;
Standhaft wil ich dich bekennen,
Sende mir nur Hülf in Eil';
Schmücke mich mit Ehr' und Leben,
Laß mich alles überstreben,
Zeige mir, o Gott, dein Heil.

Letzte Seufzer

Herr Jesu Christ, mein Trost und Licht,
Zu dir heb' ich mein Angesicht
In meiner Not und Leiden,
Ach Gott! Dein Kind sol itz geschwind
Von dieser Welt abscheiden.
Hie lig' ich, Herr, in deiner Hand
Und warte, wenn des Lebens Band
Sol abgeschnitten werden,
Daß mein Gebein im hölzern Schrein
Werd' hingebracht zur Erden.
In deinen Willen geb' ich mich,
Herr Jesu, hilf mir gnädiglich

Dies Stündlein überwinden;
Bei dir ist Rat, bei dir ist That,
Bei dir ist Trost zu finden.
Herr, gib mir doch zu dieser Frist,
Was meiner Seelen nützlich ist
Zum Leben oder Sterben;
Sol leben ich, so laß du mich
In Sünden nicht verderben.
Und sol ich denn von hinnen gehn,
In jennem Leben dich zu sehn,
Daselbst dir Lob zu singen,
Bin ich bereit, aus dieser Zeit
Mich in dein Reich zu schwingen.
Zwar diesen Leib und dieß Gebein
Laß ich der Würmer Speise sein,
Dieß ist der Lohn der Sünden;
Ich aber weiß, im Paradeis
Werd' ich was Bessers finden.
So bitt' ich nun von Herzen Grund:
Laß meine Seel' in dieser Stund',
O Herr, dir sein befohlen;
Von dir allein, mein Jesulein,
Kan ich Erquickung holen.
Beschütze mich mit deinem Schild',
Indem der Satan, frech und wild,
Mich Armen wil erschrecken;
Sonst weiß ich nicht, o du mein Licht,
Womit ich sol mich decken.
Hier ist kein Rat, denn Menschengunst
Samt aller Hülf ist gar ümsunst;
Wer hilft doch denn mir Armen?
Wer hält mich nun? Gott muß es thun,
Bei dem ist viel Erbarmen.
Ich darf nicht kommen für Gericht,
Denn meine Werke taugen nicht,
Ich kan mich gar nichts rühmen:
Was ich gethan, steht auf dem Plan,
Es läßt sich nicht verblümen.
Wo sol ich denn nun fliehen hin,
Der ich ein solcher Sünder bin?
Allein zu deiner Güte,
Herr Jesu Christ; ich weiß, du bist
Mein Bruder von Gemüte.
Dein herber Tod hat mich befreit,
Dein Blut gibt mir die Seligkeit,

Du hast mich angenommen
Im Gnadenbund; ich bin gesund
Aus diesem Bande kommen.
Ach du mein allerhöchstes Gut
Hast ja dein rosinfarbes Blut
Auf Golgatha vergossen
Ganz mildiglich, das machet mich
Zu deines Reichs Genossen.
Wolan, so laß mich das Gesicht
Des Menschenwürgers schrecken nicht;
Wenn mein Gesicht verschwindet,
Laß sehend sein mein Herz allein,
Das dich im Glauben findet.
O Jesu, nimm dich meiner an,
Laß, wenn ich nicht mehr reden kan,
Mein Seelichen noch schreien;
Du kanst fürwahr mich aus Gefahr
Des Todes schnell befreien.
Nim diese Seel' in deine Händ'
Und gib mir bald ein seligs End',
Auf daß ich deinen Namen,
Mit Cherubim und Seraphim,
Mög' ewig preisen. Amen.

Abschiedslied aus diesem Leben

Nun, Welt, du must zurücke stehn
Mit allen deinen Schätzen;
Mit Freuden wil ich schlafen gehn,
Den Leichnam sol man setzen
Ins Grab hinein, da keine Pein
Hinfür' ihn wird verletzen.
Mein Seelichen fleugt himmelan,
Der Leib schläft in der Erden,
Bis daß er mit der Seelen kan
Wiedrüm verknüpfet werden;
Inmittelst sol er ruhen wol
Ohn' einige Beschwerden.
O was für Reichtum werd' ich doch
In jenner Welt besitzen!
Hinfüro wird des Kreuzes Joch
Mich nimmermehr erhitzen;
Es wird die Sünd ein Gottes Kind
Nicht können mehr beschmitzen.
O was für Ehr' und Herlichkeit

Wird mir daselbst gegeben!
Wie lieblich werd' ich nach der Zeit
Im Hause Gottes leben!
In welchem Glanz werd' ich doch ganz
Verkleidet ewig schweben!
Wie groß wird sein der Liebe Macht
Ohn' einiges Betriegen!
Wie herlich meiner Glieder Pracht,
So durch die Wolken fliegen!
Hätt' ich nur schon die Freudenkron'
In Gottes Sal erstiegen!
Wie groß wird dort die Wollust sein,
Die gar nicht Eitles heget!
Ein Himmelskind bleibt allzeit rein,
Sein Herz wird nie beweget
Von Haß und Neid; auch alles Leid
Wird dort rein abgeleget.
Wie werd' ich auch der Jugendkraft
So trefflich wol empfinden!
Es wird ein süßer Lebenssaft
Von Neuem mich verbinden,
So daß noch Not, noch Schmerz, noch Tod
Mein Herz kan überwinden.
Wie werd' ich künftig sein so klug,
Wenn ich mag Christum sehen
Und alle Sachen kan genug
Dem Grunde nach verstehen!
Wie wol wird mir denn für und für
In Gottes Reich geschehen!
Wie trefflich wird der Freiheit Schatz
Nach dieser Knechtschaft prangen!
Drum trag ich auch nach diesem Platz'
Ein sehnliches Verlangen,
Ach wär' ich nur des Lebens Uhr
Einst völlig durchgegangen!
Wie wird mir dort die werte Schar
Der Engel und der Frommen
Mein Herz ergetzen immerdar,
Wenn ich bin aufgenommen!
Möcht' ich nur bald, mein Aufenthalt,
Herr Jesu, zu dir kommen!
Mein Gott, wie werd' ich jauchzen dort,
Wie werd' ich mich erquicken,
Wenn ich an deinem schönsten Ort
Dich selber werd' erblicken!

Ich wil mit Lust an meine Brust
Dich, o mein Heiland, drücken.
Ich wil nach dieser kurzen Zeit
Dich unaufhörlich preisen,
Du heilige Dreifaltigkeit,
Und deinen Knecht mich weisen;
Du wirst ja mich auch ewiglich
Mit Freud' und Wonne speisen.
Hinfort, o Welt, kenn' ich dich nicht,
Ich weiß ein ander Leben:
Dem Himmel wil ich meine Pflicht
Nun ganz für eigen geben,
Der wird geschwind mich armes Kind
Zur Herlichkeit erheben.
Kom denn, o hocherwünschter Tag,
Mich herzlich zu befreien,
Kom, liebstes Stündlein, das mich mag
Zum Himmelsfürsten weihen.
Kom bald heran, damit ich kan
Dein ewigs Lob ausschreien.

Ueber das Evangelium am ersten Adventssonntage
Matth. 21, 1.

Auf, auf, ihr Reichsgenossen,
Eur König komt heran,
Empfahet unverdrossen
Den großen Wundermann;
Ihr Christen geht herfür,
Laßt uns für allen Dingen
Ihm Hosianna singen
Mit heiliger Begier.
Auf, ihr betrübte Herzen,
Der König ist gar nah,
Hinweg all' Angst und Schmerzen,
Der Helfer ist schon da!
Seht, wie so mancher Ort
Hochtröstlich ist zu nennen,
Da wir ihn finden können
Im Nachtmal, Tauf' und Wort.
Auf, auf, ihr Vielgeplagte,
Der König ist nicht fern;
Seid frölich, ihr Verzagte,
Dort komt der Morgenstern;

Der Herr wil in der Not
Mit reichem Trost euch speisen,
Er wil euch Hülf' erweisen,
Ja, dämpfen gar den Tod.
Nun hört, ihr freche Sünder,
Der König merket drauf,
Wenn ihr verlorne Kinder
In vollem Lasterlauf
Auf Arges seid bedacht,
Ja thut es ohne Sorgen:
Gar nichts ist ihm verborgen,
Er gibt auf alles Acht.
Seid fromm, ihr Unterthanen,
Der König ist gerecht;
Laßt uns die Weg' ihm bahnen
Und machen alles schlecht.
Fürwahr, er meint es gut;
Drum lasset uns die Plagen,
Welch' er uns schickt, ertragen
Mit unerschrocknem Mut.
Und wenn gleich Krieg und Flammen
Uns alles rauben hin,
Gedult! weil ihm zusammen
Gehört doch der Gewinn.
Wenn gleich ein früher Tod
Die Kinder uns genommen,
Wolan, so sind sie kommen
Ins Leben aus der Not.
Frisch auf in Gott, ihr Armen,
Der König sorgt für euch,
Er wil durch sein Erbarmen
Euch machen groß und reich.
Der an ein Thier gedacht,
Der wird auch euch ernähren;
Was Menschen nur begehren,
Das steht in seiner Macht.
Hat endlich uns betroffen
Viel Kreuz, läßt er doch nicht
Die, welch' auf ihn stets hoffen
Mit rechter Zuversicht;
Von Gott komt alles her,
Der lässet auch im Sterben
Die Seinen nicht verderben,
Sein' Hand ist nicht zu schwer.
Frisch auf, ihr Hochbetrübte,

Der König komt mit Macht,
An uns, sein' Herzgeliebte,
Hat er schon längst gedacht;
Nun wird kein' Angst noch Pein
Noch Zorn hinfür' uns schaden,
Dieweil uns Gott aus Gnaden
Läßt seine Kinder sein.
So lauft mit schnellen Schritten,
Den König zu besehn,
Dieweil er komt geritten,
Stark, herlich, sanft und schön;
Nun tretet all' heran,
Den Heiland zu begrüßen,
Der alles Kreuz versüßen
Und uns erlösen kan.
Der König wil bedenken
Die, welch' er herzlich liebt,
Mit köstlichen Geschenken,
Als der sich selbst uns gibt
Durch seine Gnad' und Wort.
Ja, König hoch erhoben,
Wir alle wollen loben
Dich freudig hier und dort.
Nun, Herr, du gibst uns reichlich,
Wirst selbst doch arm und schwach;
Du liebest unvergleichlich,
Du jagst den Sündern nach;
Drum wollen wir allein
Die Stimmen hoch erschwingen,
Dir Hosianna singen
Und ewig dankbar sein.

Ueber das Evangelium am h. Christtage

Luc. 2, 1.

Wie groß ist dieser Freudentag,
Daran man sich versamlen mag,
Zu loben unsern Gott allein,
Der itz sein Volk läßt frölich sein!
Wer ist, der dieses nicht bedenkt,
Daß Gott uns seinen Sohn geschenkt,
Uns, die wir saßen in Gefahr,
Verdamt zu bleiben immerdar?
Der Engel macht uns alle gleich

Durch seine Botschaft freudenreich,
Weil große Freud' in dieser Frist
Uns allen widerfahren ist.
Gott rufet jetzt in seinen Sal
Die Menschenkinder allzumal;
Denn er ist auch der Heiden Licht,
Kein Volk bleibt ausgeschlossen nicht.
Seid froh, ihr Herren und ihr Knecht',
Ihr werdet heilig und gerecht
Durch dieses Kindleins Lieb' und Fleiß,
Das gar von keiner Sünde weiß.
Ihr Reich' und Arm', euch sei bewust
Die wundersüße Weihnachtslust,
Empfanget itz mit frischem Mut
Eur Jesulein, das höchste Gut.
Dieß Freudenfest geht mich auch an,
So, daß ich kühnlich rühmen kan:
Geboren ist dieß Kindelein
Auch mir, wie könt' ich traurig sein?
Dieß Kindlein ist erzeuget zwar
Von Ewigkeit, jedoch gebar
Maria solches auch zur Zeit
Der neuen Römer-Obrigkeit.
Dieß ist das Kind, das mehr vermag
Als alles, auch noch alle Tag
Geboren wird an manchem Ort
In uns durchs Sacrament und Wort.
Was jene Hirten dort gesehn,
Das kan noch täglich uns geschehn:
Das Kind wird auch geboren heut,
Im Fall man seiner sich erfreut.
Heut ist es zwar in seinem Reich'
Ein König, dem kein ander gleich,
Und dennoch bleibt sein treuer Sinn
So freundlich, als er war vorhin.
Er gibt uns heut' auch gar sein Herz;
Ja, wenn uns Trübsal, Angst und Schmerz
Betrüben oft bis in den Tod,
So hilft er uns aus aller Not.
Ei, laßt uns diesem Jesulein
Auch heute ganz ergeben sein,
Daß er uns wiedrum Gutes thu,
Ja, stets in unser Seelen ruh'.
O Freud' und Lust zu dieser Frist,
Darin der Heiland Jesus Christ,

Der hochverlangte Wunderheld,
Geboren ist ein Mensch zur Welt!
Ach Gott, wie groß war die Gefahr,
Als uns der Satan ganz und gar
Verstricket hielt in seinem Reich
Und plagt' uns grausam alle gleich!
Bald aber wie dieß Kind ankam
Und unser Not zu Herzen nahm,
Da wurden aus des Teufels Macht
Wir zu der Freiheit wieder bracht.
Frisch auf, ihr Sünder allzumal,
Da komt aus seinem Freudensal
Immanuel, das höchsie Gut,
Wird willig unser Fleisch und Blut.
O welch' ein' Ehr' und Herlichkeit,
Daß Gott vom Himmel in der Zeit
Geboren wird ein Kindelein,
Das gar wil unser Bruder sein!
Wie komt es, allerliebstes Kind,
Daß wir so hoch verehret sind
Von dir mit solcher Gnad' und Huld?
Ach Herr, es ist der Liebe Schuld.
Ja, du mein treuer Mitgesell,
Du freundlicher Immanuel,
Nimst mich für deinen Bruder an;
Wer ist, der mir itz schaden kan?
Ja, Bruder, steh' uns kräftig bei,
Mach' uns von allen Sünden frei,
Gib uns dein süßes Himmelbrod,
Und stärk' uns in der letzten Not.
Du bist zugleich ein wahrer Gott,
Du mächtigster Herr Zebaoth,
Auch wahrer Mensch, ein Wundermann,
Der hier und dort uns segnen kan.
O Freude! Du weißst Rat und That,
Du König, Held und Advocat;
Du bist der Sohn ins Vaters Schoß
Sehr reich von Macht, von Ehren groß.
Drauf singen wir in dieser Stund'
Hallelujah mit vollem Mund';
Immanuel, wir preisen dich
Hier zeitlich und dort ewiglich.

Ueber das Evangelium am 15. Sonntage nach dem Feste der h. Dreifaltigkeit

Matth. 6, 24.

Komet, komet, laßt uns gehn,
Unsre Felder zu besehn;
Christus selber ist der Mann,
Der uns heißet schauen an,
Wie die Lilien auf der Weid
Herlich stehen ohne Leid,
Tragen doch ein schönes Kleid.
Gott, der diese Blumen schafft
Und denselben Kraft und Saft
Reichlich schenket alle Jahr,
Der wil uns auch immerdar
So versorgen in der Welt,
Daß der Mensch hie Gut und Geld,
Speis' und Kleider noch behält.
Gott, der dir ja Seel' und Leib,
Haus und Hof, Gut, Ehr' und Weib
Schon fürlängst ertheilet hat,
Wird auch ferner wissen Rat;
Hoff auf ihn mit freiem Mut,
Schaue was sein' Allmacht thut:
Alles muß noch werden gut.
Merke doch den Unterscheid:
Jedes Blümlein hat sein Kleid,
Dieses ist von Farben schön
Und sehr lieblich anzusehn,
Jennes aber steht nur schlecht;
In der Welt ist auch solch Recht:
Der heißt Herr und jenner Knecht.
Dieser trägt die Königskron'
Und besteigt den güldnen Thron,
Jenner, als ein armer Mann,
Ziehet grobe Kittel an.
Der ist hoch und wolgelehrt,
Wird deswegen sehr geehrt,
Jenner wird kaum angehört.
Bist du nun nach deinem Wahn
Nicht so prächtig angethan,
Auch viel leichter am Gewicht,
Neide drum den Nächsten nicht;

Spricht der Thon zum Töpfer auch:
Machest du mich zum Gebrauch
Etwa nur dem Staub und Rauch?
Eigennutz verdirbt die Welt,
Sonst würd' alles wol bestellt;
Hat der Himmel dich geziert
Und mit Gaben ausstafiert,
Ei, so sei den Blumen gleich,
Die der Neid nie machet bleich,
Sind sie schon von Farben reich.
Laß uns auch den Ort besehn,
Wo die schönste Blumen stehn;
Unter diesem blauen Dach
Wachsen sie mit Ungemach,
Wind und Regen, Frost und Hitz',
Hagel, Donner, Reif und Blitz
Decken oftmals ihren Sitz.
Lieber Mensch, bedenk es wol,
Sind nicht deine Tage vol
Trübsal, Jammer, Angst und Not,
Bis zuletzt der bleiche Tod
Gänzlich dich davon befreit
Und aus dieser kurzen Zeit
Führet hin zur Ewigkeit?
Komt ein Ungewitter her,
Welches überaus ist schwer,
Harr' auf Gott, der Sonnenschein
Wird sich wiedrum stellen ein,
Daß die Wolken trennen sich;
Es gedenkt auch Gott an dich,
Hilft zuletzt ganz gnädiglich.
Aber, o der kurzen Frist,
Die des Blümleins eigen ist!
Heute prangt es trefflich schön,
Morgen muß es schnell vergehn:
Mensch, wo bleibt doch deine Kunst,
Ehr' und Reichtum, Glück und Gunst?
Alles wird nur Asch' und Dunst.
Ach, der Mensch ist schwach und weich,
Nicht den starken Bäumen gleich,
Sondern wie das Wiesengras,
Wird in einer Stunde blaß;
So gar plötzlich und geschwind
Gilt ins Grab ein Menschenkind;
Unser Leben ist nur Wind!

Weil du nun, mein lieber Christ,
Ein so zartes Blümlein bist,
Ei, was bist du denn bedacht,
Dich zu quälen Tag und Nacht
Um das eitle Gut und Geld?
Ach ümsonst! In dieser Welt
Ist dir schon der Theil bestellt.
Geht die Lilie gleich dahin,
Ist es doch nur ihr Gewinn,
Schöner wächst sie denn aufs Neu,
Wenn der Frühling komt herbei;
So der Mensch, das edle Thier,
Wird mit größrer Pracht und Zier
Kommen aus dem Grab herfür.
Mein Herr Jesu, laß mich sein
Solch ein edles Blümelein,
Das der Lieb' und Glauben vol
Blüh' und rieche trefflich wol,
Das auch künftig, englisch schön,
Mög' im Paradiese stehn,
Ewig, ewig dich zu sehn.

Ueber das Evangelium am 17. Sonntage nach dem Feste der h. Dreifaltigkeit

Luc. 14, 1.

O Welt voll Blind- und Sicherheit,
Wie bringst du doch die liebe Zeit
Am Sabbathtage sonder Ruh'
In aller Sünd' und Bosheit zu!
Ich weiß, daß Gott nach seinem Rat
Sechs Tag' uns nur verordnet hat,
Darin man fleißig wirken sol,
Und drauf am Sabbath ruhen wol.
Merk aber, du solt nicht allein,
Was dich belanget, ruhig sein,
Es gehet auch des Sonntags Recht
Auf Söhn' und Töchter, Mägd' und Knecht.
Durch Ruhe wird ja Mann und Weib
Gestärket, daß ihr schwacher Leib
Gesund und kräftig kan bestehn,
Ja frölich an sein' Arbeit gehn.
Wenn nun der Sabbath kömt heran,

So wiß' alsdenn ein jedermann
Aus Gottes Wort, was recht ein Christ
Zu thun und lassen schuldig ist.
Sobald dir ruft der Glocken Schall,
Des Lehrers Mund, der Sänger Hall,
So freue dich und geh' auch fort
Zu lernen eifrig Gottes Wort.
Sprich: Herr, ich liebe sehr die Statt,
In welcher du mich machest satt
Mit deinem Wort; ach, speise mich,
Daß meine Seel' itz lobe dich.
Am Sabbath sol dein Abendmal
Erquicken mich in derer Zahl,
Die dir, mein Gott, ergeben sind:
So bleib ich stets dein liebes Kind.
Auf, meine Seel', und sei bereit,
Zu danken Gott mit Freudigkeit,
Zu bitten auch, daß seine Güt'
Uns heut und allezeit behüt'.
Am Sabbath wil ich meinen Mund
Eröffnen und von Herzengrund
Erschallen lassen ein Gedicht,
Das unser Gott verschmähet nicht.
Am Sabbath wil ich dankbar sein
Und schenken, aber nicht zum Schein,
Den Armen mit ganz milder Hand,
So würk' ich recht ein Liebesband.
Am Sabbath sol mein ganzes Haus
Die schönste Sprüchlein lesen aus,
Damit sich trösten in der Still'
Und lernen, was Gott haben wil.
Mein bester Sabbath aber sol
Alsdenn recht blicken, wenn ich wol
Und christlich leb' in dieser Zeit,
Stets seufzend nach der Ewigkeit.
Den Sabbath feiret man gewiß,
Wenn durch der Sünden Finsternis
Noch Leib, noch Seel' hier wird beschwert,
Wenn nur der Himmel wird begehrt.
Der hält den Sabbath in der That,
Der Fried und Ruh im Herzen hat,
Ja, glaubet, daß durch Jesum Christ
Des Vaters Zorn gestillet ist.
So kom', o liebste Seel', herzu,
Kom, such' und finde Fried' und Ruh

In Gott, dem höchsten Schatz, allein,
Da wird dein rechter Sabbath sein.
Kein Sabbathtag sei dir bewust
In Hoffart, Ehr' und Fleischeslust,
So lieblich zwar den Sinnen thut,
Und nimt dir doch das höchste Gut.
Bei Gott in jenem Freudenreich,
O liebstes Herz, wird bald zugleich
Versamlen sich der Frommen Schar
Und halten Sabbath immerdar.
Da wird der Instrumenten Klang,
Der Engel Spielen und Gesang,
Der Auserwählten Lobgetön
Den Sabbath machen groß und schön.
Da wird ein prächtigs Ehrenkleid
Bedecken ganz das alte Leid,
Da wird man glänzen wie die Sonn'
In Ewigkeit mit Freud und Wonn'.
O schönster Sabbath, kom doch bald,
Du bist so herlich von Gestalt,
Daß ich mir wünsch' in Gott allein
Ein ewigs Sabbathkind zu sein.

Ueber das Evangelium am 25. Sonntage nach dem Feste der h. Dreifaltigkeit

Matth. 24, 15.

Wie wird des Kummers doch so viel,
O Gott, auf dieser Erden!
Es nahet sich das letzte Ziel,
Bald wil es Abend werden;
Man höret ja zu dieser Zeit
So manche Not und Herzeleid,
Daß sich ein jeder Nacht und Tag
Hiegegen wol bereiten mag.
Es wird dein Herz, o Menschenkind,
Genannt ein Tempel Gottes,
Ist aber leider ganz voll Sünd',
Als Lügen, Unzucht, Spottes,
Verläumdung, List, Abgötterei,
Begierd' und Wollust mancherlei,
Samt tausend ander Missethat,
An welchen Gott ein Greuel hat.

Geh' eiligst in dein böses Herz,
Und wenn du das besehen,
So bitte Gott, daß Reu' und Schmerz
In solchem mög' entstehen,
Ja, stelle sich gar an das Licht,
Damit sein Zorn entbrenne nicht
Und strafe dich, dazu das Land
Mit Krankheit, Theurung, Krieg und Brand.
Für allen Dingen sei geschmückt
Mit einem wahren Glauben,
Damit, wenn Trübsal dich berückt,
Man dir nicht könne rauben
Die Gottesfurcht, der Tugend Grund,
Welch' uns die Seel' erhält gesund;
Sei diesem nach ein guter Baum,
Der guten Früchten machet Raum.
Lies Gottes Wort und merke drauf:
Dies sind die güldne Schriften
Des Himmels, welcher Kraft und Lauf
Uns so viel Gutes stiften,
Die sol und muß ein jedermann,
Im Fall' er gleich nicht lesen kan,
Sich lassen hoch befohlen sein,
Sie geben Freud' und Trost allein.
Doch ist auch nicht genug gethan,
Das Wort des Herren lesen;
Du must noch ferner auf die Bahn
Und forschen gar sein Wesen,
Mit scharfen Augen must du sehn
Und lernen alles recht verstehn,
Dieweil das Wort zur jeden Frist
Ein Licht auf unsern Wegen ist.
Und must du denn in dieser Welt
Dein Hab' und Gut verlassen,
So lies doch, was der Schrift gefällt,
Daß man sich selber hassen
Auch alles gern verlieren sol
Umb Christi willen. O wie wol
Wird er dafür zum Gnadenlohn
Dir geben dort die Himmelskron'!
Wird denn das Elend gar zu groß,
So must du plötzlich fliehen
Nach solchen Bergen, die sich bloß
Zu deiner Rettung ziehen;
Dein' Hülfe komt vom Herren her,

Drum wär' ein Unfall noch so schwer,
So weiß dennoch dein Schöpfer Rat,
Der alles Heil in Händen hat.
Steig' auf den Berg, woselbst der Herr
Hat das Gesetz gegeben,
Da wird ein Moses-Prediger
Das Herz dir machen beben;
Von dannen flieh' in schneller Eil'
Auf Zions Berg, da dir das Heil
Verkündigt wird, das dir zu gut
Erworben ist durch Christi Blut.
Sei nicht bemühet, mit Gefahr
Viel Schätz' hieselbst zu holen;
Des Herren Wort laß immerdar
Dir treulich sein befohlen;
Denn, lieber Mensch, was ist es mehr,
Wenn du dich plagest noch so sehr,
Allhier zu werden groß und reich?
Du bist doch bald der Aschen gleich.
In Trübsal bete Tag und Nacht,
Daß Gott sie wolle lindern,
Als der nach seiner großen Macht
Kan allen Unfall hindern;
Ja, weil sein treues Herz ihm bricht,
So wil er uns verderben nicht,
Denn seine Lieb' ist stets bereit,
Zu trösten uns in Traurigkeit.
So kom', o liebster Jesu, kom'
Und hilf uns überwinden,
Dein heiligs Wort das mach' uns from,
Auf daß wir dich nur finden;
Kom, liebster Jesu, zum Gericht,
Ach hilf, daß wir, o schönstes Licht,
Dir singen in der Freudenbahn:
Mein Heiland, das hast du gethan.

Danklied

Wie groß ist deine Lieb', o Herr,
Du freundlicher, du gütiger,
Wer kan dir gnugsam danken?
Ich bin vol Ungerechtigkeit,
Noch liebest du zur jeden Zeit
Mich Sündigen, mich Kranken,
Da gleichwol meine Missethat

Erschrecklich dich beleidigt hat!
Du hast uns deinen werten Sohn,
Das Licht der Welt, den Gnadenthron,
So väterlich gegeben
Und dieses große Sacrament,
Das man des Herren Nachtmal nennt,
Geschenket uns daneben,
Auf daß es solt ein Merkmal sein,
Daß alles unser ist, was dein.
Vernunft zwar kan es nimmer recht
Begreifen, noch die Zunge schlecht
Dieß große Werk erzählen,
Doch bitt ich, nimm itz gnädig an,
Dieß Kleine, das ich geben kan,
Laß meinen Wunsch nicht fehlen;
Hilf, daß ich dir mein Leben lang
Von Herzen sage Lob und Dank.
Du hast so wol erquicket mich,
Dafür preis' ich dich ewiglich;
Ach, stärke meinen Glauben!
Laß auch die Liebe feurig sein,
Verhüte, daß noch Not, noch Pein
Mir die Gedult wegrauben.
Herr, gib mir ein gehorsams Her,
Das sich nicht kehre hinterwärts.
Verleihe, daß ich meine Sünd',
Als welch' ich stets in mir noch find',
Herzinniglich bereue,
Daß ich der Lieb' und Sanftmut vol
Stets wandlen mög', und herzlich wol
In Jesu mich erfreue,
Und wenn mich gar nichts trösten kan,
So tritt du selbst mit Trost heran.
Herr, habe du zu Tag und Nacht
Auf mein Gebet und Seufzen Acht,
Laß mich die Sünde meiden;
Behüte mich für Satans List,
Der mir so sehr gehässig ist,
Ja, mich von dir wil scheiden,
Halt' ihn, auch selber mich, im Zaum,
Daß ich ihm lasse keinen Raum.
Verleih, o Vater, daß allein
Mein Schutz und Wohnung möge sein
In Jesu Blut und Wunden;
Hilf, daß sein Leiden, Angst und Tod

Von mir in meiner letzten Not
So kräftig werd' empfunden,
Daß ich aus diesem Jammerthal
Bald fahr' in deinen Freudensal.
Dem Vater sei Lob, Ehr' und Preis,
Und dir, Herr Jesu, gleicherweis,
Als auch dem Geist der Gnaden;
Du heilige Dreifaltigkeit,
Verhüte, daß in dieser Zeit
Kein Feind mir müge schaden,
Drauf führe mich aus dieser Welt
Zum Himmel, wenn es dir gefällt.

Tauflied

O welch ein unvergleichlichs Gut
Gibst du, Herr, deinen Kindern:
Das Wasser und zugleich dein Blut
Verehrest du den Sündern!
Drei Dinge sind, welch' allermeist
Auf Erden Zeugnis geben:
Das Blut, das Wasser und der Geist.
Die können uns erheben
Zu deinem Freudenleben.
Dieß Sacrament ist selbst durch dich
Geheiligt und beschlossen,
Daß wie du, Herr, bist sichtbarlich
Mit Wasser ganz begossen
Im Jordan durch Johannes Hand:
So sol auch uns rein machen
Dein heiligs Blut, das theure Pfand,
Das lauter Himmelssachen
Kan würken in uns Schwachen.
Du hast uns durch dieß Sacrament
Der Kirchen inverleibet,
Also, daß man uns Christen nennt
Und in dein Buch itz schreibet;
Dieß Wasserbad hat uns im Wort
Auch rein gemacht von Sünden.
Dein guter Geist der wol' hinfort
Die Herzen recht entzünden
Und Lieb' in ihnen gründen!
Wir sind, Herr, in dein Gnadenreich
Durch diesen Bund gesetzet,
Der uns an Leib und Seel' zugleich

Recht inniglich ergetzet;
Du hast uns durch dieß reine Bad
So trefflich schön bekleidet,
Daß auch hinfort von deiner Gnad'
Uns selbst der Tod nicht scheidet
Noch alles, was uns neidet.
Aus Höllenkindern sind wir schon
Der Gnaden Kinder worden;
Dieß ist der Christen schönste Kron'
Und Schmuck in ihrem Orden.
Ja, Christus selber und sein Blut,
Sein Tod und Sieg daneben,
Ist nunmehr unser eignes Gut,
Das er uns hat gegeben,
Mit ihm dadurch zu leben.
Er hat uns auch das Kindesrecht
Der Seligkeit geschenket;
Durch solches ist die Sünde schlecht
Ins tiefe Meer versenket.
Was können Teufel, Hölle, Tod,
Welch' uns stets widerstunden,
Weil Jesus Christus alle Not
Samt ihnen überwunden?
Nun ist das Heil gefunden!
Herr, laß uns doch, den Reben gleich,
Auch gute Früchte bringen
Und aus der Welt nach deinem Reich'
Im Glauben eifrig ringen;
Laß uns durch wahre Reu' und Buß'
Auch täglich mit dir sterben,
Demnach der alte Adam muß
Bis auf den Grund verderben,
Sol man dein Reich erwerben.
Hilf, daß wir diesen Gnadenbund
Der Taufe nie vergessen,
Und sich kein freches Herz noch Mund
Zu schmähen ihn vermessen;
Die Taufe muß in Angst und Pein,
Ja, wenn wir gehn von hinnen,
Herr, unser Trost und Freude sein;
Das heißt der Welt entrinnen,
Den Himmel zu gewinnen.

Abendlied

Der Tag ist hin, der Sonnen Glanz
Hat nunmehr sich verloren ganz:
Itz bricht die finstre Nacht herfür
Und öffnet uns die Sternenthür.
Auf, meine Seel', und hab' itz Acht,
Was du den ganzen Tag gemacht,
Dein Schöpfer wil, du solst ihm nun
Von deinem Wandel Rechnung thun.
Ich komm', o Vater, itz heran,
Wiewol ich nichts mich rühmen kan;
Gesündigt hab' ich diesen Tag
So, daß ich kaum erscheinen mag.
O großer Gott, die Dunkelheit
Versetzet mich in Traurigkeit,
Denn welch' auf bösen Wegen gehn,
Die müssen stets im Dunklen stehn.
Wo sol ich hin? Die finstre Nacht
Hat, mich zu schützen, keine Macht,
Das Unrecht läßt sich bergen nicht
Für dir, o Gott, du großes Licht.
Nim wieder mich zu Gnaden an,
Dieweil ich nicht entfliehen kan;
Durch Jesum such' ich Fried' und Ruh',
Es decke mich sein' Unschuld zu.
Durch Jesum Christum lob' ich dich,
Daß du mich hast so gnädiglich
Beschützet diesen ganzen Tag
Für mancher wolverdienten Plag'.
Ach, Herr, ich bin ja nimmer wert
Des Guten, so du mir beschert,
Und was du sonst in dieser Bahn
Des Lebens hast an mir gethan.
Gib mir in dieser Nacht doch Ruh'
Und decke mich mit Gnaden zu,
Dein Engel bleibe stets bei mir,
Auf daß mich ja kein Unfall rühr'.
Es müssen Diebe, Wasser, Feur,
Gespenste, Schrecken, Ungeheur
Samt mancher Trübsal, Angst und Pein
Sehr fern, o Vater, von mir sein.
Herr, schütze mich in aller Not,
Laß einen bösen schnellen Tod
Auch diese Nacht mich treffen nicht,

Laß schauen mich des Tages Licht.
Verleih', Herr, wenn die finstre Nacht
Verstrichen ist, und ich erwacht,
Daß ich zu früher Morgenszeit,
O großer Gott, dein Lob ausbreit.
Hierauf nun geh ich hin zur Ruh'
Und schließe Mund und Augen zu;
Mein Vater, laß dein Kind allein
In deinen Schutz befohlen sein!

Sterbeliedelein

O Schöpfer aller Dinge,
Du väterliches Herz,
Merk auf, wie hart ich ringe,
Was für ein schwerer Schmerz
Mich Armen hat ümfangen
In dieser letzten Not!
Wo sol ich Hülf' erlangen?
Sehr nah' ist mir der Tod.
Ich habe nun vollendet,
Herr, meines Lebens Lauf
Und mich zu dir gewendet;
Ach, nim mich gnädig auf!
Bin ich doch schon geschmücket
Mit deines Sohnes Blut
Und trefflich wol erquicket
Durch ihn, das höchste Gut.
Dein Wort hab' ich ghöret
Mit rechter Herzenslust;
Was selbigs mich gelehret,
Ist mir noch wol bewust;
Drüm glaub' ich ohne Wanken,
Daß du mein Helfer bist,
Wil dir auch sterbend danken,
O mein Herr Jesu Christ.
Zu deinen treuen Händen
Stell' ich itz meinen Geist,
Du wirst mir Hülfe senden,
Wie du mir nötig weißst;
Du hast zum Freudenleben,
Mein Gott, berufen mich,
Du wirst es mir auch geben,
Das glaub' ich sicherlich.
In meinen letsten Nöten

Hilf mir, du starker Held;
Wenn mich der Tod wil töten
In dieser schnöden Welt,
So reiß' aus seinen Banden
Mich freudig hin zu dir,
Da werd' ich nicht zu Schanden:
Erfüll, Herr, mein' Begier.
Drauf wil ich ruhig schlafen
In meinem Kämmerlein;
Gott, der du mich erschaffen,
Wirst mein Erwecker sein
Und mein verborgnes Leben
Bald machen offenbar,
Daß ich müg' ewig schweben
Bei deiner Engel Schar.

Festlied am Tage der Offenbarung Christi

Werde licht, du Stadt der Heiden,
Und du, Salem, werde licht,
Schaue, welch' ein Glanz mit Freuden
Ueber deinem Haubt anbricht!
Gott hat derer nicht vergessen,
Welch' im Finstern sind gesessen.
Dunkelheit die muste weichen,
Als dieß Licht kam in die Welt,
Dem kein anders ist zu gleichen,
Welches alle Ding' erhält;
Die nach diesem Glanze sehen,
Dürfen nicht im Finstern gehen.
Ach, wie waren wir verblendet,
Ehe noch dieß Licht brach an!
Ja, da hatte sich gewendet
Schier vom Himmel jedermann,
Unser' Augen und Geberden
Klebten blößlich an der Erden.
Irdisch waren die Gedanken,
Torheit hielt uns ganz verstrickt;
Satan macht' uns schändlich wanken,
Wahre Tugend lag verrückt;
Fleisch und Welt hat uns betrogen
Und vom Himmel abgezogen.
Finsternis fand sich auf Erden,
Finster war es in der Lehr';
Alles wolte finster werden

So, daß auch des Höchsten Ehr'
Und der Wahrheit unterdessen
In dem Finstern ward vergessen.
Gottes Rat war uns verborgen,
Seine Gnade schien uns nicht,
Klein' und Große musten sorgen,
Jedem fehlt es an dem Licht,
Das zum rechten Himmelsleben
Seinen Glanz uns solte geben;
Aber, wie herfür gegangen
Ist der Aufgang aus der Höh',
Haben wir das Licht empfangen,
Welches so viel Angst und Weh'
Aus der Welt hinweg getrieben,
Daß nichts Dunkles übrig blieben.
Jesu, reines Licht der Seelen,
Du vertreibst die Finsternis,
Welch' in dieser Sündenhölen
Unsern Tritt macht ungewis;
Jesu, deine Lieb' und Segen
Leuchten uns auf unsern Wegen.
Nun, du wollest hie verbleiben,
Liebster Jesu, Tag und Nacht,
Alles Finstre zu vertreiben,
Das uns so viel Schreckens macht;
Laß uns nicht im Dunklen waten
Noch ins Höllenmeer geraten.
Liebster Jesu, laß uns leuchten
Dein erfreulichs Angesicht,
Laß uns deine Gunst befeuchten,
Wenn das Kreuzfeur auf uns sticht;
Laß uns ja wie Christen handlen
Und in deinem Lichte wandlen.
Schenk' uns, Herr, daß Licht der Gnaden,
Das ein Licht des Lebens ist,
Ohne welches leicht in Schaden
Fallen kan ein frommer Christ;
Laß uns dieses Licht erfreuen,
Wenn wir »Aus der Tiefe« schreien.
Dieses Licht läßt uns nicht wanken
In der rechten Glaubensbahn;
Ewig, Herr, wil ich dir danken,
Daß du hast so wol gethan
Und uns diesen Schatz geschenket,
Der zu deinem Reich' uns lenket.

Gib, Herr Jesu, Kraft und Stärke,
Daß wir dir zur jeden Zeit
Durch beliebte Glaubenswerke
Folgen in Gerechtigkeit
Und hernach im Freudenleben
Heller als die Sterne schweben.
Dein' Erscheinung müß' erfüllen
Mein Gemüt in aller Not;
Dein' Erscheinung müsse stillen
Meine Seel' auch gar im Tod';
Herr, in Freuden und im Weinen
Müsse mir dein Licht erscheinen!
Jesu, laß mich endlich gehen
Freudig aus der bösen Welt,
Dein so helles Licht zu sehen,
Das mir dort schon ist bestellt,
Wo wir sollen unter Kronen
In der schönsten Klarheit wohnen.

Nachtmahlsandacht am Grünen Donnerstage

Wach auf, mein Geist, ich muß es recht bedenken,
Wie Jesus itz bemühet ist, zu schenken
Mir seinen Leib, der schwach und blutig hieng
Am dürren Holz, wo Gott den Tod empfieng.
Ja, diesen Leib gibt er mir noch zu essen,
Und wil, ich sol auch nimmermehr vergessen
Der Lieb' und Treu', welch' er (o höchstes Gut!].
An mir gethan, als er vergoß sein Blut.
Er hat mich ja der Höllenpein entfreiet,
Wofür mein Mund ein Danklied itz ausschreiet,
Auch dieß mein Herz bringt singend auf die Bahn
Das Gute, so mein Gott an mir gethan.
Er spricht: »Nehmt hin den Leib, für euch gegeben,
Und trinkt mein Blut, das theure Pfand, daneben.«
O süße Lieb', o große Wunderthat,
Daß in den Tod sich Gott gegeben hat!
Wo könte man doch solche Gnade finden,
Dadurch ein Mensch befreiet wird von Sünden,
Demnach Gott selbst zur Sünd' hat den gemacht,
Der an das Bös' auch nimmermehr gedacht?
Was nützet denn das Essen und das Trinken
Im Abendmahl? Es sol kein Mensch versinken
Im Höllenpfuhl, der diesen Worten traut:
»Mein Tod hat euch den Himmel aufgebaut.«

Ist schon dein Glaub' hie schwach, daß er gedenket:
Ob Jesus gleich sich selbst den Sündern schenket,
Wer weiß, ob ich gehör' in diese Zahl?
Ja, Mensch, an dir komt zu dieß Abendmahl.
Es läßt dieß Pfand sich so gar kräftig sehen,
Daß du getrost kanst mit den Sündern gehen
Zu Jesu hin und schließen festiglich,
Daß er den Tod gelitten auch für dich.
Und ob du schon den Taufbund so gebrochen,
Daß dir darob erschüttern alle Knochen,
O Mensch, lauf hin, nim Christus Leib und Blut;
Was gilts, dein Herz wird frisch und wolgemut?
Und ob dich gleich die Sündenbürden drücken,
Kan doch allein dein Jesus dich erquicken;
Derselbe gibt dir solche Speis' und Trank,
Wodurch dein Geist bleibt stark sein Leben lang.
Sobald wir nun den Leib und Blut genossen,
Sind wir in ihm und er in uns geschlossen,
Denn wer nur glaubt, der wird ihm inverleibt,
Auch so, daß er in uns wahrhaftig bleibt.
Sein Fleisch und Blut daß läßt uns noch auf Erden
Der göttlichen Natur theilhaftig werden;
Dieß ist das Brod vom Himmel, welches Kraft,
Ein Leben, das ohn Ende bleibt, uns schafft.
Dieß Abendmahl kan solche Lieb' erregen
In uns, daß sich Leib, Seel' und Geist bewegen,
Zu dienen Gott, dem Nächsten auch zugleich;
Von Hoffnung macht es uns auch trefflich reich.
Es gibt Gedult in allem Kreuz und Leiden,
Es lehret uns die Sünd' und Laster meiden,
Es dämpft die Lust im Fleisch und regt uns an,
Daß wir hinfort thun Gutes jedermann.
Herr Jesu, hilf, daß wir dieß recht bedenken,
Wenn wir zu dir mit neuer Buß' uns lenken;
Laß würdig uns genießen dieses Mahl
Und gehn durch dich in deinen Freudensal.

Jesus am Kreuze

Wer sich Christo wil vertrauen,
Der muß ihn am Kreuze schauen;
Viererlei sind hie zu sehn:
Erstlich merk' auf seine Wunden,
Derer fünfe sind gefunden,
Als sein Leiden ist geschehn,

Doch die Striemen ausgenommen,
Welch' er in der Stadt bekommen.
Sein Reden laß vor allen
Stets in deiner Seel' erschallen,
Denn sie sind von Troste reich;
Schaue ferner seine Thränen,
Die nach deinem Heil sich sehnen,
Ja dich Armen locken gleich,
Daß du bald in deinen Sünden
Rat und Hülfe mügest finden.
Schaue, wie sein Herz muß sterben,
Nur daß er dir mücht' erwerben
Leben und die Seligkeit.
Merke, wie die schönen Glieder
Voller Striemen hin und wieder
Sind zermartert in dem Streit,
Als die Lieb ihn hat getrieben,
Daß er todt für dich geblieben.
Seht, der Himmelkönig schweiget,
Denn er hat sein Häubt geneiget;
Meine Seel', hie halte stil,
Fasse doch die Rosenwangen
Deines Schöpfers mit Verlangen,
Weil der Herr dich küssen wil:
Küsse nun von ganzem Herzen
Christus Häubt in Todes Schmerzen.
Schauet die gestochne Seiten,
Welch' uns muß den Weg bereiten,
Der zu Gottes Wohnung geht.
Keiner sol es unterlassen,
Christus liebes Herz zu fassen,
Weil es nun eröffnet steht.
Greife zu mit beiden Händen,
Jesus wil sich zu dir wenden.
Durch sein theures Blutvergießen
Wil er endlich dich beschließen
Freundlich in die Gnadenarm';
Seufze nur in deinem Herzen,
Daß er wegen seiner Schmerzen
Deiner Seele sich erbarm'.
Fürchte nicht der Hölle Rachen,
Jesus wil dich selig machen!

Osterlied

O fröliche Stunden,
O herliche Zeit!
Nun hat überwunden
Der Herzog im Streit,
Der Leu hat gekrieget,
Der Leu hat gesieget
Trotz Feinden, trotz Teufel, trotz Hölle, trotz Tod!
Wir leben befreiet aus Trübsal und Not.
Der Würger verjagte
Die Menschen mit Macht,
Und Satanas plagte
Zu Tag und zu Nacht
Die traurige Sünder,
Die Höll' auch nicht minder
Hat immer bishero den Meister gespielt
Und grimmig nach unseren Seelen gezielt.
Es war hie zu finden
Kein David, der bald
Auch kont' überwinden
Des Riesen Gewalt,
Noch mutig in Nöten
Den Belial töten;
Kein Josua konte den Starken bestehn
Und lassen ohn' Harnisch und Waffen ihn gehn.
Es fand sich kein Krieger;
Nur Jesus allein
War Krieger und Sieger,
Das Grab ließ er sein,
Fuhr freudig zur Höllen,
Den Satan zu fällen,
Woselbst er die Riegel ganz los hat geschraubt
Und kräftig den stärksten Räuber beraubt.
O liebliche Stunden,
O fröliches Fest!
Itz hat sich gefunden,
Der nimmermehr läßt
Die traurige Seelen
In Belials Hölen,
Der willig sein Leben für andre verbürgt,
Doch endlich den Würger hat selber erwürgt.
Der Herr ist ein Zeichen
Des Sieges, der Ehr',
Ein Zeichen, desgleichen

Man findet nicht mehr;
Nun hat er gelitten,
Nun hat er gestritten,
Nun hat er gesieget den Feinden zu Trutz,
Uns aber zum Frieden, zum Nutz und zum Schutz.
Ihr Klagende, höret,
Was Christus gethan:
Die Sünd' ist zerstöret,
Ihr schändlicher Plan
Ligt gänzlich vernichtet:
Wir bleiben verpflichtet,
Dem Herren zu dienen mit inniger Lust;
O selig, dem dieser Triumph ist bewust!
Das fleischliche Leben
Ist nunmehr durch ihn
Dem Geist untergeben,
Der tapfer und kühn
Weiß mit ihm zu kämpfen,
Die Lüste zu dämpfen,
Läßt ferner nicht blicken den sündlichen Baum
Und gibet hinfüro den Lastern nicht Raum.
Der höllische Drache
Verübte mit Macht
Erschreckliche Rache,
Besiegte die Schlacht;
Nun aber ist kommen,
Der ihm hat genommen
Die Waffen, ja, Jesus, der ihn übereilt,
Hat unter uns reichlich den Raub ausgetheilt.
In eben den Orden
Der Schanden und Spott
Ist auch gebracht worden
Die grausame Rott',
Ich meine dich, Hölle;
Der Tod, dein Geselle,
Hat schimpflich verloren den Stachel im Krieg:
O flüchtige Feinde, wo bleibet eu'r Sieg?
Schaut, Pharaons Wagen
Und schreckliches Heer
Ist gänzlich zerschlagen,
Da ligt es im Meer!
Die Starke für allen
Sind nunmehr gefallen,
Komt, lasset uns diesen Triumph recht besehn,
Der allen und jedem zu gut ist geschehn!

O Jesu, wir preisen
Dein' herliche Macht
Mit lieblichen Weisen;
Du hast uns gebracht
Die Wolfahrt von oben,
Drum wollen wir loben
Dich Helden, dich Kämpfer, dich Leuen im Streit:
Bleib ewig zu helfen uns allen bereit.

Lobgesang der erquicketen Seelen

Wie sol ich gnug dich preisen,
Wie sol ich Dank erweisen
Dir, Jesu, süßes Leben,
Daß du mir Trost gegeben?
Nun kan ichs recht erkennen,
Daß ich dein Kind zu nennen,
Dieweil du durch dein Sterben
Verhindert mein Verderben.
Ich schwebt' in tausend Nöten,
Bald ließest du dich töten,
Daß ja der Sünden Bürde.
Dadurch erhoben würde.
Lob sei dir, Herr, gesungen,
Daß du für mich gerungen
Am Oelberg' und erhitzet
Hast häufig Blut geschwitzet.
Lob sei dir, Herr, gesaget,
Daß du den Kampf gewaget
Und, als der Würger kommen,
Ihm hast die Macht genommen.
Ich preise dich von Herzen,
Daß du so bittre Schmerzen
In Ketten und in Banden
Für mich hast ausgestanden.
Ich lebt' im Lasterorden,
Du bist verstricket worden;
Die Sünd' hab' ich begangen,
Dafür bist du gefangen.
Man solte mich verklagen,
Drauf haben dich geschlagen
Die Buben in die Wette,
Nur daß ich Frieden hätte.
Wie kan ich dich gnug loben,
Daß du der Feinde Toben,

Ihr Schmähen, Schelten, Neiden
Für mich hast wollen leiden?
Wie kan ichs gnug erheben,
Daß du dein Haubt gegeben
Zum Schauspiel und die Spitzen
Des Dorns es lassen ritzen?
Dein Leib, der ganz zuschlagen,
Must auch erbärmlich tragen
Das Kreuz um meinetwillen,
Des Vaters Zorn zu stillen.
Du bist ja zugesellet
Den Mördern und gestellet
Zum Scheusal allen Heiden;
O welch' ein schrecklichs Leiden!
Doch alle diese Schmerzen
Erlittest du von Herzen,
Dein Blut must' häufig fließen,
Nur meinen Fall zu büßen.
Ei, solt' ich mich mit Thränen
Nun auch nach dir nicht sehnen,
Der du mirs hast erworben,
Daß ich nicht gar verdorben?
Wolan, es bleibt versenket
Die Schuld, so mich gekränket,
Drauf preis' ich deinen Namen,
O Jesu, Helfer, Amen.

Die Seele rühmet die Freundlichkeit ihres getreuesten Heilandes

O freundlicher, o süßer,
O theurer Jesu Christ,
Du Held, du Sündenbüßer,
Daß du so gütig bist,
Das ist im Leidensorden
Mir klärlich kund geworden;
Hoch hast du mich geliebt,
Als ich war hoch betrübt!
Wie herlich hat erquicket
Dein Trost mein mattes Herz,
Als solches hat ersticket
Ein mehr denn Todesschmerz!
Wie wol hat deine Güte
Befriedigt mein Gemüte,

Daß stündlich ich daran
Mit Lust gedenken kan!
Je mehr ichs nun betrachte,
Je freundlicher du bist,
Je höher ich dieß achte,
Je mehr zur jeden Frist
Empfind' ich deine Liebe;
Hilf, daß auch ich mich übe,
So fest zu lieben dich,
Wie du, Herr, liebest mich!
Wie herlich sind die Gaben,
Die du bereitest mir;
Wie gern wolt' ich dich laben,
O treuer Gott, bei dir!
Hab' Acht auf meine Thränen,
Sie zeugen, daß mein Sehnen,
Mein Wünschen, mein Geschrei
Zu dir gerichtet sei.
Immittelst daß ich wohnen
Muß in dem Leibe noch,
Den zwar noch selten schonen
Der Tod wil würgen; doch
So stillet all mein Leiden
Die Hoffnung solcher Freuden,
Worauf ich Tag und Nacht
Bin inniglich bedacht.
Wenn werd' ich zu dir kommen,
Mein Helfer, der du mir
Das Herz so gar genommen,
Daß ich verschmachte schier,
Eh' ich auf mein Vertrauen
Dein' Herlichkeit kan schauen;
Ach Herr, wenn wird's geschehn,
Daß ich für dir sol stehn?
Herr, laß mich allzeit munter
Zu deinem Lobe sein;
Send' eiligst doch herunter
Des Geistes Kraft allein,
Daß ich mit süßen Weisen
Dich mög' ohn Ende preisen,
Denn du thust für und für
Sehr große Ding' an mir.
Laß mich mein Herz erheben
Von diesem Erdenkloß,
Auf daß ich müge leben

Bei dir, und hier nur bloß
Dasselbe vollenbringen,
Was du für allen Dingen
Zu thun mir auferlegt,
Das Fried' im Herzen hegt.
O freundlicher, o schöner,
O süßer Jesu Christ,
O Heiland, o Versöhner,
Der du so lieblich bist,
Daß es kein Mensch kan fassen,
Hilf, daß, wenn ich muß lassen
Dieß Haus voll Angst und Pein,
Ich schnell bei dir mag sein.

Errettung aus großer Not zur See

Laß itz mit süßen Weisen,
Herr Gott, du starker Held,
Mich deine Wunder preisen
Für alles in der Welt;
Dein Lob sol immerdar
In meinem Mund' erklingen,
Dir wil ich, Herr, lobsingen,
Der du hilfst aus Gefahr.
Wie sol ich dir vergelten,
Herr, solche Wunderthat,
Die deine Hand nicht selten
Im Meer' erwiesen hat?
Wie sol ich deine Treu'
Dir dankbar gnug bezahlen,
Der ich zu tausend malen
Dein Schuldner werd' aufs Neu?
Viel Angst hab' ich erfahren
Auf dem erzörnten Meer,
Das so viel stolze Baren
Warf grausamlich daher;
Ach Gott, das Schifflein floh
Erschrecklich schnell gen Himmel,
Drauf ward ein groß Getümmel,
Der wolt es so, der so.
Bald fiel das Schiff zu Grunde,
Bald sprang es wieder auf
Und hielt in einer Stunde
So manchen harten Lauf,
Daß wir den Trunknen gleich

Bald taumelten, bald fielen,
Ja, wurden durch dieß Wühlen
Wie Todte blaß und bleich.
Da must', Herr, unser Leben
Recht in der Grausamkeit
Des tiefen Abgrunds schweben,
Ja, machen sich bereit,
Zu fahren in ein Grab
Von Wasser, nicht von Erden,
Den Fischen da zu werden
Ein' angenehme Gab'.
Ach, wie das Täublein girret,
So winselt' ich im Schiff,
Ich lag doch gar verwirret,
Als uns der Sturm ergriff;
Um Trost war mir sehr bang',
Ich rief in solchem Grauen:
Das Land werd' ich nicht schauen
Hinfort mein Leben lang!
Doch, der du liebst das Leben,
Du Menschenhüter du,
Du hast nicht zugegeben,
Daß wir noch immerzu
Verlassen solten sein;
Du ließest Hülfe kommen,
Du hast uns aufgenommen
Durch deinen Schutz allein.
Das Brausen ward gestillet,
Die Wellen legten sich,
Der Himmel, der verhüllet
Gestanden jämmerlich,
Ward wiedrum hell und klar.
So hast du, Herr, das Leben
Mir gleichsam neu gegeben,
Das schier verloren war.
Dafür wil ich dich preisen,
So lang' ich leb' und bin;
Ich wil dir Dank erweisen,
Herr, nimm dieß Opfer hin!
Du bist mein stärkster Hort,
Drum sol dein Lob für allen
In meinem Mund' erschallen
Recht freudig hier und dort.

Des Lebens Garten
Jesaja 61, 3.

Komt, laßt uns wandeln gehen
Zu dieser Frühlingszeit,
Im Garten zu besehen
Der Bäume Lieblichkeit,
Die schöne Früchte tragen,
Woran itz früh und spat
Der Gärtner sein Behagen
Und höchste Wollust hat.
Es war von Gott gebauet
Das schönste Paradies,
Das hat er anvertrauet
Den Menschen, welch' er ließ
Als gute Bäume stehen,
Zu tragen edle Frücht':
Ach, aber, was geschehen,
Bezeugt uns das Gerücht.
Es ist der Garte leider
Verderbet ganz und gar,
Demnach desselben Neider,
Der Satan, emsig war,
Durch Sünde zu vernichten
Die Gärten groß und klein;
Da muste Gott anrichten
Ein anders Gärtelein.
Es ließ der Herr auf Erden
Nach seiner Freundlichkeit
Gerechte Bäume werden,
Welch' ihm zur jeden Zeit
Nur Früchte solten geben,
Die nimmermehr vergehn;
Es solt' ihr ganzes Leben
Im *Thun*, im *Thun* bestehn.
Es muste sein versetzet
Der Baum von seinem Ort,
Es war der Mensch verletzet
An Leib und Seel hinfort;
Nichts Gutes kont' er machen,
Die Früchte waren wild,
Und er mit allen Sachen
Blieb Satans Ebenbild.
Gott aber, reich von Gnaden,

Hat unser so gedacht,
Daß er uns arme Maden
Zu Pflanzen hat gemacht;
Wir sind nicht mehr im Orden
Der Dörner, wie vorhin,
Jetzt sind wir Bäume worden
Und zwar nach Gottes Sinn.
Es fließt in diesem Garten
Die schöne Lebensquell',
Hie kan der Baum sich arten
Und wachsen trefflich schnell,
Wenn ihn die Sonn' erhitzet;
Der Gart' hat seinen Wall,
Der künftig ihn beschützet
Für allem Ueberfall.
Die Diener Gottes pflanzen
Die Bäumlein wunderschön,
Nicht Feigen, Pomeranzen,
Welch' in den Gründen stehn,
Besondern Menschenkinder,
Wovon die Schrift uns lehrt,
Daß sie sind arme Sünder,
Durchs Wort dennoch bekehrt.
Drauf folgt nun das Begießen:
Ach, seht die Gnadenquell'
In Ueberfluß hinfließen,
Als ein Kristall so hell.
O Brünnlein reich von Gaben,
O Quell' auch rot wie Blut,
Du kanst die Seel' erlaben,
Du bleibst mein höchstes Gut.
Nun, Gott gibt zum Gedeihen
Auch seinen werten Geist,
Durch den wir Abba schreien,
Der Rat und Tröster heißt.
Drauf fahen an zu blühen
Die Kindlein zart und fein,
Wenn wir dieselben ziehen
Zu Gottes Ehr' allein.
Und komt man denn zu Jahren,
So folgt die werte Frucht;
Da muß ein Christ nicht sparen
Erbarmung, Fried' und Zucht;
Da muß ein Christ vermehren
Des Allerhöchsten Ruhm,

Und zu desselben Ehren
Werd' er ein edle Blum.
Der Preis muß Gott verbleiben,
Wil man sein Pflänzlein sein,
Man geb' ohn Hintertreiben
Nur ihm den Ruhm allein.
Bald wird der Winter kommen,
So reißt der Tod uns hin,
Der Tod, der doch den Frommen
Muß werden zum Gewinn.
Wolan, es ist vorhanden
Die schönste Frühlingszeit,
Da von des Todes Banden
Uns Christus selbst befreit
Und drauf das Sommerleben
In seinem Freudenzelt
Aus Gnaden uns wil geben.
Herr, kom, wenn dir's gefällt!

Blumen des Gartens

Liebster, wilst du meiner warten,
Bis die Sonne bricht herfür,
Und mich führen in den Garten
Durch der Andacht schöne Thür,
Zarter Blumen Lieblichkeit
In der süßen Frühlingszeit
Mit Verwundern zu besehen,
Ei, so kom und laß uns gehen!
Jesu, sol ich deinen Augen
Einmal recht gefällig sein,
Sol mein Schmuck nur etwas taugen,
Sol ich prangen hell und rein
Dir zur Ehr und mir zum Ruhm:
Ei, so must du manche Blum'
An den klaren Tugendbächen,
Mich zu zieren, freundlich brechen.
Ja, du führst mich bei den Händen
Zu dem bunten Blumenheer;
Ach, wohin sol ich mich wenden,
Finden, was ich längst begehr?
Haben dort nicht ihre Stell'
Edle Rosen, die so hell
Und gar rot von Farben blühen,
Daß sie Purpur vorzuziehen?

Aber das so scharfe Stechen
Ihrer Zweiglein thut mir weh;
Herr, du wollst es ja nicht rächen,
Wenn ich leider nochmals geh'
In der schnöden Wollust Bahn,
Wie ich manchen Tag gethan,
So daß ich in Schand und Nöten
Wie die Rose muß erröten.
Lieblich zwar sind diese Rosen,
Dauern doch nur kurze Zeit;
Solt' ich selber mich liebkosen
Wie ein Kind der Eitelkeit?
Nein, die Wollust fliegt dahin;
Auch des Lebens Rauberin,
Unsre Zeit, muß schnell vergehen,
Wie die Rosen nicht bestehen.
Liebster, führe mich nur weiter
Auf das klare Lilienfeld,
Brich mir eine, mein Begleiter!
Bin ich dir doch zugesellt.
Ach, daß solch ein edle Blum'
Ich in deinem Heiligtum
Möcht' in rechter Unschuld heißen
Und von wahrer Tugend gleißen.
Aller Menschen Schmuck und Prangen
Ist doch lauter Trügerei;
Auch kein Kaiser kan's erlangen,
Daß er gleich den Lilien sei.
Wil ich helle Kleider sehn,
Darf ich nur zum Garten gehn,
Wo die Blumen auch erzählen,
Daß uns Christen nichts kan fehlen.
Ei, wie blühen die Narcissen
Und Violen mancher Art!
Gleichwol läßt mein Freund mich wissen,
Daß die Zeit sie nimmer spart.
Was ist unser Leben doch!
Wenn man ist bemühet noch,
Viel zu lernen, viel zu schaffen,
Pflegt der Tod uns hinzuraffen.
Meine Zeit ist fast vergangen:
Führe mich, mein Jesu, hin,
Wo sich stillet mein Verlangen
Und ich selbst dein Blümlein bin,
In das schönste Paradeis,

Wo man nichts zu sagen weiß
Als von Jauchzen, Triumphieren,
Mit den Deinen zu regieren.

Ueber Psalm 77, Vers 4 und 7

Brich, o Morgensonne,
Lieblich doch herfür!
Gott, ich wil mit Wonne
Kindlich danken dir;
Denn du hast beschützet
Mich die ganze Nacht,
Daß mich nicht beschmitzet
Satans List und Macht.
Geht herfür, ihr Sterne,
Bleicher Mond, brich an,
Leuchtet uns von ferne,
Daß mein Mund doch kan
Jetzt sein Opfer bringen
Und mit süßem Ton
Unserm Gott lobsingen
Für dem Gnadenthron!
Komt, ihr Gotteskinder,
Laßt des Höchsten Wort
Wohnen auch nicht minder
Unter uns hinfort;
Hebt die Freudenpalmen
Jauchzend himmelan,
Singt die schönsten Psalmen,
Die man finden kan.
Lasset itz erschallen
Manchen Lobgesang,
Ist doch auch ein Lallen,
Das ohn allen Zwang
Aus dem Herzen gehet,
Gott sehr lieb und wert,
Gott, der das erhöhet,
Was nur ihn begehrt.
Laßt vor allen Dingen,
O ihr Christenleut,
Eure Stimm' erklingen,
Gottes Herlichkeit
Tag und Nacht zu preisen;
Laßt Herz, Sinn und Mut
Ehr' und Dank erweisen

Gott, dem höchsten Gut.
O du Geist von oben,
O du süßes Licht,
Laß uns, Gott zu loben,
Doch ermüden nicht;
Unser Herz kan spüren
Deine Gegenwart,
Wo das Modulieren
Niemals wird gespart.
Unser Herz sol heißen,
Herr, dein Psalterspiel,
Das sich wird befleißen,
Dich ohn' End und Ziel
In der Welt zu loben;
Auch mein Geist, allein
Stets zu dir erhoben,
Sol dein' Harfe sein.
Herr, es sol da singen
Nicht der bloße Mund,
Noch ein Lied erklingen
Ohn' des Herzen Grund:
Nein, es sol mit Thränen
Aus der Seelen gehn,
Die sich stets wird sehnen,
Dich mit Lust zu sehn.
Bald so wil ich beten,
Herr, aus ganzer Macht,
Bald so wil ich treten
Voller Glaubenspracht
Für den Thron der Gnaden,
Wenn ein großer Schmerz
Schwerlich hat beladen
Mein betrübtes Herz.
Bald so wil ich schreien,
Wenn der Feinde Schar
Nah' ist, nach dem Dräuen
Mich zu würgen gar;
Bald so wil ich bitten,
Wenn ich Armer steh
Gleichsam in der Mitten
Und mein Grab anseh.
Bald so wil ich loben,
Wenn zur argen Zeit
Für der Feinde Toben
Du mich hast befreit,

Ja, mich aus der Höllen
Gleichsam hast gebracht,
Wil ich dann bestellen
Deinen Ruhm mit Macht.
Herr, dein Lob ausbreiten
Ist der Engel Lust,
Drüm sol dieß bei Zeiten
Mir auch sein bewust;
Ja, die kleine Kinder
Sollen früh und spat
Rühmen, Herr, nicht minder
Deine Majestat.
Laß im ganzen Leben
Mich, o Gott, nur dich
Und dein Thun erheben,
Laß mich würdiglich
Dich mit süßen Weisen
Rühmen in der Welt,
Bis ich werde preisen
Dich im Himmelszelt.

Christus der rechte Lehrer

1 Petri 2, 21.

Bereite dich, o liebste Seel',
Ein helles Licht zu schauen,
Worauf in dieser Lebenshöl
Ein Christ darf kühnlich bauen;
Denn wer dieß Licht nimt wol in Acht,
Dem wird auch in der finster Nacht
Für keinem Unfall grauen.
Dieß helle Licht heißt Jesus Christ,
Von Himmel her gegeben,
Der uns zum Lehrer worden ist,
Daß unser Thun und Leben
Nach ihm allein gerichtet sei,
Auch wir ohn' Arg und Heuchelei
An ihm beständig kleben.
Wer Christo nicht folgt offenbar,
Der muß im Dunkeln bleiben,
Er bringt sich selber in Gefahr,
Die kaum zu hintertreiben.
Ein solcher wird ja leider nicht
Dem allerschönsten Seelenlicht

Sich gläubig inverleiben.
Da stellt uns Gott, der Vater, nun,
Sein liebstes Kind für Augen,
Das lehrt uns solche Werke thun,
Die für der Welt auch taugen.
So laßt uns geben ihm die Ehr',
Auch bloß aus seiner Brust die Lehr'
Und heiligs Leben saugen.
Für diesem Spiegel wil ich stehn,
Auf daß ich noch auf Erden,
In dem ich seinen Glanz kan sehn,
Ganz müg' erneuert werden.
Dieß Bild weiß nichts von Adams Art,
Die sich im Fleisch sonst offenbart
Mit Worten und Geberden.
Es ist doch unser Fleisch und Blut
Mit Sünden hart beschweret,
Als Geiz, Neid, Unzucht, Uebermut
Und was dieß Gift ernähret:
Des Satans böslich Eigenschaft,
Dieß alles ist von solcher Kraft,
Daß es, was gut, verzehret,
Dieß schrecklichs Uebel könt' allein
Gott selber von uns nehmen;
Drum must' er wahrer Mensch auch sein,
Dieß Ungeheur zu zähmen,
Und das um unsertwillen nur,
Daß sich sein' arme Creatur
Nicht ewig dörfte schämen.
So sind wir ja vereinigt nun
Mit Gott, nach seinem Willen,
Was Christus uns gelehrt, zu thun,
Der alles muß erfüllen,
Was uns so gar unmüglich war,
Sein Blut könt' einzig die Gefahr
Und Glut der Höllen stillen.
Da wirkt nun Christus alles das
In uns, was gut zu nennen,
Da lernen wir ohn' Unterlaß
Auch Christus Sinn erkennen;
Ja, Christi Wort ist unser Wort,
Es kan noch Freund noch Feind hinfort
Von seiner Lieb' uns trennen.
O süßes Leben, welches ist
Allein in Jesu Leben!

Da bleibt alsdenn ein wahrer Christ
Auch bloß an Jesu kleben;
Denn Jesus Sanftmut und Gedult
Wird ihm durch Jesus Lieb' und Huld
Auch reichlich mitgegeben.
Ach, war nicht Christi Leben vol
Leid, Armut, Hohn und Schmerzen,
Das gleichwol den nicht schrecken sol
Der Christum liebt von Herzen;
Der alte Mensch wil prächtig sein,
Der neue spricht: ach nein, ach nein,
Hie gilt noch Lust noch Scherzen.
Dir folg' ich, Herr, mit Freudigkeit,
Zu gehn auf deinen Wegen;
Daran ist mir in dieser Zeit
Zum höchsten ja gelegen.
Ich leb' in dir, du lebst in mir,
Wolan, drauf bleib' ich für und für,
O Gott, im Fried' und Segen.

Christus vor den Hohenpriestern

Hin ist die Nacht, der Tag bricht an,
Die Morgenröte malt den Himmel,
Die Welt erwacht, und jederman
Erregt sein tägliches Getümmel:
Da wird das Gotteslamm gerissen
Sehr grimmig vor den hohen Rat,
Als ihn die Zunft der Diener hat
Die ganze Nacht herümgeschmissen.
Es samlet sich die leichte Rott
Und lässet vor dem Richtstuhl führen
Mit Spott den hochgelobten Gott,
Der selber prüfet Herz und Nieren;
Ja, der sich niemals hat empöret,
Muß aller Aufruhr schüldig sein;
Man sagt ihm ins Gesicht hinein,
Gottlästern sei von ihm gehöret.
Sobald der Judas nun vernimt,
Wie schändlich seine That gelungen
Und alles das, was angestimt,
Von jedem werde nachgesungen,
Daß nämlich unser Heil sol sterben:
Da überfällt ihn Reu und Schmerz,
Das quälet nun sein falsches Herz,

So daß er spüret sein Verderben.
»Ach, ruft er, was hab' ich gethan!
Mein Herr ist ohne Schuld verraten.
Ihr Richter, legt doch ab den Wahn,
Verfluchet meine bösen Thaten;
Nemt hin eur Geld, das mich verführet,
Eur Geld, das mir schafft schwere Pein!«
Die Richter sprechen alle: »Nein,
Es wird nicht mehr von uns berühret.«
O Bubenstück, o falscher Kuß,
Der diesen Mann zur Höllen sendet,
Verzweiflung machet ihm den Schluß,
Indem ein Strick sein Leben endet,
Ein Strick treibt aus sein' arme Seele,
Sein Bauch zerbricht als ein Geschwür,
Sein Eingeweide dringt herfür,
Der Geist fleugt in des Satans Höle.
Herr Jesu, der du durch den Rat
Des Todes schüldig bist erkläret,
Vergib mir doch die Missethat,
Die mich wie Sand am Meer' beschweret!
Ach Herr, es ist mir unvergessen,
Daß ich gehör' in diese Rott;
Als du verdammet bist, mein Gott,
Bin ich beim Priester mit gesessen.
Mein Heiland, du wirst hingeführt
Zu solchen Richtern, die nicht wissen
Was deiner Herlichkeit gebührt,
Die Blut zu stürzen sind geflissen.
Warum hast du dieß uns gestanden?
Darum, auf daß ich würde nicht,
Wenn du wirst kommen zum Gericht,
O Gott, vor deinem Stuhl zu Schanden
Ach, gib mir einen tapfern Mut,
Daß ich ja nimmermehr erlige;
Wenn mich versehrt des Kreuzes Glut,
So hilf mir, daß ich frölich siege.
Dein bitters Leiden kan erquicken,
O treuer Gott, mein mattes Herz,
Daß weder Tod, noch Not, noch Schmerz
Dasselbe können unterdrücken.
Es tröste mich zur jeden Zeit,
Besonders in der Höllen Schrecken,
Des andern Lebens Süßigkeit,
Zu welchem du bald wirst erwecken

Die Gläubigen, die dich geliebet:
Nach solchem Leben seufz' ich sehr;
Da wirst du geben Freud und Ehr'
Uns, die wir lebten so betrübet.
Ein Gasthaus nenn' ich diese Welt
Und nicht das Vaterland der Frommen;
Du hast ja, Herr, ein Haus bestellt
Vor alle, welche zu dir kommen;
Dahin nun wollen wir uns schwingen,
Was geht uns dieses Erdreich an?
Hilf, daß wir bald in Kanaan
Der Ewigkeit ein Liedlein singen.
O wolte Gott, es käm' herbei
Die Stund', in der ich solt' ablegen
Des Fleisches Last und werden frei
Von Sünden, die sich stets noch regen!
O, solt' in jennem Freudenleben
Mein Seelichen sehn für und für
Die Feinde ligen unter dir,
Wie wolt' ich meine Stimm erheben!
O Jesu, Herr der Herlichkeit,
O süßer Trost der armen Sünder,
O ewig Gott, Mensch in der Zeit,
Du liebest ja die Menschenkinder;
Wie freundlich hast du dich erwiesen,
Der du des bittern Sterbens Not
Getötet hast durch deinen Tod!
Sei hier und dort von mir gepriesen!

An die Hände seines Seligmachers

Liebster Jesu, sei gegrüßet,
Sei gegrüßet tausendmal,
Der du hast vor mich gebüßet,
Als man dir mit großer Qual
Deine Händ' ans Kreuz geschlagen
Und sie lassen Sünde tragen.
Seid gegrüßet, o ihr Hände,
Was vor Rosen stehn in euch!
Schöne Rosen, welch' am Ende
Christum machen rot und bleich;
Ach, ich sehe da mit Haufen
Blut aus ihren Wunden laufen!
Herr, ich muß ans Herz itz drücken
Diese Wunden purpurrot,

Die mir Leib und Seel' erquicken
In der allerhöchsten Not;
Herr, mich dürstet, dieß sind Gaben,
Die mich kräftig können laben.
O, wie bist du doch so günstig
Allen Sündern dieser Welt!
Ja, wie liebest du so brünstig
Was der Erdkreis in sich hält!
Herr, du trägest aus Erbarmen
Bö und Gut' in deinen Armen.
Nun, ich stelle dir Geplagten
Einen großen Sünder für:
Sei barmherzig mir Verzagten,
Oeffne deine Gnadenthür;
Pflegst du doch das einzulassen,
Was dich kan im Glauben fassen.
Ziehe mich, der du gezogen
Mit den Händen an den Baum,
Hilf, daß ich, dadurch bewogen,
Dir in mir stets mache Raum;
All mein Können, Wollen, Wissen
Sei nur auf dein Kreuz geflissen.
Laß mich deine Liebe schmecken,
Weil ich sehnlich nach ihr dürst',
Ich wil meinen Geist erwecken
Dir zu Dienst', o Lebensfürst;
Alles Trübsal wird mich lassen,
Kan ich nur die Laster hassen.
Seid gegrüßet, o ihr Hände,
Gebet mir doch volle Macht,
Daß ich mich im Glauben wende,
Euch zu danken Tag und Nacht;
Lasset doch mit heißen Thränen
Mich nach euren Wunden sehnen!
Nun, so bin ich rein gebadet,
Liebster Herr, in deinem Blut;
Es ist niemand, der mir schadet,
Denn ich leb' in deiner Hut.
Jesu, nim am letzten Ende
Meine Seel' in deine Hände!

Lob- und Danklied für den Frieden

Solt' ich nicht frölich sein
Und danken dir allein,

O Gott, daß nun vergangen
Dein Zorn und das Verlangen
Der Armen ist erfüllet,
Ja daß zu dieser Frist
Dein Eifer ganz gestillet
Und du versöhnet bist?
Wie wol ist mir geschehn!
Nun kan ich Hülfe sehn.
Solt' ich dir nicht vertrauen,
Der du mich lässest schauen
Den Fried' in unsern Gränzen,
Der uns durch deine Kraft
Wird alles das ergänzen,
Was uns der Krieg gerafft.
Gott Lob! Das Kriegsgeschrei
Ist endlich nun vorbei,
So werden nicht verlassen,
Die Gott im Glauben fassen;
Nun hat sich abgewendet
Sein Grimm, nachdem der Streit
Der Fürsten sich geendet
Mit Lieb' und Freundlichkeit.
Drauf rauschet nun hernach
Der Fried', als sonst ein Bach,
Der Feld und Wiesen netzet,
Der edle Fried' ergetzet.
Gleich wie der Thau den Acker,
Den er gleich lechzend fand,
So macht der Fried' jetzt wacker
Das werte Vaterland.
Dir dank' ich Tag und Nacht,
O Gott, daß du die Macht
Des Feindes hast gebrochen
Und dich an ihm gerochen,
Läßt uns nun wieder kommen
Des Landes Obrigkeit,
Zum Nutz und Trost der Frommen
In dieser schweren Zeit.
Schütz herlich ihren Stand
Durch deine Wunderhand,
Daß sie kein Feind betrübe,
Noch das an uns verübe,
Das abermal kan schaden
Des Landes Glück und Ruh';
Herr, deck uns doch mit Gnaden

Und sicherm Friede zu.
Gott Lob, der Krieg ist fort!
Uns sol an diesem Ort
Ein Feind nicht leicht erschrecken,
Noch uns mit Angst aufwecken,
Die Kreuzstund' ist vergangen,
Itz bricht der Trost herfür.
Wem sollte nicht verlangen,
O Fried', allein nach dir?
Die Not ist abgethan,
Die Lust tritt auf die Bahn;
Kein Krieg wird mehr gefunden,
Der Fried' hat überwunden.
Wird der nun nimmer wanken,
Herr Gott, in dieser Zeit,
So wollen wir dir danken
Dort in der Ewigkeit.

Lied

Kan ich denn an diesem Ort'
Auf des schönen Hügels Spitzen,
Wo der ungestüme Nord
Kaum mich lässet sitzen,
Lauter nichts beständigs sehn?
Muß es gehn
Schneller als die Blitzen?
Ach, wo bleibt das edle Laub
Dieser hocherhabnen Eichen?
Wird es nicht der Winde Raub,
Welchen es muß weichen?
Muß nicht auch der Gärten Zier
Sterben schier
Und von hinnen schleichen?
Kan die Flut nicht stille stehn?
Muß sie hin und wider schweben?
Ach, was wird denn wol geschehn
Unserm schwachen Leben!
Seht, die flügelschnelle Zeit
Wil bereit
Uns ein Grabmal geben.
Dieser Herbst der lehret mich,
Daß auf Erden nichts zu finden,
Das nicht durch den Todesstich
Müsse bald verschwinden;

Alles fleugt wie leichtes Heu,
Ja wie Spreu
Für den starken Winden.
Nun, Parnassus, gute Nacht!
Es ist aus mit meinem Spielen.
Hab' ich Vers' auf dir gemacht,
Die der Welt gefielen,
Fort nicht mehr; ich wil in Ruh'
Immerzu
Nach dem Himmel zielen!

Christliche Betrachtung der Person, die da leidet, vnd der Ursachen des bitteren Leydens vnd Sterbens vnseres Herrn Jesu Christi

1.

O Grosser Gott ins Himmels Thron,
Hilff, daß ich mög' erkennen,
Wer doch gewesen die Person
Vnd wie sie sey zu nennen,
Die hie für mich
So ritterlich
Biß in jhr Grab gestritten,
Als sie den Todt erlitten.

2.

Ach ist es nicht dein liebstes Hertz,
Dein Kind vnd Eingeborner?
Wie leydet denn so grossen Schmertz,
O Gott, dein Außerkohrner?
Wie kan es seyn,
Daß solche Pein
Dem Helden wird gegeben,
Der allen gibt das Leben?

3.

Ja, Vater, ist er nicht der Mann,
Von dem du selbst gesaget:
Er ist es, der mich stillen kan,
Mein Sohn, der mir behaget?
Wie muß denn er
Jetzund so schwer

Die Bürden auff sich nehmen,
Den Todt dadurch zu zähmen?

4.

Ist er nicht selbst die Herrligkeit
Vnd wird dennoch verspeyet,
Ja ist er nicht ein Held im Streit'
Vnd wird so leicht zerstrewet?
Ist er nicht Gott
Vnd leidet Spott,
Ist er nicht sonder Schulden
Vnd muß den Todt erdulden?

5.

O frommes, vnbeflecktes Lamm,
O schönster Mensch auff Erden,
O Manna, das vom Himmel kam,
Du must geopffert werden.
Dein Händ' vnd Füss',
Als die so süss'
Am letzten End' vns laben,
Die werden gantz durchgraben.

6.

Dein würdig Häupt, O Gottes Sohn,
Das wir mit Zittern ehren,
Bedecket eine Stachel-Kron,
Dein Elend zu vermehren.
Dein trewer Mund,
Der Warheit Grund,
Die rosenfarbe Lippen
Sind bleicher als die Klippen.

7.

O grosse Lieb'! jtzt seh' ich recht
Die Wund in deiner Seiten,
Dadurch du wilt mir armen Knecht'
Ein ewigs Reich bereiten.
Diß Hertzen-Blut,
Das hohe Gut,
Deßgleichen nicht zu finden,
Befreyet mich von Sünden.

8.

Dein' Augen voller Freundligkeit,
Der Menschen Lust vnd Wonne,
Die klärer waren vor der Zeit
Als die so klare Sonne,
Die andren sich
Nun jämmerlich;
Die schönsten Liechter schwellen
Von lautren Thränen-Quellen.

9.

Sie rinnen wie ein Wasserfluß
Auff die zuschlagne Glieder,
Sie fallen wie ein Regen-Guß
Die zarten Wangen nieder.
Ach! nichts ist hie
Als Angst und Müh';
Es wird mit tausend Plagen
Der schönste Leib zuschlagen.

10.

Du trägst die Straffen meiner Schuld'
Vnd schweren Missethaten,
Ja lässest dich aus lauter Huld'
Am Pfal des Creutzes braten.
Das that die Lieb',
Herr, die dich trieb,
Die Sünder aus dem Rachen
Der Hellen frey zu machen.

11.

O Wunderwerck! der herrlich ist,
Nimpt auff sich vnser Schande;
Der keusch, gerecht vnd sonder List
Gepriesen wird im Lande,
Trägt mit Gedult
Gantz frembde Schuld,
Ja hat sein eignes Leben
Für vnsers hin gegeben.

12.

Wie niedrig bist du worden, Herr,
Vmb vnsrer Hoffart willen.
Dein Geißlen, Marter vnd Beschwer
Must' vnsre Frechheit stillen.

Nur vnsre Lust,
Der Sünden Wust
Gebaren deinem Hertzen,
O Heyland, so viel Schmertzen.

13.

Ich bin, Herr Jesu, gantz verflucht,
Du aber bist der Segen.
Noch hat der Segen mich gesucht
Auff gar verfluchten Wegen.
Ich hab' allein
Die Höchste Pein
Mit Sünden wol verdienet:
Du hast mich außgesühnet.

14.

Ich war verkaufft zur Hellengluth
Vmb so viel böser Thaten;
Da wust' allein dein göttlichs Blut
In solcher Noth zu rathen.
Der thewre Schatz
Behielt den Platz;
Der Sathan muste weichen,
Sünd', Hell' vnd Todt deßgleichen.

15.

Nun höret auff des Höchsten Rach',
Es ist sein Zorn gestillet
Durch so viel schmertzen, Pein vnn schmach,
Nun ist die Schrifft erfüllet.
Des Herren Todt
Hat nun die Noth
Auff Erden weggenommen,
Der Fried' ist wieder kommen.

16.

HERR Jesu, nimb mich gnädig an,
Vertilg in mir die Sünde,
Die ich nicht gantz ertödten kan,
Wie leyder ich befinde.
Eins bitt ich dich:
HERR, lasse mich
Dein thewres Blutvergiessen
Biß in mein Grab geniessen.

Christliches Morgen-Lied,

sich dem Schutze des Allerhöhesten zu befehlen

1.

Gott, der du selber bist das Liecht,
Des Güt' vnd Trewe stirbet nicht,
Dir sey jtzt Lob gesungen,
Nach dem durch deine grosse Macht
Der helle Tag die finstre Nacht
So kräfftig hat verdrungen
Vnd deine Gnad' vnn Wunderthat
Mich, da ich schlieff, erhalten hat.

2.

Lass' ferner mich in deinem Schutz',
O Vater, für des Sathans Trutz
Mit Frewden aufferstehen,
Damit ich diesen gantzen Tag
Dich ja mit meinem Nutzen mag
Im Glauben frölich sehen.
Vor allem sey du selber mir
Das Liecht des Lebens für vnd für.

3.

Des Glaubens Liecht in mir bewahr',
Ach stärck' vnd mehr' es jmmerdar,
Erwecke Trew' vnd Liebe,
Die Hoffnung mach' in Nöthen fest';
Hilff, daß ich mich auffs allerbest'
Auch in der Demuth übe,
Daß deine Furcht stets für mir steh'
Vnd ich auff gutem Wege geh'.

4.

HERR, halte meinen Gang gewiß,
Treib aus von mir die Finsterniss'
Vnd Bößheit meines Hertzen.
Behüte mich den gantzen Tag
Für Aberglauben, Zorn vnd Plag',
Auch für verbotnem Schertzen.
Bewahre mich für stoltzem Pracht'
Vnd allem, was mich lästern macht.

5.

Gib, daß ich dir gehorsam sey
Vnd mich für Zanck vnd Hader schew',
Auff daß der Sonnen Stralen
Mich diesen Tag nicht zornig sehn
Vnd nachmals trawrig vntergehn.
Ach laß mich nicht bezahlen
Dem Nechsten seine Bittrigkeit
Mit Feindschaft, Hassen, Grimm vnn Neid.

6.

Für Unzucht vnd für böser Lust,
Für Kargheit vnd des Geitzes Wust
Behüte mich in Gnaden.
Gib, daß die Falschheit dieser Zeit
Zusampt der Ungerechtigkeit
Mein Hertz ja nicht beladen.
Ach daß dein heiligs Angesicht
Doch solche Sünd' erblickte nicht!

7.

O trewer Gott, erweck' in mir
Nur einen Hunger stets nach dir,
Daß mich die Welt verliere;
Auch lehre mich, du starcker Held,
Zu thun allein, was dir gefält;
Dein guter Geist mich führe,
Damit ich ausser bösem Wahn
Stets wandlen mög' auff ebner Bahn.

8.

Befiehl' auch deiner Engel Schaar,
Daß sie mein Leben für Gefahr
Den gantzen Tag beschützen
Vnd auff den Händen tragen mich,
Daß nicht der Satan grawsamlich
Mich könn' allhie beschmitzen;
So werd' ich gegen Löwen stehn
Vnd vnverzagt auff Drachen gehn.

9.

So nimm von mir, O Vater, hin
Mein Hertz, Gedancken, Muth vnd Sinn,
Daß ich dir gantz vertrawe.
Behüt' auch, du getrewer Hort,

Mein tichten, reden, Werck vnd Wort,
Daß es nur stetig schawe
Auff deines thewren Namens Ehr',
Auch meines Nechsten Nutz vermehr'.

10.

HERR Jesu Christe, laß allein
Mich Armen ein Gefässe seyn
Vnd Werckzeug deiner Gnaden.
Richt' all mein Thun, Beruff vnd Stand,
Halt' über mir dein' Hülff vnd Hand,
So kan mir niemand schaden.
Du wollest auch ja gnädiglich
Für den Verleumbdern schützen mich.

11.

Mit Hertz' vnd Mund' ich dir befehl',
Herr Jesu, meinen Leib vnd Seel',
Auch Ehr' vnd Gut daneben.
Wenn ich nun sitze, geh' vnd steh',
Alsdenn so schaffe, daß ich seh',
Herr, über mir dich schweben.
Gib ja, daß deine Gnaden-Hand
Sey nimmer von mir abgewand.

12.

Für bösen Pfeilen, die bey Tag'
Auff Erden bringen grosse Plag',
Als für des Todes Seuche,
Für Pestilentz behüte mich,
Damit sie nicht so grawsamlich
Bey Nacht herümmer schleiche.
Bewahr' vns auch für Krieges-Noth,
Wend' einen bösen, schnellen Todt.

13.

Gib, lieber Herr, zu dieser frist,
So viel zum Leben nöhtig ist,
Doch nur nach deinem willen.
Wenn du die Speiß' vnd Nahrung hie
Mit Gnaden segnest spät' vnd früh,
Kanst du vns reichlich füllen:
Doch, daß man deine milde Gaab'
Auch nicht zu einem Mißbrauch hab'.

14.

Allein zu dir hab' ich gesetzt
Mein Hertz, O Vater, gib zuletzt
Auch mir ein seligs Ende,
Auff daß ich deinen jüngsten Tag
Mit grosser Frewd' erwarten mag,
Drauff streck' ich auß die Hände:
Ach komm, HERR Jesu, komm, mein Ruhm,
Vnd nimm mich in dein Eigenthumb.

15.

Christlicher Segen.

Mein Gott vnd Vater segne mich;
Der Sohn erhalte gnädiglich,
Was er mir hat gegeben;
Der Geist erleuchte Tag vnd Nacht
Sein Antlitz über mich mit Macht
Vnd schütze mir mein Leben.
Nur dieses wündsch' ich für vnd für:
Der Friede Gottes sey mit mir.

Ein fröliches Lobe-Lied Gottes

Von der Herrligkeit des Schöpffers.

1.

Auff, meine Seel', vnd lobe Gott,
Spiel auff dem Herren Zebaoht,
Dem König' aller Ehren.
Auff, auff vnn lass' vns bester weis'
Allein des Herren Lob vnd Preiß
Zu jeder Zeit vermehren.
Mein Gott, du bist voll Herrligkeit;
Sehr prächtig gläntzet dort dein Kleid,
Viel heller als die Sonne.
Du breitest deines Himmels Hauß
Wie einen blawen Teppich aus
Mit grosser Frewd' vnd Wonne.

2.

Du fährest auff den Wolcken her,
Als wenn es nur dein Wage wär;
Du gehest auff den Winden.

Du schaffest, daß der Engel Schaar
Gleich wie die Flammen hie vnd dar
Sich dir zu Dienste finden.
Du gründest diesen Erden-Kloß,
Du lässest seine Hügel bloß,
Bedeckest jhn mit Wellen.
Die Wasser hangen oben an,
Da keiner sie bezwingen kan,
Daß sie herunter schnellen.

3.

Die Wolcken lauffen spät' vnd früh,
Dein starcker Donner jaget sie,
Die Berge zu besprützen;
Die haben jhre Grentz' vnd Ort,
Sie lauffen nun vnd jmmer fort,
Hoch prangen jhre Spitzen.
Du lässest Brunnen ohne Zahl
Vnd tausend Bächlein tausend mal
Entspringen in den Gründen;
Da wissen so viel wilder Thier',
Als Löwen, Bähren, Hirsch' vnd Stier,
Den klaren Tranck zu finden.

4.

Die Wasser fliessen mehr vnd mehr,
Dabey erklingt das leichte Heer
Der Vöglein auff den Zweigen.
Bald feuchtest du von oben ab
Die Hügel, daß sie ihre Gaab'
Vnd schöne Frücht' vns zeigen.
Du schaffest, daß das gantze Land
Mit Weitzen füllet vnsre Hand;
Du machest feucht die Erden,
Du lässest durch dein klares naß
Die Kräuter, Blumen, Laub vnd Graß
Für Vieh' vnd Menschen werden.

5.

Du giebest Wein vnd süssen Tranck,
Der vns kan unser Lebenlang
In Trawrigkeit ergetzen.
Das Oel' erhält vns die Gestalt,
Wenn wir nun werden matt vnd alt.
Was ist für Brodt zu schätzen?

Du pflantzest durch des Menschen Hand
Viel Cedern in ein fettes Land,
Die für die Reiger dienen.
Die Gems' erwehlt der Berge Klufft,
Die Felsen vnd der Hügel Grufft
Sind Häuser der Caninen.

6.

Du hast geordnet recht vnd wol,
Wie man die Zeiten theilen sol:
Diß sagt der Mond der Erden;
Die Sonne geht des Morgens auff,
Vnd wenn verbracht jhr schneller Lauff,
Lässt sie es finster werden.
Denn regen sich die wilden Thier'
Vnd kriechen aus der Höl' herfür.
Die jungen Löwen brüllen;
Sie rauschen durch das grüne Laub
Vnd suchen jhre Speis' vnd Raub,
Die Hungers-Noth zu stillen.

7.

Wenn aber nun die finstre Nacht
Den liechten Tag hat wieder bracht,
So fliehen sie von hinnen,
Sie trauen nicht mehr jhrer Stärck'.
Es geht der Mensch ans Ackerwerck,
Die Nahrung zu gewinnen.
Ach Herr', es ist ja fast kein Ziel,
Denn deiner Wercke sind zu viel,
Sie stehn auff dein Befehlen;
Doch alles ist geordnet wol,
Die Erd' ist deiner Güte voll:
Wer kan sie all' erzehlen?

8.

Das weite Meer hält ohne Zahl
Die Fisch' in seiner Grund zumahl,
Da wimmeln sie mit Hauffen.
Ein grosser Walfisch springt herfür;
Dort sihet man die Wasser-Thier'
Vnd dort die Schiffe lauffen.
Es wartet alles, Herr', auff dich,
Der du sie speisest mildiglich,
Daß sie nicht Hunger leiden.

Du thust dein' Hand auff spät' vnd früh,
Du giebest gnug, so samlen sie
Vnd werden satt mit Frewden.

9.

So bald du aber dein Gesicht,
O grosser Gott, erzeigest nicht,
Erschrecken sie von Hertzen.
Wenn du nimpst jhren Odem hin,
Verkehret sich jhr Muth vnd Sinn
Mit unerhörtem Schmertzen.
Dein Geist, Herr', ist es, der sie schafft
Vnd der sie auch von hinnen rafft.
Du machest new die Erden;
Sie zittert, wenn du kömmst heran,
Kein Berg für dir bestehen kan,
Er muß bald rauchend werden.

10.

Dir wil ich, Herr, mein lebenlang
Von Hertzen singen Preiß vnd Danck,
Dich wil ich hoch erheben.
Du machest frölich früh vnd spat,
Was Wasser, Lufft vnd Erden hat,
Ja alles, was mag leben.
Du wässerst auch mit deiner Hand
Vnd suchest heimb das dürre Land,
Dein Brunn' ist nicht verlauffen.
Die Aecker nehmen frölich zu,
Die tieffen Furchen tränckest du
Vnd segnest vns mit Hauffen.

11.

Du segnest das gepflügte Feld
Noch eh' offt, als die Saat bestellt,
Du giebest Taw vnd Regen.
Du Krönest das begrünte Jahr,
Daß seine Frücht' vns jmmerdar
Sich schier zun Füssen legen.
Die Anger sind der Schafe voll,
Die kleinen Hügel tragen wol,
Die jungen Lämmer springen,
Das Land ist nichts denn Frewd' vnd Zier.
Mein Gott, dich preiß' ich für vnd für
Mit jauchtzen vnd Lobsingen.

Das Triumph-Lied Mose, welches er gesungen, als die Kinder Israel von der gewaltigen Hand des Pharao errettet und dieser Tyrann sampt seiner grossen Krieges-Macht im rothen Meer war ersoffen und umbkommen, Exod. 15.

1.

Dem Herren wil ich singen
Uff preisen seine That
Sampt so viel Wunderdingen,
Die er erwiesen hat,
Dieweil er Roß und Wagen
Ins Meer hat wollen jagen.

2.

Der Herr ist meine Stärcke,
Mein Heyl und Lobgesang,
Den ich umb seine Wercke
Preiß' all mein Lebenlang.
Stets wil ich hoch erheben
Gott, meines Vaters Leben.

3.

Der Herr weiß recht zu kriegen,
Herr ist sein grosser Nahm.
Der Pharao muß ligen
Im Meer mit Spot vnd Scham',
Und seine Kriegs-gesellen
Versüncken in den Wellen.

4.

Die Fluth hat jetzt bedecket
Die Kämpffer ins gemein,
Sie ligen todt gestrecket,
Nach dem sie wie die Stein'
Auff gar zu trotzigs springen
Sehr schnell zu grunde giengen.

5.

O Herr, was Wunderthaten
Thut deine rechte Hand!

Durch sie ist ja gerahten
Der Feind in Spott und Schand';
Herr, sie hat Roß und Wagen
Des Pharao zerschlagen.

6.

Du hast der Feinde toben
Mit deiner Herrligkeit
Gestürtzet und von oben
Vernichtet jhren Streit.
Dein Grimm hat sie beschweret
Und gleich wie Stroh verzehret.

7.

Herr', auff dein starckes blasen
Thät sich das Wasser auff,
Die Fluht fieng an zu rasen,
Bald stund sie wie ein Hauff',
Als jhre Tieffe wallet,
Daß es sehr weit erschallet.

8.

Ich wil sie wol erjagen,
Sprach vnsres Feindes Huet,
Ich wil den Raub wegtragen
Und kühlen meinen Muht.
Mein Schwerdt sol sie verderben,
Diß Volck sol plötzlich sterben.

9.

Da liessest du, Herr, sausen
Die Winde, daß das Meer
Durch sein erschrecklichs brausen
Sie deckte, die so schwer
Wie Bley hinunter süncken
Und jämmerlich ertrünken.

10.

Wer ist dir, Herr, zu gleichen
In aller Götter Zahl,
Wer kan dein Lob erreichen?
Du herrschest überall.
Wer ist, wie du, so mächtig,
So heilig, schrecklich, prächtig?

11.

Wer ist, wie du, zu loben,
Wer ist so wunder-reich,
Wer ist, wie du, erhoben?
Ach dir ist keiner gleich.
Du hast den Feind bezwungen,
Die Erd' hat jhn verschlungen.

12.

Du hast dein Volck begleitet
Durch deine Gütigkeit
Und hast uns zubereitet
Erlösung dieser Zeit.
Du hast uns hingeführet,
Da uns dein' Hütte zieret.

13.

Da das kam für die Heyden,
Erbebt' ein jedermann.
Angst, Zittern, Furcht und Leyden
Kam die Philister an.
Die Fürsten Edom stunden
Mit Schrecken gantz gebunden.

14.

Die starcken Moabiter
Verzagten jämmerlich
Und alle Cananiter
Für dir befahrten sich.
Herr, laß sie Furcht und Schrecken
Durch deinen Arm bedecken.

15.

Laß sie wie Felsen stehen
Erstarret, steiff und hart,
Biß man dein Volck mag sehen,
Das so erlöset ward,
Sampt allen seinen Frommen
Hindurch mit Frewden kommen.

16.

Herr, bringe doch und pflantze
Sie auff den Berg in Rast,
Den du zum Hauß' und Schantze
Dir außerkohren hast,

Den du sampt allem Wesen
Zur Wohnung außerlesen!

17.

Laß sie zur Hütten kommen,
Die du mit eigner Hand
Zum Erbtheil eingenommen
Und heilig wird genant;
Die kan man nicht vertreiben,
Der Herr wird König bleiben.

18.

Mit Rossen und mit Wagen
Zog Pharao ins Meer;
Der Herr' hatt' jhn geschlagen,
Die Fluht lieff' über her.
Israel ist mit prangen
Gantz trocken durchgegangen.

Der Lob-Gesang des Priesters Zacharias, als jhm in seinem hohen Alter von seiner auch betagten Haußfrawen Elisabeth sein Sohn Johannes ward geboren, Luc. 1.

1.

Ich wil den Herren ewig loben,
Ich wil jhn preisen Tag und Nacht,
Denn seine Güt' ist hoch erhoben.
Der Herr hat selbst an uns gedacht;
Er hat vom Himmel angesehen
Die Völcker in der Irre gehen.
O hoch geprießner Gottes Rath,
Der uns vom Fluch' erlöset hat!

2.

Er hat ein krafftig Reich gegründet,
Ein Horn des Heyls, das seine Stärck'
Allein' in dem Gesalbten findet.
O Wunder-grosses Gnaden-Werck!
Aus Davids Hauß' ist dieser kommen,
Wie das versprochen war den Frommen

Und der Propheten trewer Mund
Uns für der Zeit gemachet kundt.

3.

Nun hat der HERR' uns siegen lassen,
Er hat gedämpfft der Feinde List
Und aller derer, die uns hassen,
Er macht uns frey zu dieser Frist.
Er findet wieder das verlohren,
Wie er den Vätern hat geschworen,
Dazu an seinen Bund gedacht,
Den er mit Abraham gemacht.

4.

Dieweil uns aber ist erschienen
Die langgewündschte Gnaden-Zeit,
So lasset uns dem Herren dienen
In Demuth und Gerechtigkeit.
Da sol nu keiner sich beflecken,
Ja keine Furcht sol uns erschrecken.
Ein jeder thu in dieser Welt
Sein Lebenlang, was Gott gefält.

5.

Und du, O Kindlein, wirst genennet
Des Höchsten Seher und Prophet',
Ein Kind, das den Gesalbten kennet
Ein Kind, das für dem Herren geht,
Ein Kind, das jhm den Weg bereitet
Und seines Namens Ehr außbreitet,
Ein Kind, das nach des Höchsten Rath
Wird straffen Sünd' und Missethat.

6.

Dein süsser Mund, der wird uns lehren,
Wie man durch wahre Buß' und Rew'
Allein zu Gott sich müsse kehren
Und wo alsdenn Vergebung sey,
Ja wo die Gnad' und Rettung stehe:
Nur bey dem Auffgang' auß der Höhe,
Der ist uns kommen in der Zeit
Mit hertzlicher Barmhertzigkeit.

7.

Das Volck, so gar im Finstern lebte,
Das seinen Schöpffer kandte nicht,
Das Volck, das nur im Schatten schwebte,
Ersiehet nun ein grosses Liecht.
Ein schöner Glantz ist auffgegangen,
Der Väter Hoffnung und Verlangen.
Nun wird man unsre Füsse sehn
Den sichern Weg des Friedes gehn.

Hertzliches Klag- und Trost-Lied

Einer angefochtenen, hochbetrübten Seelen, so mit Angst und Verzweiffelung ringet.

1.

Jammer hat mich gantz umbgeben,
Elend hat mich angethan.
Trawren heist mein kurtzes Leben,
Trübsal führt mich auf den Plan.
Gott, der hat mich gar verlassen,
Keinen Trost weis ich zu fassen
Hie auff dieser Unglücks Bahn.

2.

Grausamlich bin ich vertrieben
Von des Herren Angesicht',
Als' ich, jhn allein zu lieben,
Nicht gedacht' an meine Pflicht;
Drumb muß ich so kläglich stehen.
Doch es ist mir recht geschehen:
Mein Gott rieff, ich hört' jhn nicht.

3.

Ach mein Schifflein wil versincken
Recht auff diesem Sünden-Meer.
Gottes Grimm läst mich ertrincken,
Denn sein' Hand ist viel zu schwer.
Ja mein Schifflein läst sich jagen
Durch Verzweifflungs-Angst und Plagen
Gantz entanckert hin und her.

4.

Gott hat mein jetzt gar vergessen,
Weil ich nicht an jhn gedacht.

Meine Sünd' hat er gemessen
Und mir feindlich abgesagt,
Daß ich ringen muß die Hände.
Sein Erbarmen hat ein Ende,
Schier bin ich zur Hellen bracht.

5.

Wo ist Rath und Trost zu finden,
Wo ist Hülff in dieser Noth?
Herr, wer rettet mich von Sünden,
Wer erlöset mich vom Tod'?
Ich gedencke zwar der zeiten,
Da du pflagst für uns zu streiten,
Ja zu ziehen aus dem Koht'.

6.

Aber nun hat sich geendet
Deine Lieb' und grosse Trew.
Ach! Dein Hertz' ist abgewendet
Und dein Grimm wird täglich new.
Du bist von mir außgegangen;
Herr, dein Zorn hält mich gefangen,
Ich verschwinde wie der Sprew.

7.

Höllen-Angst hat mich getroffen,
Mein Gewissen quälet mich.
Kein' Erlösung' ist zu hoffen,
Ich empfinde Todes-Stich'
Und ein unauffhörlichs Sterben.
Herr, ich eile zum Verderben,
Ich vergehe jämmerlich.

8.

Grawen hat mich überfallen,
Zittern hat mich angesteckt.
Schwerlich kan ich nunmehr lallen,
Angst und Furcht hat mich bedeckt.
Ach! Ich wandel' jetzt die Strassen,
Da ich mich muß martern lassen;
O wie wird mein Geist erschreckt!

9.

Wil mir denn kein Trost erscheinen,
Spür' ich gar kein Gnaden-Liecht?

Nein: Vergeblich ist mein weinen,
Mein Gebet, das hilfft mir nicht.
Uber mich verlaßnen Armen
Wil kein Helffer sich erbarmen;
Ich bin todt, mein Hertz zerbricht!
Christlicher Trost der angefochtenen Seelen.

10.

Liebste Seel', hör' auff zu schreyen,
Deines Klagens ist zu viel.
Nach dem Trawren kommt das Frewen,
Hertzens-Angst hat auch jhr Ziel.
Wechseln ist bey allen Sachen;
Nach dem heulen kan man lachen,
Gott, der treibt mit dir sein Spiel.

11.

Ist dein Heyland von dir gangen:
Er wird wiederkommen schon
Und mit Frewden dich umbfangen
Recht wie den verlohrnen Sohn.
Hat dein Liebster dich verlassen,
Ey er kan dich doch nicht hassen,
Seine Güt' ist doch dein Lohn.

12.

Hat dich Gott dahingegeben,
Daß dich Satan sichten sol
Und das Creutz dich mache beben:
Ey er meynt doch alles wol;
Diß sind seiner Liebe Zeichen,
Die doch keiner kan erreichen,
Wenn er nicht ist Glaubens voll.

13.

Ob dich dein Gewissen naget,
Ob dein Geist bekümmert ist,
Ob der Höllen Furcht dich plaget,
Ob dich schreckt des Teuffels List:
Trawre nicht, Gott wird es wenden
Und dir grosse Lindrung senden,
Wenn du nur gedültig bist.

14.

Moses hat diß auch erfahren
Und sein Bruder Aaron.
Noah und die mit jhm waren,
Sahen nicht die Gnaden-Sonn.
David, Joseph und Elias,
Petrus, Paulus und Tobias
Trugen auch jhr Theil davon.

15.

Sey zufrieden, liebe Seele,
Billich trägst du solche Last.
Hie in dieser Unglücks-Höle
Weis man doch von keiner Rast.
Drumb so stille doch dein Zagen
Und bedenck', es sind die Plagen,
Die du längst verdienet hast.

16.

Brausen jetzt die Wasserwogen,
Morgen stillet sich das Meer.
Ist dir heut' einst Frewd' entzogen,
Morgen kommt sie wieder her.
Ist dir aller Trost entgangen:
Sey zufrieden, dein Verlangen
Wird erfüllet ohn Beschwer.

17.

Was betrübst du dich mit Schmertzen?
Stille doch, und harr' auff Gott.
Dancken wil ich jhm von Hertzen,
Daß ich werde nicht zu Spott'.
Ob er mich gleich würde tödten,
Hilfft er mir dennoch aus Nöthen,
Er, der starcker Zebaoth.

18.

Herr', errette mich mit Frewden
Aus der Höllen Grawsamkeit.
Hilff mir, daß ich auch im Leyden
Dir zu dienen sey bereit.
Gibst du nur des Geistes Gaben,
Daß sie mir die Seele laben,
Tret' ich frölich an den Streit.

Sehnliches Verlangen

Nach der himlischen und unaußsprechlichen Herrligkeit des zukünfftigen ewigen Lebens.

1.

O Gott, was ist das für ein Leben,
Was ist das für ein himmlisch Liecht,
Das du uns wilt aus Gnaden geben,
Wenn wir von dir nur lassen nicht?
Es ist ein Leben sonder Tod,
Das nimmer weis von Angst uff Noth,
Es ist ein Leben sondern trauren,
Das sol und muß ohn' Ende tauren.

2.

Es ist ein Leben sonder Schmertzen,
Es ist voll hoher Würdigkeit,
Da böse Lust nicht kommt zum Hertzen,
Da man nicht spüret Zanck noch Streit,
Ja da man weder Tag noch Nacht
Auff Krieg und Unruh' ist bedacht,
Da man sich vollenkömmlich liebet
Und Gott zu loben stetig übet.

3.

Mein Hertz, Gott, wallet mir vor Frewden,
Im Fall' ich nur gedencke dran,
Wie deine Klarheit mich bekleiden
Und deine Lieb' ergetzen kan.
Wie dürstet mich nach diesem Tranck'!
Ich werde für Verlangen kranck.
Ich habe Lust, diß zu betrachten
Und deine Wunder hoch zu achten.

4.

Das ist mein' höchste Frewd' auff Erden,
Wenn ich, O Herr', in deiner Gunst
So freundlich mag entzucket werden
Und fühlen deiner Liebe Brunst.
Denn bin ich rechter Wollust voll,
Wenn ich dich, Liebster, küssen sol;
So kan ich dir mein armes Leben
Und alles, was ich hab', ergeben.

5.

Wie bin ich doch so hoch erfrewet,
Wenn ich nur von dir reden mag,
Wenn meine Seele nach dir schreyet
Und suchet dich den gantzen Tag.
Ja wenn ich singen mag von dir,
O liebster Heyland, für und für,
So wündsch ich tausendmal zu stehen,
Wo dich die Cherubinen sehen.

6.

Wenn ich mag täglich etwas lesen
Von deiner grossen Herrligkeit,
So kan mein schwacher Geist genesen,
Der dir zu dienen wird bereit.
Durch dich, O Heyland, kan allein
Mein Elend mir erträglich seyn.
Ja wenn ich mich zu dir mag wenden,
So wolt' ich gern mein Leben enden.

7.

Ich wandle frölich auff der Awen,
Die mir dein' Hand gezeiget hat;
Da kan ich solche Kräuter schawen,
Die auch der Seelen wissen Rath;
Da kost' ich für das Sünden Gifft
Dein edles Wort, die werthe Schrifft;
Die schaffet, daß all' Angst verschwindet
Und daß mein Geist viel Trost empfindet.

8.

O seligs, unbeflecktes Leben,
O wunder-süsses Gnaden-reich,
Wie kanst du so viel Wollust geben,
Wie magst du uns den Engeln gleich!
Wie bist du doch ohn' alle Zeit
Beschlossen mit der Ewigkeit!
Wie werd' ich mit so süssen Weisen
In dir des höchsten Güte preisen!

9.

O wolte Gott, ich solt' ablegen
Bald meiner Sünden schwere Last,
Die mir so manche Noth erregen
Und zu verzweifflen treiben fast!

O wolte Gott, ich solte mich
Entkleiden durch des Todes Stich
Und, was ich wündsche mit Verlangen,
Die Kron des Lebens bald empfangen.

10.

O daß ich von der Hand des Herren
Solt' ewiglich begabet seyn!
Ich wolte meinen Mund auffsperren
Und mit den schönen Geisterlein
Ohn' Ende singen frisch allda
Daß Frewdenreich' Alleluja.
Denn wolt' ich Stimm und Schrifft verblümen,
Des Herren Güt' allein zu rühmen.

11.

Herr Jesu, laß mich ewig stehen
Bey deiner außerwehlten Schaar,
Herr Jesu, laß mich frölich sehen
Dein göttlichs Antlitz jmmerdar.
Mein Heyl, mein Trost, mein Zuversicht,
Komm, zeige mir dein klares Liecht.
Herr, hilff und laß mich überwinden,
Den Himmel und dich selbst zu finden.

Andächtiges Gebet zu Gott

Umb Verschmähung der Welt und aller deroselben Eitelkeiten.

1.

Wie bin ich doch so gar betrübet,
O Jesu, Glantz der Herrligkeit,
Daß ich die Welt so sehr geliebet
Allhie in dieser Gnadenzeit.
Was war es doch,
Daß ich so hoch,
Dem Himmel gleich, geschätzet,
Ja über Gott gesetzet?

2.

Ein Blümlein war es aus dem Garten,
Ein Gräßlein, das verdorren muß,
Ein Schatten, der ja nicht kan warten,
Ein schwartzer Pful voll Uberdruß,
Ein lauter Koth,

Ein steter Tod,
Ein Rauch, den man kaum findet,
Ein Wort, das schnell verschwindet.

3.

Ach! daß ich mich so sehr bemühet
Umb Ehr' und Gut, so länger nicht
Als ein vergänglichs Kräutlein blühet,
Das schneller als' ein Glaß zubricht!
Ach daß ich mich
So jämmerlich
Umb eitles Thun gequelet
Und doch nur Staub erwehlet!

4.

Wo ist des Salomons sein' Ehre,
Wo ist sein Königlicher Pracht?
Sein Abscheid gibt uns diese Lehre,
Daß man das eitle Recht verlacht.
Die Herrligkeit
In dieser Zeit
Kan keiner jhm ersparen,
Sie wird uns nicht nachfahren.

5.

Geehret seyn vor Menschen Augen,
Das daurt nur eine kurtze Zeit;
Vor Gott dem Schöpffer etwas taugen,
Das nützet biß in Ewigkeit.
Es hilfft dich nicht,
Daß mancher spricht:
Der hat viel Ehr' auff Erden;
Muß er doch Asche werden.

6.

Nach dieser Ehr', Herr, laß mich trachten,
Daß ich nur dir gefällig sey
Und könne gantz die Welt verachten,
Die nichts nicht hat als Teuscherey.
Ja, schnöde Welt,
Dein Gut und Gelt,
Das kan mich nicht bewahren,
Wenn ich von dir sol fahren.

7.

Herr Jesu, laß mich willig tragen
Hie deine Schmah', auff daß ich dort
Geführet auff Elias Wagen
In Frewden lebe fort und fort.
O trewer Gott,
Dein Hohn und Spott
Sey lieber mir im Leben,
Als was die Welt kan geben.

8.

Was wird mir aller Reichthumb nützen,
Wenn ich die Welt verlassen sol?
Mich kan kein Gold noch Silber schützen,
Hätt' ich gleich tausend Kasten voll.
Herr, wenn du mich
Nur gnädiglich
Die TodesBahn wirst führen,
So kan mich nichts verlieren.

9.

Dich wil ich mir allein behalten,
O Gott, du bist das wahre Gut.
Dein Gnadenfewr kan nicht erkalten,
Es wärmet Leben, Hertz und Muth.
Die Seligkeit,
Gerechtigkeit,
Vergebung meiner Sünden
Sind all' in dir zu finden.

10.

Was jrrdisch heist, muß doch hie bleiben
Und endlich mit der Welt vergehn.
Was solt' ich denn daran bekleiben,
Was solt' ich nach dem Schatten sehn?
Und hätt' ich gleich
Ein solches Reich
Als' ehmals Alexander:
Hie bleibts doch mit einander.

11.

Im Himmel ist mir auffgehoben
Ein ewigs, unverweßlichs Theil,
Ein frewdigs, unauffhörlichs Loben,
Ein unbeflecktes Erb' und Heyl.

Die Lust allhie
Ist gäntzlich wie
Starck Gifft; so wir das essen,
Wird Gott dadurch vergessen.

12.

Die Welt gibt nichts als lauter Grämen,
Als früe Schmertzen, späte Reü,
Auch so, daß wir uns müssen schämen
Der vielen Sünd und Büberey.
Da kommt hernach
Noth, Weh' und Ach,
Da folget Heulen, Klagen
Sampt tausend andern Plagen.

13.

Ach mein HERR Jesu, laß mich haben
An dir allein mein' höchste Lust,
So wird mich Freüd' ohn' Ende laben,
Die Gottes Kindern ist bewust.
Laß mehr und mehr
Mein Lob und Ehr'
Allein an deiner kleben,
Nur sie kan mich erheben.

14.

Ach soltest du mein Reichthumb heissen,
So hätt' ich gnug in dieser Zeit.
Wie trefflich wolt' ich mich befleissen,
Zu nennen dich mein' Herrligkeit.
Herr, du bist mir
Gold und Saphir,
Pracht, Ehr' und himlisch Wesen;
Dein' Hand läst mich genesen.

15.

In dir hab' ich viel bessre Güter,
Als' in der Welt ich lassen muß;
Du bist mein Schatz, du Seelen-Hüter,
Bey dir ist rechter überfluß.
Und ob mir gleich
Der Groß' und Reich'
Allhie viel Spott zufüget,
Leb' ich doch wol vergnüget.

16.
In dir allein' hab ich den Segen,
Ob gleich die Welt mich gar verflucht.
Was ist mir denn an jhr gelegen,
Wenn mich der Segen selber sucht?
Allein zu dir
Steht mein Begier.
Du wirst zum FreüdenLeben,
HERR Jesu, mich erheben.

Christliche Betrachtung

Der Unschuld des Herrn Jesu und der rechten Ursachen seines bittern Leydens und Sterbens.

1.
O Jesu, unbeflecktes Lamm,
Du meiner Seelen Bräutigamm,
Was hast du doch verschuldet?
O frommes, gütigs Knäbelein,
Wie, daß du solche Noth und Pein
Auff Erden hast erduldet?
Wer war doch Ursach', O mein Leben,
Daß man dich must' ans Creutz erheben?

2.
Ich macht' es, O Herr Jesu Christ,
Daß du so sehr gemartert bist,
Ich schlug dir deine Wunden.
Ich bin das Laster deiner Straff',
Und du, O allerliebstes Schaf,
Bist sonder Schuld gefunden.
Ich schaffte deinem frommen Hertzen
So grosse Pein und Todes Schmertzen.

3.
O Wunder Art! der bößlich lebt,
Der Tag und Nacht in Sünden schwebt,
Weis nichts von Straff und Plagen;
Und du, Herr Jesu, frommer Knecht,
Gehorsam, heilig und gerecht,
Wirst jämmerlich zerschlagen.
Was Adams Kinder je begangen,
Dafür hast du die Straff' empfangen.

4.

Wie ist doch, Herr', hie in der Zeit
Gewachsen deine Miltigkeit,
Wie hast du dich geneiget!
Immanuel, wie hast du dich
Den Sündern so gantz gnädiglich
Aus lauter Lieb' erzeiget!
Wie bist du doch für jhren Orden
Die Straff' und Fluch allein geworden?

5.

Hab' ich das Ubel doch gethan;
Was nimmst denn du die Striemen an,
Ja wilst getödtet werden?
Voll Ehrgeitz war mein stoltzer Sinn;
Du hälst für mich den Rücken hin,
Da schlägt man dich zur Erden;
Dein Hunger machte mich genesen,
Weil ich so fressig bin gewesen.

6.

Des Adams ungezähmte Lust,
Die dir in mir auch ist bewust,
Hat leider mich getrieben,
Daß ich gantz frech zum Baum' hin kam
Und die verbotne Frucht annahm;
Dich treibt das edle lieben
Biß an den Berg, da du gefangen
An einen Baum bist auffgehangen.

7.

Ich such', O Herr, zu aller Zeit
Des Lebens eitle Süssigkeit;
Du schmeckest nichts als Gallen.
Die Wollust reisset mich dahin,
Mein Fleisch, dem' ich gehorsam bin,
Läst mich in Sünde fallen;
Und du, mit Näglen gantz durchschlagen,
Must unerhörte Schmertzen tragen.

8.

Wie sol ich doch, O grosser Gott,
So viel Verachtung, Hohn und Spott,
Angst, Marter, Schläg und Schelten,
Schmach, Striemen, Wunden, Beulen, Blut

Mit Danck' erkennen, höchstes Gut,
Wie sol ichs dir vergelten?
Ach solcher Danck kan hie auff Erden
Doch nimmermehr gefunden werden.

9.

Ein eintzigs geb' ich deiner Trew',
Als: rechte Buß' und wahre Rew',
Ein dir gefälligs Leben.
Diß wird, Herr Jesu, dir allein
Ein angenehmes Opffer seyn:
Der Bößheit widerstreben,
Zu Creutzigen das Fleisch dermassen,
Daß man sich gantz muß dir gelassen.

10.

So wird der schwere Sünden-Krieg
Gedämpffet durch des Geistes Sieg,
So wird das Fleisch bezwungen.
So wird vertrieben Angst und Noth,
Verfolgung, Trübsal, ja der Tod,
Mit welchen du gerungen.
So kan man alles überwinden
Und wahre Ruh' im Hertzen finden.

11.

HERR Jesu, deine Süssigkeit,
Die für die Sünder ist bereit,
Geuß mir in meine Wunden;
Wen die nur recht den Schaden trifft,
So wird der alten Schlangen Gifft
In mir nicht mehr gefunden;
So kan ich, Herr, der Menschen Sachen
Und alle Wollust leicht verlachen.

12.

Laß ja den Reichthumb dieser Welt
Und was man sonst für köstlich hält,
Mein Hertz nicht von dir kehren.
Verleyhe mir nur gnädiglich,
Daß ich gar nichts müg' über dich
In dieser Zeit verehren.
Dein Blut, Herr Jesu, kan mich laben;
Nur das, nichts anders wil ich haben.

Hertzliches Verlangen

Nach dem himlischen Jerusalem und Erzehlung der grossen, unauß-sprechlichen Herrligkeit desselben.

1.

O Gottes Stadt, O himmlisch Liecht,
O grosse Freüd' ohn' Ende,
Wenn schaw ich doch dein Angesicht,
Wenn küß' ich dir die Hände?
Wenn schmeck' ich deine grosse Güte?
O Lieb, es brennet mein Gemüte.
Ich lig' und seufftze mit Begier,
O allerschönste Braut, nach dir.

2.

Wie bist du doch so trefflich schön,
Weiß, zierlich, sonder Mackel!
Wie gläntzend bist du anzusehn,
Du Sions güldne Fackel!
Du edle Tochter unsers Fürsten,
Nach deiner Liebe muß ich dürsten.
Der König selbst hat grosse Freüd'
An deiner werthen Liebligkeit.

3.

Wie sieht dein Liebster? sag' es mir!
Er ist gantz außerlesen,
Wie Rosen sind die Wangen schier,
Wie Gold sein prächtigs Wesen.
Er ist der schönste Baum in Wäldern,
Er ist die beste Frucht in Feldern,
Er ist wie lauter Milch so schön:
So ist mein Liebster anzusehn.

4.

Da sitz' ich unter jhm' allein,
Den Schatten zu erwehlen;
Denn seine Frucht wird süsser seyn
Als Honig meiner Kehlen.
Da ich erst kam in seinen Orden,
Bin ich fast gar beweget worden,
Und als ich kaum vom Schlaff erwacht,
Da sucht' ich jhn die gantze Nacht.

5.
Nun küß' ich seiner Augen Liecht,
Nun hab' ich jhn berühret.
Ich halt' jhn' fäst', ich laß' jhn nicht,
Biß er mich schlaffen führet.
Denn wird er mir im FreüdenLeben
Sein' außerwehlte Brüste geben;
Denn wird er wunderbarer Weiß'
Erfüllen mich mit HimmelSpeiß'.

6.
Es wird kein Hunger plagen mich
Noch auch kein Durst mehr quälen.
O solt' ich nur erst hertzen dich
Und mich mit dir vermählen!
O solt' ich deine Pforten sehen
Und bald auff deinen Gassen gehen,
O solt' ich, du mein güldner Schein,
Nur erst in deiner Hütten seyn!

7.
Aus edlen Steinen sind gemacht
Dein' hocherbaute Mauren.
Von Perlen ist der Thore Pracht,
Die unverweßlich tauren.
Nur Gold bedecket deine Gassen,
Da täglich sich muß hören lassen
Ein Lobgesang, man singt allda
Das Freüdenreich' Allelujah.

8.
Da sind der schönen Häuser viel,
Gantz von Saphir erbawet.
Des Himmels Pracht hat da kein Ziel:
Wer nur die Dächer schawet,
Der findet lauter gülden Ziegel,
Ja gülden Schlösser, gülden Riegel;
Jedoch darff keiner gehn hinein,
Er muß denn unbeflecket seyn.

9.
O Sion, du gewündschte Stadt,
Du bist nicht außzugründen.
O Stadt, die lauter Wollust hat,
In dir ist nicht zu finden

Schmertz, Kranckheit, Unglück, Trauren, Zagen,
Nacht, Finsternis und andre Plagen.
Es endert sich nicht Tag noch Zeit,
In dir ist Freüd' und Ewigkeit.

10.

O Stadt, in dir bedarff man nicht
Der Sonnen güldne Stralen,
Des Monden Schein, der Sterne Liecht,
Den Himmel bund zu mahlen.
Dein Jesus wil die Sonne bleiben,
Die alles tunckle kan vertreiben,
Nur jhn zu schawen offenbahr,
Ist deine Klarheit gantz und gar.

11.

Da steht der König aller Welt
Gantz prächtig in der mitten,
Da wil er dich, der tapffer Held,
Mit Freüden überschütten.
Da hör' ich seine Diener singen
Und jhrer Lippen Opffer bringen.
Da rühmet jhres Königs Krafft
Des Himmels gantze Bürgerschafft.

12.

Da ist das frölich' HochzeitFest,
Wo die zusammen kommen,
Die Gott aus Krieg', Angst, Hunger, Pest
Hat in sein Reich genommen;
Da sind sie frey von allen Nöthen,
Da reden sie mit den Propheten,
Da wohnet der Aposteln Zahl
Und denn die Märtrer allzumal.

13.

Auff dieser Hochzeit finden sich,
Die Gott bekennet haben
Und von den Heyden jämmerlich
Getödtet, nicht begraben.
Da freüen sich die keusche Frauen,
Da lassen sich die Töchter schauen,
Die hie jhr Leben Tag und Nacht
In Zucht und Tugend zugebracht.

14.
Da sind die Schäflein, die der Lust
Der schnöden Welt entrunnen,
Die saugen jetzt an Gottes Brust,
Sie trinken aus dem Brunnen,
Der lauter Freüd' und Wollust giebet.
Da liebet man und wird geliebet;
Die Herrligkeit ist zwar nicht gleich,
Doch lebt man gleich an Freüden reich.

15.
Die höchste Lust ist, unsern Gott
In Ewigkeit zu sehen
Und für dem grossen Zebaoth
Bey Königen zu stehen,
Ja in der Himmels-Liebe brennen,
Dazu die besten Freunde kennen,
Mit allen Engeln freüen sich
Und frölich singen ewiglich.

16.
O Gott, wie selig werd' ich seyn,
Wenn ich aus diesem Leben
Zu dir spring' in dein Reich hinein,
Das du mir hast gegeben.
Ach HERR, wenn wird der Tag doch kommen,
Daß ich zu dir werd' auffgenommen!
Ach Herr, wenn kommt die Stund' heran,
Daß ich in Zion jauchtzen kan!

Andächtiges Lied zu Gott

Umb die Nachfolge Christi in der wahren Gottseligkeit und allen guten Wercken.

1.
Folget mir, rufft uns das Leben;
Was jhr bittet, wil ich geben,
Gehet nur den rechten Steg,
Folget, ich bin selbst der weg.
Folget mir von gantzem Hertzen,
Ich benem euch alle schmertzen.
Lernet von mir in gemein,
Sanfft uff reich von Demut seyn.

2.

Ja, Herr Jesu, dein Begehren
Solt' ich billig dir gewehren,
Weil ich weis, daß der kein Christ'
Unter uns zu nennen ist,
Der sich gleichsam pflegt zu schämen,
Deine Last auff sich zu nehmen.
Ach ich weis es gar zu wol,
Daß man dir nach-wandlen sol!

3.

Aber, Herr, wo find' ich Stärcke,
Zu verbringen gute Wercke
Und dir stets zu folgen nach?
Ach mein Gott, ich bin zu schwach!
Bin ich schon auff guten Wegen,
Bald muß ich mich nieder legen.
Dich zu lieben, O mein Liecht,
Ist in meinen Kräfften nicht.

4.

Zwar mein Geist wird offt bewogen,
Aber bald durchs Fleisch betrogen,
Wenn die Wollust tritt herfür,
Freundlich ruffend: Folge mir!
Ehr' und Pracht sampt andern Sachen
Wollen dich zum Herren machen,
Geitz und Ungerechtigkeit
Kommen auch zu diesem Streit'.

5.

Ach wie seh' ich doch ein Rennen
Nach den Gütern, die wir kennen;
Ja wol umb das eitle Geld
Liebet man die schnöde Welt,
Und dem Herren, der das Leben
Nach dem Sterben uns wil geben,
Folget niemand mit der That,
Wie er uns befohlen hat.

6.

Aber, Herr, ich wil nicht lassen,
Dich mit Freuden anzufassen.
Hilff nur gnädig, stärcke mich,
Steiff und fest zu halten dich.

Jener Wege laß' ich fahren,
Nur mit dir wil ich mich paaren.
Jener Wege sind Betrug,
Wer dir folget, der ist klug.

7.

Du bist für uns her gegangen
Nicht mit grossem Stoltz' und Prangen,
Nicht mit Hader, Zanck vnd Streit,
Sondern mit Barmhertzigkeit;
Gib, daß wir als' Haußgenossen
Dir zu folgen unverdrossen
Wandeln in der Tugend Bahn,
Wie du hast für uns gethan.

8.

Herr, wie bistu doch gelauffen
Unter solchem schnöden Hauffen
Damals, als der Sünden Macht
Dich hat an das Creutz gebracht
Und ein' übergrosse Liebe
Dich für uns zu sterben triebe,
Da dein theur vergossens Blut
Uns erwarb das höchste Gut.

9.

Laß' uns auch in solchen Schrancken
Christlich lauffen sonder Wancken,
Daß uns Lieb' und Freundligkeit
Fest verknüpffe jederzeit.
Niemand seh' in diesem Stücke,
Wol zu leben hie, zu rücke.
Christus gehet für uns her;
Folget, das ist sein Begehr.

10.

Wenn die Sonne läufft von ferne,
Folgen jhr fast alle Sterne,
Und wenn Josua zog aus,
Folget' jhm' Israels Hauß;
Du, Herr Jesu, bist die Sonne:
Gib, daß wir mit HertzensWonne
Folgen dir mit grosser Schaar,
Wol zu leben jmmerdar.

11.

Josua bistu genennet,
Der sein kleines Häuflein kennet
Und demselben zeigt die Bahn
Nach dem rechten Canaan;
Laß' uns solche Strassen sehen,
Daß auch wir mit Freuden gehen
Unter deiner Gnaden-Hand
In das hochgelobte Land.

12.

Jesu, du mein Liecht und Leben,
Deine Schritte sind gantz eben,
Und die Stapffen deiner Füß'
Halt' ich über Honigsüß:
Hilff, daß ich im Koth der Sünden
Meinen Gang nie lasse finden;
Zeig', Herr, deinem armen Knecht'
Alle Steg' und Wege recht.

13.

Laß mich deine Gnade spüren,
Meinen Tritt also zu führen,
Daß ich in der Unschuld geh'
Und nicht bey den Spöttern steh'.
Hilff, daß ich nicht nur in Freuden,
Sondern auch im Creutz vnd Leiden
Durch so manchen Kampff und Streit
Dir zu folgen sey bereit.

14.

Laß mich, Herr, doch nicht verdriessen,
Angst vnd Trübsal zu geniessen,
Weil man weis, daß diese Bahn
Ist ein rechter Vnglücks-Plan,
Da man muß in Dörnern baden
Und mit Elend sich beladen,
Da im Lauff auch jederman
Gar zu schleunig fallen kan.

15.

Laß mir doch mein Ziel auff Erden
Nicht zu schnell verrücket werden,
Daß ich ja das Gnaden-Liecht
In der Zeit verliere nicht.

Gib, daß ich in meiner Jugend
Biß ins Alter mir die Tugend
Recht von Hertzen, nicht zum Schein'
Hoch laß angelegen seyn.

16.

Hilff mir, Herr, vor allen Dingen
Diesen meinen Lauff vollbringen,
Daß ich mich in deiner Lieb'
Und der wahren Demuth üb'.
Hilff, daß ich dir hie vertraue
Und dich dort mit Freuden schaue.
Jenes gib mir in der Zeit,
Dieses in der Ewigkeit.

Gebet zu dem Herrn Jesu

Umb den himlischen Seelen-Gast, den werthen heiligen Geist.

1.

Ich trage groß Verlangen,
Herr Jesu, deinen Geist,
Der Rath und Tröster heist,
Mit Freuden zu empfangen.
Es sehnet sich mein Muth
Allein nach diesem Gut,
Und wenn ich das kan haben,
Ist all mein Leid vergraben.

2.

Nichts wil ich mehr begehren,
Als wenn du diesen Gast,
Den du versprochen hast,
Mein Gott, mir wirst gewehren;
Der lehrt zur jeder frist
Das, was ein frommer Christ
Zu thun sol seyn geflissen,
Auch was jhm noth zu wissen.

3.

Er ists, der uns regieret
Die Sinnen und Verstand,
Der durch der Liebe Band
Uns recht zum Himmel führet,
Ja der des Glaubens Krafft

In unser Seelen schafft,
Der sie mit Tugend schmücket
Und in der Noth erquicket.

4.

Er hält uns, wenn wir fallen
In Vnglück und Gefahr.
Bald werden wir gewahr,
Daß er vns hilfft für allen.
Er lässt uns nicht allein,
Wenn wir verjrret seyn;
Er speiset uns mit Freuden,
So bald wir Mangel leiden.

5.

Er bringt uns arme Knechte,
Wenn wir durch falschen Schein
Der Welt verleitet seyn,
Durch seine Krafft zu rechte.
Er ist ja vnser Schutz,
Wenn durch der Feinde Trutz
Wir Christen hie auff Erden
So starck verfolget werden.

6.

Ja dieser Geist, der lehret
Das, was uns unbekandt
Und himlisch wird genandt.
Er ist es, der da mehret
In uns des Glaubens Liecht,
Trost, Hoffnung, Zuversicht,
Gedulden, leiden, lieben
Und sich in Demuth üben.

7.

Wenn wir verdüstert gehen,
Bringt er uns auff den Weg;
Er zeigt des Lebens Steg,
Daß wir im Finstern sehen.
Sein Honigsüsser Mund
Macht unser Hertz gesund.
Er kan den bösen Willen
In unser Seelen stillen.

8.

Er tröstet das Gewissen,
Wenn durch der Sünden Schmertz
Ein sehr zerschlagnes Hertz
Ist jämmerlich zerrissen.
Er höret unser Bitt',
Er richtet unsre Tritt',
Er gibt uns erst das Wollen,
Da wir nach leben sollen.

9.

O selig ist zu schätzen,
Den diese Gnad' und Gunst
Der süssen Himmels-Brunst
Auff Erden mag ergetzen!
Doch dieser werther Schatz
Hat nicht bey denen Platz,
Die durch jhr gantzes Leben
Den Lastern sind ergeben.

10.

Gleichwie nicht kondte bleiben
Des Noäh Taub' allda,
Wo es noch kothig sah':
Also läst sich vertreiben
Der Geist der Sauberkeit,
Wo man die liebe Zeit
In Uppigkeit verbringet
Und gleich zur Hell' einspringet.

11.

Wer Zanck und Hader liebet,
Wer bey den Spöttern sitzt
Und schändlich sich beschmitzt,
Wer sich in Hoffahrt übet,
Wer stets im Sause lebt,
Wer nur nach Gelde strebt,
Der kan den Geist der Gnaden
Doch nimmer zu sich laden.

12.

Er gibt sich selbst nur denen,
Die, von der Triegerey
Der schnöden Wollust frey,
Sich nach dem Himmel sehnen,

Ja welche Tag und Nacht
Auff Gottes Zorn bedacht
Ihr traurigs Hertz' außschütten
Und stets umb Gnade bitten.

13.

Herr Jesu, du mein Leben,
Mein' höchste Freud' und Lust,
Mir ist ja wol bewust,
Daß du allein kanst geben
Diß himlische Geschenck';
Ich bitte dich: Gedenck'
An mich, daß, wenn ich schreye,
Dein Geist mich hoch erfrewe.

14.

Laß mich von dir nicht wancken,
Verleihe Muth und Krafft,
Die uns der Tröster schafft;
Gib heilige Gedancken,
Daß meine Seel in dir
Sich tröste für und für.
Gib, daß ich meinen Willen
Durch dich nur lasse stillen.

15.

Verleyhe mir, zu taugen
Vor deinem Angesicht'.
O unvergänglichs Liecht,
Komm', heilige mein' Augen,
Daß sie zu dir allein
Durchauß gerichtet seyn.
Vermehre mein Verlangen,
Nur dir, Herr', anzuhangen.

16.

O möcht' ich Armer bleiben
Ein Feind der Sünden-Gifft,
Der Leib und Seele trifft!
O möcht' ich doch vertreiben
Das, was den guten Geist
Verjaget allermeist;
So würd' ich seine Gaben
Beständig bey mir haben.

17.
Rath ist bey dir zu finden,
Herr Jesu, meine Ruh'.
Ach tritt du selber zu
Und hilff mir überwinden
Durch deines Geistes Stärck'.
Ich weis, sein gnädigs Werck,
Das wird zum Freuden-Leben
Mich ewiglich erheben.

Ernstliches Gebet zu Gott

Umb Besserung des gantzen Lebens, Daß wir die schädliche Laster mügen fliehen und allen Christlichen Tugenden mit unserm eussersten Fleisse nachjagen.

1.
Ach höchster Gott, verleyhe mir,
Daß ich nur dich begehre
Vnd daß ich Christlich für uff für
Durch dich mich neu gebäre,
Daß ich, dein Kind,
Dich such uff find
In allem Creutz uff Leiden,
Damit noch Todt
Noch Hellennoth
Mich nimmer von dir scheiden.

2.
Gib meinem Hertzen wahre Reu'
Und Thränen meinen Augen,
Daß ich hinfort das Böse scheu'
Und meine Wercke taugen.
Hilff, daß ich sey
Ohn' Heucheley
Ein Schutz und Trost der Armen,
Auch jeder Zeit
Voll Freundligkeit
Mich jhrer mög' erbarmen.

3.
Lesch' aus in mir des Fleisches Lust,
Daß ich in deiner Liebe,
Nicht in der Welt, empfinde Rust
Und stets also mich übe

Nach deinem Wort'
An allem Orth'
In tugendlichen Dingen:
So wird mein Geist
Sich allermeist
Zu dir, Herr Jesu, schwingen.

4.

Treib' aus von mir den stoltzen Sinn,
Laß mich in Demuht leben.
Rach, Neid und Zorn nimb von mir hin,
So kan ich bald vergeben,
Wenn schon durch List
Mein Neben-Christ
Ins Elend mich getrieben;
Weis ich doch wol,
Daß man auch sol
Die ärgsten Feinde lieben.

5.

Gib mir auch diese dreyerley:
Erst einen festen *Glauben,*
Bey welchem rechte Treue sey,
Die nimmer steh' auff Schrauben,
Daß ich mich üb'
In wahrer *Lieb'*
Und *hoff'* auff deine Güte,
Die mich, O Gott,
Für Schand' und Spott'
Auch biß ins Grab behüte.

6.

Nach vielem Reichthumb, Gut und Geld',
Herr, laß mich ja nicht trachten.
Gib, daß ich allen Pracht der Welt
Mög' jnniglich verachten,
Auch nimmermehr
Nach hoher Ehr
Und grossen Namen strebe,
Besondern nur
Nach rechter Schnur
Der wahren Christen lebe.

7.

Für Schmeichlen, List und Heucheley
Bewahre mir die Sinnen
Und laß mich ja durch Gleißnerey
Den Nechsten nicht gewinnen.
Laß Ja und Nein
Mein' Antwort seyn,
Darnach man sich zu richten;
Denn dieses kan
Bey jedermann
Die Sachen leichtlich schlichten.

8.

Herr, säubre doch von Eitelkeit
Mein sündliches Gemüte,
Daß ich in dieser kurtzen Zeit
Für schnöder Lust mich hüte.
Des Hertzen Grund
Sey, wie der Mund,
Dem Nechsten nie zu Schaden,
So werd' ich nicht,
Wie sonst geschicht,
Mit Schmähen überladen.

9.

Gib, daß ich ja den Müssigang
Sampt aller Trägheit hasse,
Dagegen, Herr, mein lebenlang
Mein' Arbeit so verfasse,
Daß ich zur Noth
Mein täglich Brodt
Mit Ehren mög' erwerben
Vnd, wenn ich sol.
Fein sanfft und wol
In dir, Herr Jesu, sterben.

10.

Ach gib mir deinen guten Geist,
Daß ich die Laster fliehe
Und nur umb das, was Christlich heist,
Von Hertzen mich bemühe.
So kan kein Leid
In dieser Zeit
Aus deiner Hand mich treiben,
Besondern ich

Werd' ewiglich
Bey dir, Herr Jesu, bleiben.

Gottselige Betrachtung, wie ein rechtschaffener Christ sich selber müsse hassen, verleugnen und sich Gott, dem höhesten Gute, allein gelassen

1.

Wer Christum recht wil lieben,
Muß selbst verleugnen sich
Vnd gäntzlich von sich schieben
Der alten Schlangen Stich:
Ich meyne solche Lust,
In der wir uns gefallen,
Wie Adams Kindern allen
Dieselb ist wol bewust.

2.

Wer sich nicht selbst wil hassen
Und seiner Wercke schein,
Kan Christum nimmer fassen
Noch auch sein Diener seyn;
Denn wer in Gottes Hauß
Mit gantzer Macht wil dringen,
Der muß vor allen Dingen
Die Hoffart treiben auß.

3.

Wie nicht zur Frucht kan werden
Das edle Weitzen-Korn,
Es sey denn in der Erden
Durch faulen schier verlohrn:
So wil der höchste Gott
Auch keinem nicht erscheinen,
Biß er durch kläglichs weinen
Sich selber wird zum Spott.

4.

Geh' aus von deinem Lande,
Sprach Gott zu Abraham;
O Mensch', in diesem Stande
Spring' aus dem Sünden-Schlam'.
Ach denck' jetzt, wer du bist

Und wie du Gott betrübest,
Wo du dich selber liebest?
Fürwar, kein rechter Christ.

5.

Gleich wie es nie geschehen,
Daß einer hat zugleich
Gen Himmel auffgesehen
Und nach der Erden-Reich,
So kans auch gar nicht seyn,
Sich neben Gott zu setzen
Und dem sich gleich zu schätzen;
Gott wil die Ehr' allein.

6.

Das höchste Gut im Leben,
Dem Menschen zugewand,
Daß Gott uns hat gegeben,
Ist Liebe nur genandt;
Diß höchste Gut ist Gott,
Dem solt du dich zu kehren,
Allein' jhn zu verehren
Und nicht des Satans Rott.

7.

Was du von Hertzen meynest,
Ist dir an Gottes statt;
Wenn du es gleich verneinest,
So zeugt es doch die That.
Der, so sich liebt zu sehr,
Darff über Gott sich heben,
Dem Schöpffer widerstreben
Und rauben jhm sein' Ehr'.

8.

Ist Gott, wie wir bekennen,
Der Anfang und das Ziel,
Daß A und O zu nennen,
Was zweifflen wir denn viel,
Leib, Leben, Hertz und Muht
Allein' jhm zuzuwenden?
Denn er wil vns ja senden
Sich selbst, das höchste Gut.

9.

Laß dich die Lieb' entzünden,
Nicht die vergänglich ist,
Als die, so leicht zu finden
Im faulen Sünden-Mist.
Ach nein, diß Ungeheur
Sol alle Welt verfluchen.
Wir Christen wollen suchen
Ein besser Liebes-Feur.

10.

Daß Feur bleibt nicht auf Erden,
Es schwinget sich hinauff
Und wil erhöhet werden
Durch seinen schnellen Lauff;
Der Liebe Feur in dir,
Das sol vor allen dingen
Sich in den Himmel schwingen
Mit himlischer Begier.

11.

Noch wil ich ferner lehren,
Wie der, so Christum liebt,
Sich gar nicht sol verehren,
Als der jhm selber gibt,
Was Gott' allein gebührt.
Wer dessen Lob nicht suchet,
Derselb' ist gantz verfluchet,
Der Hellen zugeführt.

12.

Die schöne Leibes Gaben,
Verstand, Glück, Ehr' und Geld
Sampt allem, was wir haben,
Hat Gott uns zugestellt.
Weil diese Brünnlein
Nun sich aus jhn' ergiessen,
So müssen sie auch fliessen
Zum selben Meer hinein.

13.

Gleich wie der Sonnen Strahlen,
Wen sie mit vollem Lauff
Ein gantzes Land bemahlen,
Viel Blümlein schliessen auff,

Die wiedrumb suchen sehr
Die Sonn' ans Himmels enden:
So solt du alles wenden
Zu Gottes Preiß' und Ehr'.

14.

Als jenner König lobte
Die Babel, seine Macht,
Und gleich für Freuden tobte
Voll Hoffart, Stoltz und Pracht,
Da ward er toll und wild.
Das heist sich selber lieben;
Diß ist, O Mensch, geschrieben
Der Welt zum klaren Bild.

15.

Ach stelle deinen Willen
Nach Gottes Willen an,
Der deine Bitt' erfüllen
Und dich erhöhen kan.
Doch zeug' es mit der That:
Dein Fleisch must du bezwingen,
Denn wirst du vollenbringen,
Was Gott befohlen hat.

Ein Lob-Lied

Von der hertzlichen Liebe und denen unaußsprechlichen Wolthaten unsers Herrn und Heylandes Jesu Christi.

1.

Jesu, du mein liebstes Leben,
Meiner Seelen Bräutigam,
Der du dich vor mich gegeben
An des bittern Creutzesstamm;
Jesu, meine Freud und Wonne,
All mein Hoffnung, Schatz und Theil,
Mein Erlösung, Schmuck und Heyl,
Hirt uff König, Liecht und Sonne:
Ach, wie sol ich würdiglich,
Mein HERR Jesu, preisen dich?

2.

O du allerschönstes Wesen,
O du Glantz der Herrligkeit,

Von dem Vater außerlesen
Zum Erlöser in der Zeit:
Ach ich weis, daß ich auff Erden,
Der ich bin ein schnöder Knecht,
Heilig, selig und gerecht
Sonder dich kan nimmer werden.
Herr', ich bleib' ein böser Christ,
Wo dein Hand nicht mit mir ist.

3.

Ey so komm, du Trost der Heyden,
Komm, mein Liebster, stärcke mich.
Komm', erquicke mich mit Freuden,
Komm' und hilff mir gnädiglich.
Eile bald, mich zu erleuchten,
Gott, mein Hertz' ist schon bereit;
Komm, mit deiner Süssigkeit
Leib und Seel mir zu befeuchten.
Komm, du klares Sonnen-Liecht,
Daß ich ja verirre nicht.

4.

Komm, mein Liebster, laß mich schauen,
Wie du bist so wol gestalt,
Schöner als die schönste Frauen,
Allzeit lieblich, nimmer alt.
Komm, du Auffenthalt der Siechen,
Komm, du liechter Gnadenschein,
Komm, du lieblichs Blümelein,
Laß mich deinen Balsam riechen.
Du mein Leben, komm heran,
Daß ich dein geniessen kan.

5.

Ach wie wird dein freundlichs blicken,
Allerliebster Seelen-Schatz,
Meinen Geist in mir erquicken
Und jhn führen auff den Platz,
Da er solche Lust empfindet,
Die nicht zu vergleichen ist.
Deine Lieb', Herr Jesu Christ',
Ist es, die mich gar entzündet,
Die mein Hertz zu Tag und Nacht
Auch im Leiden freudig macht.

6.

Schaff' in mir noch hier auff Erden,
Daß ich wie ein Bäumlein fest
Dir mög eingepflantzet werden.
Diesen Schatz halt' ich fürs best',
Auch viel höher als Rubinen,
Theurer als den güldnen Sand,
Schöner als den Diamant,
Die zur blossen Hoffart dienen,
Besser als der Perlen Schein,
Wenn sie noch so köstlich seyn.

7.

O du Paradyß der Freuden,
Das mein Geist mit Schmertzen sucht,
O du starcker Trost im Leiden,
O du frische Lebens-Frucht!
O du Himmel-süsses Bissen,
Wie bekompstu mir so wol!
Ja, mein liebster Schatz, der sol
Mich in höchster Wollust küssen.
Gib mir deinen zarthen Mund,
Denn so wird mein Hertz gesund.

8.

Herr, ich bitte dich, erzeige,
Daß du reden wilt in mir
Und die Welt gantz in mir schweige.
Treibe deinen Glantz herfür,
Daß ich bald zu dir mich kehre
Und dein Wort, der edle Schatz,
Find in meinem Hertzen Platz,
Daß mich deine Warheit lehre,
Daß ich Sünd' und Laster-frey
Dir, mein Gott, gefällig sey.

9.

Lieblich sind dein' edle Hütten,
Schön von Gnad' und Himmels-Gunst,
Da du pflegest außzuschütten
Deiner süssen LiebeBrunst.
Meiner Seelen, Gott, verlanget,
Daß sie frölich möge stehn
Und mit klaren Augen sehn,
Wie dein' hohe Wohnung pranget.

Leib und Seel' erfreuen sich,
Herr, in dir gantz inniglich.

10.

Wol den Menschen, die da loben
Deine Wolthat jmmerdar
Und durch deinen Schutz von oben
Sich beschirmen vor Gefahr,
Die dich heissen jhre Stärcke,
Die jhr Leben in der Ruh'
Und der Tugend bringen zu,
Daß man rühmet jhre Wercke.
Christen, die also gethan,
Treten frey die Himmels-Bahn.

11.

Dieses, Jesu, schafft dein Lieben,
Jesu, Gottes liebster Sohn,
Das dich in die Welt getrieben
Von des hohen HimmelsThron'.
O wie tröstlich ist dein Leiden,
O wie heilig ist dein Wort,
Das uns zeigt des Lebens Port,
Da wir uns in Freuden weiden,
Wo die grosse Fürsten-Schaar
Dir zu Dienst' ist jmmerdar.

12.

Machet weit die hohe Pforten,
Oeffnet Thür' und Thor der Welt,
Wündschet Glück an allen Orten,
Sehet, da kompt unser Held;
Sehet, er kompt einzuziehen,
Alß' ein Ehren-König pflegt,
Wenn er seinen Feind erlegt.
Alles Volck sol sich bemühen,
Hoch zu preisen unsern Gott,
Gott, den großen Zebaoth.

13.

Hoch gelobet hoch geehret
Sey des Herren teurer Nam'!
Herrlich ist sein Reich vermehret,
Das aus Gnaden zu uns kam.
Er ist Gott, der uns gegeben

Seel' und Leib, auch Ehr' und Gut,
Der durch seiner Engel Hut
Schützet unser Leib und Leben.
Dancket jhm zu aller frist,
Weil der Herr so freundlich ist.

Ein herrlicher Lob-Psalm Gottes

Wegen seiner grossen Allmacht und Barmhertzigkeit.

1.

Von Gnade wil ich singen
Des Herren ewiglich
Vnd meine Stimm erschwingen,
O Gott, zu preisen dich.
Mein schwacher Mund sol sagen
Mit grossem Wolbehagen,
Wie deine Güt und Treu
Ohn End' und Wandel sey.

2.

Der Himmel sol erweisen
Die Wunder deiner Händ'
Und deine Warheit preisen
Biß an der Welt jhr End'.
Herr, wer ist dir zu gleichen?
Wer kan dein Lob erreichen?
Wer gibt dir etwas zu?
Wer ist so starck wie du?

3.

Wie herrlich läst du sehen
Dein' über-grosse Macht
Vor denen, die da stehen
Als Zeugen deiner Pracht.
Du stillest Meer und Wellen,
Wenn sie sich grausam stellen,
Ja durch den starcken Lauff
Schier schwingen Himmel-auff.

4.

Herr, du hast lassen werden
Das blaue Sternen-Dach;
Du hast gemacht die Erden,
Der Menschen Schlaff-Gemach.

Dein' Hand ist starck und mächtig,
Dein Nahm' ist groß und prächtig,
Dein' Herrligkeit und Zier,
Die pranget für und für.

5.

O wol dem Volck' im Lande,
Das freudig jauchtzen kan
Und im erwünschten Stande
Dich lieblich schauen an!
Diß Volck wird sich mit Treuen
In deinem Liecht' erfreuen,
Auch wird sein Mund allein'
In dir, Herr, frölich seyn.

6.

Nun du bist jhre Stärcke,
Du Held in Israel;
Sie rühmen deine Wercke,
Den Armen hilffst du schnell.
Du wirst jhr Horn erhöhen
Und sie mit Güt' ansehen.
Ich weis, du bist sehr mild,
O Zions güldner Schild!

7.

Du bist von langen Zeiten
Doch unser Fürst' und Gott.
Du pflegst für uns zu streiten,
Du starcker Zebaoth.
Du kanst den Feind so trennen,
Daß wir dein Allmacht kennen
Und ruffen auff dem Plan:
Der Herr hat diß gethan.

8.

Du lässest Brunnen quellen
Und tausend Bächlein gehn;
Bald müssen sie sich schnellen,
Bald wiedrumb stille stehn.
Du lässest richtig lauffen
Den Mond und seinen Hauffen,
So bald die schwartze Nacht
Die Sonn' hinweg gebracht.

9.

Du läst den Frühling kommen,
So bald das grosse Liecht
Der Erden hat benommen
Ihr dürres Angesicht.
Du läst die Ströhme brausen,
Du läst die Wellen sausen,
So offt das grosse Meer
Laufft schrecklich hin und her.

10.

Kompt her von allen Enden,
Kompt her in schneller Eyl'
Und jauchtzet Gott mit Händen,
Frolocket unserm Heyl.
Ermuntert euch, jhr Frommen,
Vor sein Gesicht zu kommen.
Sein ist und bleibet das,
Was trocken heist und naß.

11.

Kompt, lasst uns nieder knien
Vor seiner Majestat,
Die uns den Leib verliehen,
Die Seel' ertheilet hat,
Daß sie gepriesen werde
Von Schafen jhrer Heerde,
Die sie so hertzlich liebt,
Ja Gut und Leben gibt.

12.

Ihr Völcker, kompt mit Springen,
Kompt her in gutem Fried
Und helfft dem Herren singen
Ein köstlichs Lobe-Lied.
Erzehlet doch mit Freuden
Sein' Ehr' und Ruhm den Heyden,
Was grosse Wunderthat
Sein' Hand verrichtet hat.

13.

Der Herr' ist hoch zu loben
Für aller Götter Zahl;
Die nicht wie er erhoben,
Sind Götzen allzumal.

Er ist es, der regieret
Das, was der Welt-Kreiß zieret.
Er steht mit grossem Ruhm'
In seinem Heiligthum.

14.

Bringt her, bringt her dem Herren,
Bringt her jhm' Ehr' und Macht!
Sich in sein Lob zu sperren
Sey jedermann bedacht.
Ihr Völcker, kompt getreten,
Den Herren anzubeten.
Es fürcht jhn alle Welt,
Den grossen Wunder-Heldt.

15.

Seht, wie die Berge weltzen
Für seiner Herrligkeit;
Seht, wie die Hügel schmeltzen
Wie Wachs zur Sommers-Zeit.
Seht, wie nach seinem Willen
Sich alle Tieffen stillen;
Seht, wie des Blitzes Pracht
Die Lufft so feurig macht.

16.

Was wil man doch mit Worten
Die Wunder zehlen viel,
Die er an allen Orten
Verrichtet sonder Ziel?
Kompt, lasset uns jhn preisen,
Lob, Ehr' und Danck erweisen;
Denn seine Güt und Treu'
Ist alle Morgen neu.

Christlicher Lob-Gesang, wenn uns Gott mit Speise und Tranck so reichlich hat gesättiget

1.

Nvn lobet alle Gott,
Den Herren Zebaoth,
Der uns so wol gespeiset,
Der diese Stund' erweiset,
Daß seine Güt' und Treue

Mehr, als wir würdig seyn,
Sich alle Tag erneue
Und schenck' uns häuffig ein.

2.

Wir, die wir waren matt,
Sind nunmehr starck und satt,
Dieweil er hat gegeben
Die Nahrung' unserm Leben,
Dazu uns armen Kindern
Sein' überreiche Hand,
Wiewol so grossen Sündern,
Aus Gnaden zugewandt.

3.

Wir sagen dir, Herr, danck
Vor deine Speiß' und Tranck,
Die du mit Wolgefallen
So treulich schenckest allen,
Die deiner Güt' erwarten
Und in der Niedrigkeit
Nach dir, mein Gott, zu arthen
Sind Tag und Nacht bereit.

4.

Dein Segen macht uns reich;
Du sättigest zu gleich
Das, was auff Erden lebet
Und in den Lüfften schwebet.
Du gibst den wilden Thieren
Ihr Futter, Hew und Graß,
Das alles Fleisch muß spüren
Dein Hülff ohn' unterlaß.

5.

Herr, alles ist dein Gast,
Was du geschaffen hast.
Du speisest ja die Raben,
Die keinen Glauben haben;
Wie soltest du nicht hören
Die Menschen ins gemein,
Wenn sie zu dir sich kehren
Und gantz voll Glaubens seyn?

6.

Es mangelt nichts bey dir;
Du reichest uns herfür
Brodt, Nahrung' und die Hülle,
Des gibst du uns die Fülle,
Doch denen, die dir trauen,
Nicht, die so gantz und gar
Auff dieses Eitle bauen,
Das doch so wandelbahr.

7.

Wer stoltz und prächtig ist,
Dazu voll Trug und List,
Dem wird das nicht gewehret,
Was er durch Trotz begehret:
Nur denen, die da wissen,
Mit Furcht des Menschen Sohn
In dieser Zeit zu küssen,
Giebt er den Gnaden-Lohn.

8.

Drumb treten wir heran,
O Vater, auff den Plan,
Uns danckbar zu erweisen
Und deine Macht zu preisen,
Hernach umb Christus willen
Zu bitten, diese Stund
Uns damit zu erfüllen,
Was nütz ist und gesund.

9.

Dir geben wir die Ehr'
Und bitten ferner sehr,
Wenn wir hinführo tischen,
So wollest du erfrischen
Mit deinen edlen Gaben
Den Leib und auch zu gleich
Die arme Seel' erlaben:
So sind wir doppelt reich.

10.

Gib uns des Leibes Noth,
Die Kleidung' und das Brodt
Durch deinen reichen Segen,
Da alles an gelegen;

Sonst nützet kein begiessen.
Dein Wort, Herr, hilfft uns wol,
Die Speise zu geniessen,
So uns erhalten sol.

11.

Nun, Herr', ich zweiffle nicht,
Du gibst, was mir gebricht.
Behüte mich vor Sorgen,
Vor Klagen heut' und Morgen
Und was man geitzen nennet.
Hat doch ein jeder Tag,
Wie Christus selbst bekennet,
Sein' eigen Sorg' und Plag.

12.

Ich wil mein Lebenlang
Dir singen Lob und Danck,
Daß du mir hast bescheret
Vielmehr, als' ich begehret.
Ach Gott, was werd' ich haben
Nach dieser bösen Zeit?
Viel wunderschöne Gaben
Dort in der Ewigkeit!

Beschluß-Lied zu Gott

Umb ein seliges Sterb-Stündelein.

1.

So wündsch' ich mir zu guter letzt
Ein seligs Stündlein, wol zu sterben,
Das mich für alles Creutz ergetzt
Und krönet mich zum Himmels-Erben.
Komm, süsser Todt, uff zeige mir,
Wo doch mein Freund in Ruhe weidet,
Biß meine Seel' auch mit Begier
Zu jhm' aus dieser Welt abscheidet.

2.

Steh' auff, O Gott, gib mir dein' Hand
Und ziehe mich aus lauter Gnaden
Zu dir ins rechte Vaterland,
Da mehr kein Unfall mir kan schaden.
Steh' auff, es ist schon hohe Zeit,

Erlöse mich aus allem Jammer.
Steh' auff, mein Gott, ich bin bereit,
Zu wandlen nach der Ruhe-Kammer.

3.

O lieblichs, seligs Stündelein,
Wie trag' ich doch so groß' Verlangen
Nach dir allein, bey Gott zu seyn;
Denn meine Tage sind vergangen.
Drumb, liebster Vater, gib mir doch
Ein seligs und vernünfftigs Ende,
Damit, in dem' ich lebe noch,
Ein Freuden-Blick sich zu mir wende.

4.

Errette bald aus aller Quaal
Und aus dem Kercker meine Seele.
Sie seufftzet nach dem Freuden-Saal'
Aus dieser tuncklen Mörder-Höle.
Ach hat sie doch so manchen Tag
Das bitter Elend müssen bauen!
Nun gib jhr endlich, daß sie mag
Das Paradyß mit Freuden schauen.

5.

Ist doch mein Leben wie das Hew
Verdorret und wie Rauch verschwunden:
Was solt' ich denn mit Furcht und Scheu'
Erwarten erst der Todes-Stunden?
Ach nein, ich wil mit grossem Danck'
Aus dieser Welt zum Himmel eilen;
Mein Hertz ist schon vor Liebe kranck,
Es kan durchaus sich nicht verweilen.

6.

O vielbegehrter, lieber Todt,
Du bist zwar greulich anzusehen,
Mir aber nicht, weil du in Noth
Mich länger nicht wirst lassen stehen.
Ich weis, die Reichen fürchten dich,
Die Könige der Welt erschrecken;
Ich nicht also: du tröstest mich,
Weil du mich friedlich wilt bedecken.

7.
So laß mich, Herr, mein sterblichs Kleid,
Damit ich Armer bin umbgeben,
Verwechseln mit der Ewigkeit
Und dieses mit dem andern Leben.
Mach' auff die Thür', ich eil' herzu,
Verzug, den kan ich gar nicht leiden;
Ach hilff, daß ich in stoltzer Ruh'
Jetzt frölich mög' in Sion weiden.

8.
O Jesu, liebster Bräutigam,
Daß meiner Seelen so verlanget,
Das machet der Schoß Abraham,
Wo Lazarus in Freuden pranget.
Mein Geist, der hat in dieser Welt
Dich offt gesucht, doch schwerlich funden;
Bringst du jhn nun ins Freuden-Zelt,
So hat er alles überwunden.

9.
Es funden mich zu dieser Zeit
So gar von meiner ersten Jugend
Des Teuffels Volck, die losen Leut'
Und Spötter aller Zucht vnd Tugend;
Die schlugen mich biß auff den Todt,
Ja haben mir mein Kleid genommen.
Mein Gott, hab' acht auff diese Noth:
Wenn werd' ich aus dem Jammer kommen?

10.
Mein Hertz erzittert wie ein Laub
Von wegen so viel schwerer Plagen:
Bald werd' ich meiner Feinde Raub,
Bald ist mein Geist in mir zuschlagen.
Herr, sende mir dein tröstlichs Wort,
Daß ich in Sünden nicht verderbe.
Erquicke mich, wenn ich sol fort,
Damit ich gern' und frölich sterbe.

11.
Gott, meiner Seelen Durst bist du;
Wenn werd' ich einmahl zu dir treten?
Wenn schau' ich dich dort in der Ruh,
Wo dich die Cherubim anbeten?

Hie schweb' ich zwar in grosser Pein;
Denn meines Häuptes Thränen-Quellen,
Die müssen meine Nahrung seyn
Und manche Mahlzeit mir bestellen.

12.

Gefangen lig' ich gar zu hart;
Herr, rette mich von diesen Banden,
Daß ich bey meiner Wiederpart
Nicht werde gantz und gar zu schanden.
Nim auff, Herr, deinen lieben Sohn
Der täglich bittet, dich zu sehen,
Und führ' jhn in den Freuden-Thron,
Dein himlisch Fest da zu begehen.

13.

Hie sitz' ich in der Finsterniß'
Und in dem tunckeln Todes-Schatten.
Zwar, meine Zeit ist ungewiß;
Doch weis ich, Gott, der wird erstatten
Mein Leid, das mich so sehr geplagt,
Seither ich auff die Welt geboren.
Ich weis, was mein Erlöser sagt:
Wer gläubig ist, wird nicht verlohren.

14.

Erleuchte mich, O treuer Gott,
Daß ich in meiner letzten Stunde
Bey dir ja werde nicht zu Spott,
Auch mich der Satan nicht verwunde.
Reiß du mich aus des Todes Pein,
Nimb meine Seel' in deine Hände.
Mein letzter Wundsch sol dieser seyn:
Herr, gib mir doch ein seligs ENDE.

Nur Gott und keinem mehr
Sey Lob, Preiß, Danck und Ehr'.
Amen,
Komm, allerliebster Herr Jesu,
Amen.

Die Erste Hinführung

Christus Jesus wird im Gahrten Gethsemane von der Schar gefänglich angenommen und zu dem Hohenpriester Hanna geführet.

1.

Auff, liebe Seel', entzünde dich,
Daß Leiden deines Herren,
Die plagen, welch' Ihm grausahmlich
Sein' edle Glieder zerren,
Den Spott, das Fluchen, Schläg' und Pein,
Die mehr hieselbst als menschlich sein,
Ja durch die wolken dringen,
Im Glauben zu besingen.

2.

Wo die Verdamniß und der Tod
Sich erstlich angefangen,
Am selben ohrt' ist alle Noht
Der Seelen auch vergangen;
Den wie der Mensch durch Satanß list
Im Paradiß gefallen ist,
So läst Ihm Gott daß leben
Im Gahrten wieder geben.

3.

Auß Liebe fähet Christus an
Im Gahrten erst sein Leiden.
Hier schauet, was sein Lieben kan,
Sein Hertz weiß nicht zu Neiden:
Ob gleich sein Jünger Ihn verkaufft,
Dazu die Schaar Ihn schlägt und raufft,
Welch' Er kont' überwinden,
Läst Er dennoch sich binden.

4.

Man führet Ihn zuem Hannas hinn,
Mit Ketten hart verstrikket.
Sehr stoltz ist dieses Priesters Sinn:
So bald Er nur erblikket
Daß Gottes Lam, erfreüt Er sich,
Nur daß Er müge grausahmlich
Mit schelten, schmähen, schlagen
Den Lebens Fürsten plagen.

5.
O Grausahmkeit! wer zittert nicht?
Hie wird gantz ohn' erbarmen
Geschlagen in sein Angesicht
Daß heil und licht der Armen:
Der Himmels Fürst', Er selber Gott,
Er duldet so viel Hohn und Spott;
Der Schöpffer muß sich neigen,
Ja vor der Aschen schweigen.

6.
So must' es, Liebster Jesu, sein,
Solt' uns der Himmel werden:
Dein Leiden, Herr, vermocht' allein
Den Kindern dieser Erden
Vergebung aller Sünd' und Schuld,
Auch deines Vatters Gnad' und Huld
Durch ein so bitters sterben
Gantz völliglich erwerben.

7.
Ach aber, daß Ich Selber Dich,
Herr Jesu, so gebunden!
Ach liebster Heiland, daß Ich mich
Bei dieser Zunfft gefunden,
Die dich in der betrübten Nacht
Zum Priester Hannas hat gebracht!
Der Sünden dieses Orden
Bin Ich mit schüldig worden!

8.
Dies' ist die Faust, dies' ist die Hand,
Die leider hat geschlagen
Dein Antlitz, als man daß verband
Und anfieng dich zu plagen.
Ich laügn'eß nicht, HERR Jesu Christ,
Verzeih' eß mir zu dieser frist,
Begnade doch mich Armen:
Bei dir ist viel erbarmen.

9.
Lös' auff die starke Sündenstrikk',
In welchen Ich verwirret,
Und gib mir einen gnadenblik,
Mir, der Ich sehr geirret;

Reiss' endlich meine Füss' in eil
Sehr kräfftig auß deß Todes Seil,
Daß Ich dich müge fassen,
Wen Ich die Welt sol lassen.

10.

Herr, gib Mir ein beständigs Hertz,
Dafern Ich soll erleiden
In Banden auch viel Hohn und Schmertz,
Daß eß gesche mit Freüden.
Durch deine Strikk', O höchsteß Guht,
Verleihe Mir Krafft, Stärk' und Muht,
Mein Kreütz ohn' einigs klagen
In dieser Welt zu tragen.

Die Dritte Hinführung

Der Sohn Gottes Christus Jesus wird von den Häscheren aus dem Sahle des Hohenpriesters in der Diener beigemach geführet und darselbst die gantze Nacht von den allergeringsten Knechten verspottet und geschlagen.

1.

Liebste Seel', erkenne doch,
Was dein Heiland hat erlitten
Diesen Abend, als Er noch
Wird geführt mit schnellen Schritten
In der Häscher beigemach,
Da den nach der Priester scheiden
Dieses Schäfflein muste leiden,
Biß der liebe Tag anbrach.

2.

Wie viel Schande, wie viel Spott,
Wie viel lästerns muß doch tragen
Unser Heiland, Mensch und Gott;
Ach wie wird sein Haubt zerschlagen!
Seiner klahren Augen Licht,
Daß mit Tüchern zugebunden
Stöss' und Speichel hat empfunden,
Wird durch aus verschonet nicht.

3.

Wölffe Zerren dieses Lam,
Mörder schlagen den Geliebten:

Unsrer Seelen Bräutigam
Wird daß Haubt der Hochbetrübten.
Seht, der Häscher leichte Schaar
Machet wund mit Grimm' und Rasen
Seine leftzen, Stirn und Nasen,
Seine Wangen, Haubt und Hahr.

4.

Meine Sinne können nicht
Allen Schimpf und Hohn erdenken,
Welcher dich, O lebens licht,
Durch die Diener muste kränken.
Lose Buben hatten Macht,
Dich zu quählen hier auff Erden,
Daß dadurch wir müchten werden
Hoch im Himmel angebracht.

5.

Dieses alles hast du zwahr,
Liebster Heiland, außgestanden
Von der frechen Häscher Schaar,
Die dich schlug in harten Banden:
Aber Ich war mit dabei;
Diesem unverschämten Hauffen
Bin Ich selber zugelauffen,
Zu verüben Tirannei.

6.

Straffe nicht in deinem Grimm
Meine Sünd und Missethaten.
Ach Herr, hör' itz meine Stimm,
Den Ich bin in Angst gerahten.
Wer' Ich nun von Sünden rein,
Köntest du Mir nicht vergeben
Sünd' und Schuld in diesem Leben
Noch Mir Armen gnädig sein.

7.

Ich bekenn' es ohne scheü,
Daß Ich manchen Tag verschlissen
Mit den Dienern, die gantz frei
Ohne Glauben und Gewissen
Dir so grossen Schimpf gethan;
Aber Nun, O lieber Meister,

Sende doch deß Himmels Geister
Mir zu Dienst' auff diesen plaan.

8.

Hab' Ich Mich der Bösen Rott'
In der Jugend zugesellet,
Ey so dank' Ich Dir, Mein Gott,
Daß sie Mich nicht gantz gefellet:
Nun und künftig folg' Ich Dir.
Laß dein' Engel bei Mir bleiben,
Welch' als fromme Diener treiben
Alle feindschafft weit von Mir.

9.

Laß den Teuffel und die Welt
Alles daß zusammen bringen,
So nach meiner Seelen stelt,
Derer keins wird Mich bezwingen.
Herr, Ich trotz auff deine Macht,
Fürchte nichts der Feinde blitzen:
Deine Diener, so Mich schützen,
Wachen vor Mich tag und Nacht.

Die Sechste Hinführung

Christus Jesus wird von Pilato zu dem Vierfürsten Herodes geführet,
woselbst Er zu verachtung seines königlichen Namens mit Einem
weissen Kleide wird angeleget und von des Herodes Hofe-Schrantzen
verspottet.

1.

Hat den, Mein Gott, daß noch kein Ende,
Daß man dich führet hin und her,
Daß man dich schleppet mit Beschwehr
Durch der verfluchten Mörder Hände?
Ach nein! Pilatuß lässet dich
Zu seinem Feind' Herodes bringen,
Daß Ihnen mücht' hiedurch gelingen,
In Freündschafft zu vertragen sich.

2.

Gleich wie der Wolff und Fuchs sich lieben,
Im fall' ein Lämlein sterben sol,
So wissen diese beid' auch wol
In grosser Untreü sich zu üben:

Das Lämlein Jesus sol allein
Den Streit, den sie so lange hegen,
Durch seinen Tod beiseiten legen
Und Ihrer Freündschafft Anfang sein.

3.

Herodes zwahr wird hoch erfreüet,
Als Christus da komt vor Ihn stehn;
Ein Zeichen wolt' Er von Ihm sehn,
Dieweil Er trefflich ward beschreiet.
Sie rupfen Ihn bald hie, bald da:
Herodes und die Diener fragen,
Die Hohenpriester stehn und klagen,
Der Herr spricht weder Nein noch Ja.

4.

Bald wird dem Heiland angezogen
Ein Purpur kleid mit Hohn und Spott.
Es wird hiedurch der fromme Gott
Zur Ungedult doch nicht bewogen.
Die Redligkeit wird ausgelacht;
Ja der die gantze Welt versöhnet,
Muß leiden, daß man Ihn verhönet
Und ein Gelächter auß Ihm macht.

5.

Waß ist der Hoff mit seinem prangen?
Ein Haus, wo list und Bößheit wohnt,
Wo Sünd' und Unrecht wird belohnt,
Wo man die Tugend hält gefangen.
Eß ist ein Ohrt, wo Gunst und Recht
Sich mitteinander nicht vertragen,
Wo Heüchler fromme Leüte plagen,
Wo Falscheit üben Herr und Knecht.

6.

Herr Jesu, der du bist geführet
Vor des Tyrannen Heücheltrohn,
Ich laügn' eß nicht, O Gottes Sohn,
Daß Ich bin selber mit spatzieret:
Ich zog dich mitten durch die Statt,
Ich schlug dich fast an allen Ohrten,
Ich schmähte dich mit losen wohrten,
Biß daß du würdest müd' und Matt.

7.

Gedencke nicht der Missethaten,
Wodurch Ich dich so sehr verletzt:
Du hast dich Ja zuem Fluch gesetzt,
Den Sündern dieser Welt zu rahten;
Du mustest ia Sünd', Höll' und Tod
Durch deinen bittren Tod versenken,
Dagegen Freüd' und Leben schenken.
Herr Jesu, hilff aus aller Noht!

8.

Lass dir dein Kirchlein sein befohlen,
Daß beides durch Gewalt und List
So grausahmlich gequählet ist:
Von Dir kan Sie nur hülffe hohlen.
Erwekke dich, den Ihr ist weh',
Ihr herligkeit wird fast zuer Schande,
Die Feinde plagen sie zu Lande,
Ja stellen Ihr auch nach zuer See.

9.

Es plagen Sie Pilatus freünde,
Herodes Brüder leben noch.
Ach sehet, welch ein schweres Joch
Bereiten Ihr der Wahrheit Feinde!
Es zittert schon daß gantze Land;
Man ist bemühet, durch die waffen
Die Gottesfurcht hinaus zu schaffen,
Man siehet nichts als Raub und Brand.

10.

Die Laster stehn in voller blühte,
Dieweil der Krieg ohn' Ende tobt;
Die Tyrannei wird noch gelobt,
Es wird verbannet Lieb' und Gühte.
Die Welt ist froh, die Kirch' allein
Muß Jämmerlich auff dieser Erden
Durch List und Macht gequählet werden
Und Jederman ein Scheüsahl sein.

11.

Steh' auff, Herr Jesu, zu verderben,
Die Deine Kirch' aus aller Macht
Zu dämpfen gäntzlich sind bedacht;
Lass Dein' und Ihre Feind' ersterben.

Steh' auff, es ist ia hohe Zeit,
Hilff deinem Völklein und zerstreüe
Der Feinde Schaar, damit sich freüe
Die gantze wehrte Christenheit.

Folgen Die Gottselige Andachten Einer Christglaübigen

Seele unter dem Kreütze Ihres Erlösers und Allerliebsten

Seligmachers Jesu Christi: Die Erste Andacht

eines Gottergebenen Frommen Christen
An die Füsse seines Allerliebsten Seligmachers.

1.

Der du hast vor Mich gebüsset,
Liebster Jesu, sei gegrüsset,
Sei gegrüsset, O mein Hertz:
Fürst deß Lebens, laß mich stehen
Dir zuer Seiten, laß Mich sehen,
Waß Dich plagte vor ein Schmertz?

2.

Herr, du wollest Mir erlauben,
Daß Ich Dich im wahren Glauben
Als am Kreütz' itz kennen mag,
Da dein Leichnam gantz entkleidet
Von so manchem Sünder leidet
Schläg' und schmach den gantzen tag.

3.

Deine Füsse durchgegraben
Können Mir mein Hertz erlaben,
Wen eß sehr bemühet ist;
Deine Nägel werd' Ich müssen,
Liebster Herr, in Demuht küssen:
Günn' eß Mir zu dieser frist.

4.

Ach! Eß werden tausend wunden
An Mir selber auch gefunden,
Die der Satan hat gemacht:
Heile Mich, Du Trost der frommen;
Bist du doch vom Himmel kommen,
Mir zu helffen tag und Nacht.

5.

Ach daß deine Gunst Mich reitze,
Daß Ich dich am hohen Kreütze
Such' und find' in meiner Noht!
Zürne nicht mit deiner Aschen,
Den dein Bluht, daß kan Mich waschen,
Bin Ich gleich nur Staub und Koht.

6.

Deine Striemen, schläg' und Schmertzen
Lass' in meinem kalten Hertzen
Kräfftig eingetrukket stehn,
Daß man Mich durch deine Wunden
Ewiglich an dich verbunden,
Liebster Heiland, müge sehn.

7.

Ach du wollest Mir verzeihen,
Frommer Jesu, diß mein Schreien,
Mir, der Ich ein Sünder bin,
Ja der ärgste von den grossen:
Ach du wollest Mich nicht stossen
Gantz von deinen Füssen hin!

8.

Emsich wil Ich Mich bemühen,
Ob Ich ligend auff den Knien
Deine Füsse küssen kan.
Höre doch mein kläglichs flehen,
Laß Mich ohne Trost nicht stehen,
Schaue Mich mit Gnaden an.

9.

Seh' auff Mich, mein Hertzgeliebter,
Höre, waß dein hochbetrübter
Dir zu deinen Füssen klagt;
Sprich zu Mir, mein Heil' und Leben:
Alles sei Dir itz vergeben,
Waß Dich armen Sünder plagt.

Die Vierte Andacht

An die Seiten seines Allerliebsten Herren Jesu.

1.

Ist dieser nicht deß höchsten Sohn,
Der Sünder Heil und Gnadentrohn,
Dem man in seiner grossen quahl
Die Rieben zehlet allzumahl
Ans Kreützespfahl?

2.

Ach ia, es ist mein Jesulein,
Dem schau Ich in die Seit' hinein,
In welcher lauter Honig klebt,
Daß allem Trübsahl wiederstrebt,
Daß ümm' uns schwebt.

3.

Gegrüsset seist du, schönste quell',
In dir erscheinet trefflich hell
Der Liebe Macht, die rohte Fluht,
Deß Lebens Brunn, ein edles Bluht,
Mein höchstes Guht.

4.

Ich nahe Mich in furcht zu dir,
Du Gottes Lam, verzeih' es Mir:
Ich komm' allein zu sehen an
Die wunde, welch' uns heilen kan,
Da Bluht auß rann.

5.

O wehrter Riss, O süsser Fluss!
Nim hin von Mir den Glaubenskuss,
Eröffne Mir dadurch den Mund
Und lass Mich werden bald gesund
Biß auff den Grund.

6.

Wie heilsahm ist doch deine krafft!
Wie trefflich ist dein' Eigenschafft!
Du riechest edler als der Wein,
Kein Gifft kan vor dir Sicher sein:
Du machst uns Rein.

7.
Du bist der rechte Lebenstrank,
Du heilest Mich, wen Ich bin krank:
Viel süsser Labsahl gibst du Mir,
Wen Mich, Herr, dürstet für und für
Allein nach Dir.

8.
Eröffne dich, du seiten loch,
Daß Ich dein Hertz begreiffe doch.
Ach Jesu, kan eß nicht gescheen,
Daß Ich mag in die Höhle gehn,
Dein Hertz zu sehn?

9.
HERR, meine Lippen schliessen sich,
Dein Hertz zu küssen säuberlich:
Ich dringe mit Gewalt hinein,
Ich wil in deineß Hertzen Schrein
Verschlossen sein.

10.
O süsser Schmack, O Himmels brod!
Auß Liebe wünsch' Ich Mir den Tod:
Wer dich geschmekt, du heil der welt,
Der hat sich selbst schon hingestelt
Inß Himmelß zelt.

11.
In dieser Höhle sol kein Schmertz
Betrüben mein zerschlagneß Hertz:
Hie fürcht' Ich nicht der Höllen gluht,
Deß höchsten Grim, der Sünden fluht,
Deß Kreützes Ruht.

12.
O Jesu, schliess' itz meine Seel'
In diese deiner Seiten höl'
Und lass Mich, frei von allem streitt',
Erheben dich nach dieser zeit
In Ewigkeit.

Die Siebende und Letste Andacht

An das heilige Antlitz seines Allerliebsten Herren Jesu.

1.

Bleiches Antlitz, sei gegrüsset.
Ach es fliesset
Heisses Bluht die wangen ab,
Welche Schmertzen Gottes Sohne
Seine krohne
Gantz vol scharffer Dörner gab!

2.

Ach! wie ist sein Haubt zuschlagen!
Es muß tragen
Der verfluchten Speichelkoht:
Der ein König ist gebohren,
Hat verlohren
Allen Pracht in dieser Noht.

3.

Der so lieblich pflag zu blüen,
Den bemühen
Schläge, peitschen, schmach und pein:
Hier ist nichts als Haut und Knochen
Unzerbrochen,
Welch' ein Bild deß Todes sein.

4.

Jesu, der du so geschlachtet
Und verachtet
Wegen Meiner Sünde bist,
Du kanst durch ein freündlichs blikken
Mich erquikken,
Wen Mich Sorg' und kummer frist.

5.

HERR, du wollest durch dein Leiden
Stets Mich weiden
Als ein Schäfflein Deiner Heerd';
Hast du doch aus deinem Munde
Manche Stunde
Milch und Honig Mir beschert.

6.

Ach du wollest nicht verschmähen
Diß mein flehen,
Weil die Stunde komt heran,
Da du wilt die welt verlassen;
Ich muß fassen
Dich, so lang' Ich seüftzen kan.

7.

Laß dein Haubt zu Mir sich neigen,
Anzuzeigen
Deiner Liebe treffligkeit;
Laß Mich unterm kreütze sterben,
Lass Mich Erben
Gottes Reich nach dieser Zeit.

8.

Ewigs loben müss' erklingen
Durch mein Singen
Dir, O Jesu, Gottes Sohn.
Günne Mir, was Ich gebehten,
Laß Mich treten
Unverzagt vor deinen Trohn.

9.

Laß mich auß der Welt doch scheiden,
Herr, mit freüden,
Laß Mich ia den Tod nicht sehn:
Laß mich seine Macht nicht schmekken
Noch erschrekken,
Wen Ich sol von hinnen gehn.

10.

Jesu, du stehst Mir zuer Seiten,
Zu begleiten
Meine Seel' in Gottes Hand.
O wie werd' Ich vor dir Singen,
Klingen, Springen
Dort im rechten Vaterland'.

Über Joh. 19, 30.

Mel.: Hilff, Herr Jesu, laß gelingen u.s.w.

1.

Alles ist zur Endschafft kommen,
Alles ist schon vollnbracht,
Sünd und Schuld sind weg genommen;
Nun kan auch deß Satans Macht
Gottes Kinder nicht mehr kränken
Noch in seinen Pfuhl versenken.

2.

Alles hab' Ich wol verrichtet,
(So spricht Jesus, Gottes Sohn,)
Höll' und Tod sind gahr vernichtet.
Schaut, die Thür zum Gnadentrohn'
Ist nun Gottes Haußgenossen
Frölich wiedrum auffgeschlossen!

3.

Alles, was der Mensch begangen,
Hab' Ich gäntzlich abgethan,
Ja das Haubt der alten Schlangen
In der bittern Leidens-Bahn
So zerknirschet, daß ihr Toben
In die Tieff ist nun verschoben.

4.

Endlich ist die Hülffe kommen,
Welch' erwiesen mit der That,
Was die gantze Schaar der Frommen
Tausendmahl gewünschet hat,
Hülff' auß Zion, die vom Bösen
Kont' Israels Volk erlösen.

5.

Frölich kan mein Hertz itz preisen
Unsern Gott, der solche Treü
Hat gewolt der Welt erweisen.
Ach! Sein' Hülff ist täglich neü.
Niemand darff hinfohrt verzagen,
Christus hat den Zorn getragen.

6.

Liebster Jesu, sei gegrüsset,
Sei gegrüsset tausendmahl;
Hast Du willig doch gebüsset
Für die Sünd' ohn' End' und Zahl
Und so wol für Bös' als Frommen
Gottes Grimm auff Dich genommen.

7.

Jesu, Du hast außgezogen
Fürstenthümer und Gewalt,
Welche durch die Wolken flogen,
Ja die Welt bezwungen bald.
Aber in den Leidens Stunden
Sind Sie Siegreich überwunden.

8.

Jesu, solten wir nicht danken
Deiner Güht' und grossen Macht,
Welche dieses sonder wanken
Kräfftiglich hat vollenbracht?
Sintemahl wir nunmehr wissen,
Daß wir sind von Gott entrissen.

9.

Frölich bin Ich itz von Hertzen,
Nachdemahl Ich sicher weiß,
Daß durch deine Todes Schmertzen
Ich dein liebster Bruder heiss',
Auch Vergebung aller Sünden
Schnel in deinem Bluht kan finden.

10.

Christus hat den Tod verschlungen,
Ja verschlungen in den Sieg.
Ist der Würger nun bezwungen,
Ey so kan hinfohrt sein Krieg
Lauter nichts an Mir gewinnen.
Trolle Dich, O Tod, von hinnen.

11.

Das Gesetz mag immer wühten,
Wider Mich besteht es nicht.
Christus Tod kan Mich behühten,
Wenn der Fluch mich stark ansicht.

Das Gesetz' ist längst erfüllet
Und zugleich der Zorn gestillet!

12.

Sperre grimmig auff den Rachen,
Du verfluchter Höllenschlund,
Nunmehr kan Ich deiner lachen;
Jesus hat biß auff den Grund
Deinen Schwefelpfuhl zerstöret
Und den Himmel Mir verehret.

13.

Satan, magst Du Mir noch dreüen?
Ist doch alles vollenbracht!
Nimmermehr werd' Ich Mich scheüen,
Stoltzer Geist, für deiner Macht.
Jesus, der Dich hat bekrieget,
Hat auch tapfer Dich besieget.

14.

Jesu, Dir sey Lob gesungen,
Daß Du Teüffel, Höll' und Tod
Hast durch deinen Tod bezwungen.
Lass', Herr, in der letsten Noht,
Wenn der Tod Mich will erstikken,
Mich Dein »Vollenbracht« erquikken.

Dank für Jesu Leiden

Mel.: Werde munter, mein Gemühte.

1.

Wachet auff, Ihr Meine Sinnen,
Wachet auff, Hertz, Seel' und Muht.
Helffet Mir ein Lied beginnen,
Daß das allerhöchste Guht,
Jesum Christum, Gottes Lamm,
Unsern süssen Bräutigam,
Möge mit den besten Weisen
Wegen solcher Wolthat preisen.

2.

Lob und Danck sey Dir gesungen,
HERR, für deine Traurigkeit,
Die Dich dergestalt bezwungen,

Daß man Dich zur selben Zeit
Fand biß auff den Tod betrübt;
Das heisst recht: Die Welt geliebt,
Trauren, daß wir nach dem Sterben
Könten Himmels-Freüd' erwerben.

3.

Lob sey Dir, daß Du gefallen
Auff Dein heiligs Angesicht,
Zu versühnen uns für Allen
Deinem Vater, daß Er nicht
Jagt uns weg von seinem Throhn;
O Du grosser Gottes Sohn
Fälst darum so kläglich nieder,
Daß Du uns aufrichtest wieder.

4.

Lob sey Dir, das du gekämpffet
Mit des Todes Bitterkeit
Und desselben Macht gedämpffet,
So daß wir itzt sind befreit
Von des Würgers Spiess und Schwerth,
Der nur unser Haut begehrt.
Tod, du bist schon überwunden,
Nirgends wird dein Stachel funden.

5.

Lob sey Dir, das Du geschwitzet
Dikkes Bluht in höchster Noht,
Als des Vaters Grim erhitzet
Quählte Dich biß auff den Tod.
Lob sey Dir, daß Ich nun weiß,
Wie Mein kalter Todes-schweiß
Ist geheiligt durch dein Leiden
Und Ich freudig kan abscheiden.

6.

Lob sei Dir, das Du gefangen
Und drum hart gebunden bist,
Daß Ich Freyheit könt erlangen
Nur durch dich, Herr Jesu Christ.
Lob sei Dir, das Du geplagt
Und so fälschlich bist verklagt,
Daß Ich müchte von Beschwerden
Des Gerichts entledigt werden.

7.

Lob sei Dir, daß Du verspeiet
Und geschlagen bist dazu,
Daß Ich alles Hohns entfreiet
Leben mücht in Fried und Ruh.
Lob sei Dir, das Du so sehr
Bist beraubet aller Ehr,
Aber nur zu Meinem Frommen
Hab' Ich Ehr und Preiß bekommen.

8.

Lob sei Dir, daß Du geschmükket
Bist mit Purpur blos zum Spott,
Auf das Ich würd hoch erquikket
Und geziert für Dir, Mein Gott.
Lob sei Dir, Marien Sohn,
Das du bist mein Ritter-Krohn,
Gantz von Dörnen sehr verhönet;
Nun bin Himmlisch Ich gekrönet.

9.

Lob sei Dir, das Du genommen
Hast ein Rohr in deine Hand
Und so manchen Schlag bekommen
Dir zur Marter, Schmach uff Schand:
Alles darum, das nur Ich
Könt aufheben sicherlich
Dis mein Häupt und im Vertrauen
Freudig auf gen Himmel schauen.

10.

Lob sei Dir, das Du gestanden
Für dem Volck auf Jenem Plan,
Mit den Ketten, Strikken, Banden
Und den Purpur angethan,
Das dein Vater müg ansehn
Uns, wenn wir gebunden stehn,
Und alsden in deinen Willen
Unsre Noht und Knechtschafft stillen.

11.

Lob sei Dir, das Du getragen
Hast dein schweres Creutz allein,
Das auch wir in unsern Plagen
Müchten fein gedültig sein.

Liebster Jesu, gib doch Mir,
Das Ich müge für und für
Alles willig auf Mich nehmen,
Was mein Fleisch uff Blut kan zähmen.

12.

Lob sei Dir, das Du gelitten
Zwischen Mördern Spott und Hohn,
Da Du doch von Ahrt und Sitten
Bist gantz rein, O Gottes Sohn;
Dieses macht Mich Ewig frei
Von der Höllen Schlaverei,
Läst Mich auch nach diesem Leben
Stets in Ehr und Würden schweben.

13.

Lob sei Dir, das Du gestorben,
Wie dein Leib voll Bluhtes stund,
Hast dadurch den Schmuck erworben
Uns, das wir, schön und gesund,
Müchten leben in der Stadt,
Da man nie wird Freuden satt,
Da man jauchtzet, spielet, springet
Und das Drei mahl Heilig singet.

14.

Lob sei Dir, der Du bezahlet
Unsre Sünd' und Missethat,
Da dein Leib von Bluht bemahlet
Auch die Stein erweichet hat.
Nunmehr ist die Schrifft erfüllt
Und des Höchsten Zorn gestillt.
Nun ist das verlohrne Leben
Uns (Gott Lob) aufs neu gegeben.

15.

Lob sei Dir, das Du begraben
Und so wol gesalbet bist.
Ach! Mücht Ich im Hertzen haben
Dich nur stets, Herr Jesu Christ!
Solt alsden Mein Hertz allein
Stets dein Grab und Wohnung sein,
Ach! wie fest wolt Ich Dich fassen,
Ja Dich nimmermehr verlassen.

16.

Wachet auf, Ihr meine Sinnen,
Wachet auf, Hertz, Seel und Muht,
Lasset uns recht lieb gewinnen
Jesu theur vergossnes Bluht.
Lasset uns mit Ihm zugleich
Springen in Sein Freuden-Reich.
Kom, Herr Jesu, kom behende,
Gib Mir bald Ein seligs ENDE.

Andächtiges Buhßlied zu Gott, üm wahre Reü und Erkentniß der vielfältig begangenen Sünden

Dises kan gesungen werden auf die Melodei des BuhßPsalmes: O Herre Gott, begnade mich.

1.

Wie groß ist meine Missethat,
Die dich, O Gott, erzürnet hat!
Dir wil Ich gern bekennen
Die Sünde, die mich brennen,
Der mehr als schwehrer Sand am Meer
Gehn über meine Scheitel her,
Die mir das Hertz beschwehren,
Ja Mark und Bein verzehren.
Sie steigen gleich in vollem Lauff,
O starker Gott, zu dir hinauff.
Mit dir kan Ich ja rechten nicht,
Drüm fodre mich nicht ins Gericht,
Den sonst bin Ich verlohren.

2.

Mein Leib und Seel' ist gahr unrein:
Wie könt Ich den gefällig sein
Dir, der du frei von Sünden?
Wer aber kan ergründen
Die Tieffe meiner Missethat,
Die leider mich bedekket hat?
Die Sünd' hab' Ich ererbet,
Ja Sünd hat mich verderbet.
Mein böser Will, O Herr, ist dir
Gantz widerspenstig für und für;
Ich bin ein ungerahtner Knecht,

Der nimmer dich erkennet recht
Noch auch von Hertzen liebet.

3.

Ich, der Ich dir vertraue nicht,
Versäume täglich meine Pflicht,
Von meiner zahrten Jugend
Vergess' Ich aller Tugend.
Gleich wie der Brunn ein Wasser quillt
Das endlich Gründ' und Seen füllt,
So quillt mein Hertz die Sünde,
Welch' Ich in Mir empfinde,
Alß Unzucht, Lügen, eigen Ehr',
Auch Rachgier, Geitz und andre mehr
Verdampte Laster, welcher Lohn
Wird sein der Höllen Plag' und Hohn,
Wie du fürlengst gedreüet.

4.

Ach Gott! mein Hertz ist roh' und wild,
Verlohren hab Ich gahr dein Bild;
Ich bin im Sünder Orden
Ein Bild des Satans worden:
Mein frecher Geist ist Tugendloß,
Ach HERR, mein Elend ist so groß,
Daß Ich schier muß verzagen;
Ich werde matt von Klagen.
Mein Leben und Gerechtigkeit
Ist ein beflektes Lasterkleid;
Die Sünde wird Mich armes Kind
Hinführen noch, gleich wie der Wind
Die Spreüer läst verstieben.

5.

Wie bößlich hab' Ich doch gelebt,
In dem Ich dir, HERR, widerstrebt
Und bin durch sündlichs Wallen
Auß deiner Gunst gefallen!
Daß Ich die Lust der kurtzen Zeit
Vertauschet mit der Ewigkeit
Zu fühlen Höllen Schmertzen,
Das klag' Ich itz von Hertzen.
Nun bin Ich dein verlohrner Sohn,
Dein Grim ist mein verdienter Lohn.
Mit recht heiss' Ich der Bettelmann,

Der nimmermehr bezahlen kan;
Wo soll Ich Hülffe finden?

6.

Bey dir allein ist Hülff und Raht,
Wen Menschen Hülff ein Ende hat:
Mein Gott, du kanst mich lehren,
Du kanst mein Hertz bekehren.
Du ziehst auß Mir den Lasterpfeil
Und machest meine Wunden heil,
Du kanst in disem Leben
Ein fleischern Hertz Mir geben.
O Helffer, den man Vater heist,
Gib Mir doch einen neüen Geist;
Sei gnädig und verwirff mich nicht
So gahr von deinem Angesicht,
Gedenk an deine Gühte.

7.

Ich bin dein Schaf, Herr, suche mich,
Laß mich nicht irren ewiglich.
Hilff, daß Ich ja mit Thränen
Nach dir mich müge sehnen;
Den auß der Seelen Traurigkeit
Komt wahre Reü in diser Zeit,
Dadurch man kan auf Erden
Des Trostes fähig werden.
Gahr schleünig endigt sich der Schmertz,
Im Fall Sich ein zerbrochnes Hertz
Von Thränen nass' zu dir bekehrt
Und dich in rechter Demuht ehrt:
Das wirst du nicht verschmähen.

8.

Ach Gott, es thut mir hiftig weh,
Daß Ich so schändlich für dir steh'
Und mit so faulen Schaden
Der Seelen bin beladen.
Ich trag' immittelst Leid und Reü,
Daß du vor deine Lieb und Treü
Nicht dankbahr mich erfunden;
Diß schlägt mir tieffe Wunden.
Wie trett' Ich denn nun für Gericht?
Wie komm' Ich für dein Angesicht?
Frei sag' Ichs her auf disem Plan

Daß viel, viel Böses Ich gethan
Und hefftig dich erzürnet.

9.

Mein Gott, Ich hab es nicht bedacht,
Alß Ich verlustig mich gemacht
Der Kindschafft deiner Liebe;
Doch der Ich mich betrübe,
Verzweifle nicht zu diser Frist:
Ich weiß, daß du mein Vatter bist,
Drüm kanst du mich nicht lassen
Noch unaufhörlich hassen.
Dein Kind muß Ich doch endlich sein.
O treüer Gott, erbarm dich mein
Und gib, daß Ich nach disem Streit
Dich preiß' in jenner Ewigkeit
Um Christi willen, Amen.

Flehentliches Buhßlied zu Gott in schwehren Sterbensläuften, Pestilentz und anderen gefährlichen Krankheiten

Dises kan man auch singen auf die Melodei des wolbekanten Kirchengesangs: Ach Gott vom Himmel Ah darein.

1.

Wie tröstlich hat dein treüer Mund,
O liebster Gott, verheissen,
Daß, wen uns Krankheit wil zu grund
Und in die Gruben reissen
Und wir mit rechter Zuversicht
Für dich zu treten säumen nicht,
Du wolst uns nicht zerschmeissen.

2.

Ach HERR, wir haben dise Plag'
Uns auf den Halß gezogen;
Die Pest ist leider dise Tag'
Uns schleünigst zugeflogen:
Es hat die Seüch' uns angestekt,
Das Grab hat manchen schon bedekt,
Eh man es recht' erwogen.

3.
Der Tod wil uns den Schafen gleich
Durch Hitz und Krankheit schlachten:
Sehr viele macht Er kalt und bleich,
Die nicht daran gedachten.
Pest ist noch schneller alß das Schwehrt,
Das ohne Scheü und Reü verzehrt:
Noch wil man eß nicht achten.

4.
Nun mag Ich nicht verstokket sein,
Ich wil mich schuldig nennen.
Gesündigt hab' Ich dir allein,
Bin würdig drum zu brennen,
Wie mancher schon durch solche Ruht'
In diser Pest und Krankheit thut;
Die Schuld muß Ich bekennen.

5.
Ich habe nicht dein Göttlichs Wohrt
Mit Andacht angehöret;
Oft hat Mir ein verkehrter Ohrt
Den guhten Sinn verstöhret.
Der Teüfel, Wollust, Fleisch und Welt,
Von welchen uns wird nachgestellt,
Die haben Mich bethöret.

6.
Ach Gott, wir haben Geld und Guht
Für alles nur begehret,
Wir haben unsern Frechen Muht
Der üppigkeit gewähret:
Diß ist nun worden Pest und Gift,
Daß unsre schwache Leiber trift,
Ja Mark und Bein verzehret.

7.
Wir haben disen Madensak
Sehr herlich außgeschmükket,
Der kurtz hernach gahr sehr erschrak,
Alß Ihn der Schmertz gedrükket.
Wo dienet nun die Hoffahrt zu?
Der kranke Leib ligt ohne Ruh'
Auch biß ans Grab gebükket.

8.

Wir haben unser gantzes Land
Und Häuser oft beflekket
Mit Unzucht, Greüel, Sünd und Schand',
Es war da nichts bedekket,
Und hiess' es gleich noch einst so schlim:
Waß Wunder, daß uns Gottes Grim
So heiß hat angestecket?

9.

Nun, treüer Gott, wir können nicht
Des Unrechts uns entfreien;
Wir kommen für dein Angesicht,
Um Trost dich anzuschreien.
Es dringet uns der grosse Schmertz,
Wir bringen ein zerschlagnes Hertz,
Das bittet üm verzeihen.

10.

Auf unsern Knien ligen wir,
Und unser' Augen weinen;
Es schreien Tag und Nacht zu dir
Die grossen samt den Kleinen:
Vergib uns doch die Missethat,
Die dich so hart erzürnet hat,
Laß deine Gnad uns scheinen.

11.

Nim von uns dise scharffe Ruht',
Hör auf uns so zu plagen:
HERR, straff uns, als ein Vatter thut,
Damit wir nicht verzagen.
Im Glauben hab' Ich dich gefast,
Hilff Mir und andern, dise Last
Itz gnädig auch ertragen.

12.

Du bist doch Helffer in der Noht,
Bei dir ist Raht zu finden,
Du kanst die Krankheit, ja den Tod
Gantz siegreich überwinden.
Du schlägst zu Zeiten eine Beül'
Und kanst jedoch dieselb in Eil'
Als unser Artz verbinden.

13.
Nun, HERR, bezeichne Tohr und Thür
Mit Christi Bluht und Sterben,
Daß, wen der Würger geht herfür,
Wir nicht durch ihn verderben.
Sei gnädig, HERR, und lass' uns bald
Gesunde Leiber und Gestalt
Durch deine Güht erwerben.

Das Vierte BuhßLied, welches zur Zeit grosser Theürung und schwehren Hungersnoht kan gesungen werden

Auf die Melodei des wolbekanten Kirchenlides: Warumb betrübst du dich, mein Hertz.

1.
Du gühtiger, du frommer Gott,
Du starker Helffer Zebaoht,
Du hörest unsre Bitt':
Es komt doch alles Fleisch zu dir,
Drum neige dich auch itz zu Mir.

2.
Du hast gedreüet, daß das Land
Sol werden lauter Stein und Sand'
Und tragen keine Frucht,
Wen unser Sünd und Missethat
Die Theürung wol verdienet hat.

3.
Ach HERR, verzeih' uns doch die Schuld,
Verbann' uns nicht auß deiner Huld,
O Gnadenreicher Gott!
Den du bist unser Zuversicht
In aller Noht: verstoss' uns nicht.

4.
Eröffn' itz deine Vatterhand
Und sättige das gantze Land,
Es steht in deiner Macht:
Du schaffest oft in kurtzer Frist,
Wo nichts zuvor gewesen ist.

5.

Besuche doch das dürre Feld
Und laß dein dunkles WolkenZelt
Sein Wasser schütten auß:
Mach unsern harten Akker weich
Und bald darauf von Früchten reich.

6.

HERR, kröne du das gantze Jahr
Mit deinen Gühtern jmmerdar
Und segne sein Gewächß:
Mach alles frölich, waß da lebt,
Waß hier, im Meer und Lüfften schwebt.

7.

Gott, du bist ja von grosser Kraft,
Der allem Vieh sein Futter schaft,
Der sein Geschöpff erhält;
Den blauen Himmel dekkest du
Mit Segenreichen Wolken zu.

8.

Du lässest wachsen Laub und Graß,
Du machest Berg' und Thäler nass,
Du tröplest süssen Tau:
Du gibst von oben Guß auf Guß,
Von unten manchen Bach und Fluß.

9.

Du machest reich das grüne Meer,
Du segnest auch von oben her
Die Wälder, Berg und Tahl:
Das Vieh' hat Graß und wir die Saat,
Daß alles so zu leben hat.

10.

Du bringest in der Hungersnoht
Auß schwartzer Erden Wein und Brod,
Daß unser Hertz erfreüt:
Du gibest Fische, Fleisch und Mark,
So daß wir werden fett und stark.

11.

HERR, deiner Werke sind so viel,
Sie haben weder Mahß noch Ziel,

Kein Mensch erkent Sie recht:
Es ist geordnet alles wol,
Das Land ist deiner Gühte vol.

12.
HERR, öffne doch dein Wolkenhauß
Und schütte reichen Segen auß,
Beweiß itz deine Kraft,
Die so viel hundert tausend Mann
Hat eh' in Noht gesehen an.

13.
Du bist ja noch derselbe Gott,
Auf welches Winken und Gebott
Der Akker fruchtbar wird:
Theil' auß dein Segen weit und breit
In diser hochbedrängten Zeit.

14.
Eß wartet alles Fleisch auf dich,
Drüm, Vatter, speis' es mildiglich.
Wen deine Rechte gibt,
Wird alles, wer es noch so matt,
Durch solchen Segen stark und satt.

15.
Nim auch in diser Hungersnoht
Die Kraft nicht von dem lieben Brod,
Ach sättig' unsern Leib:
Verleihe, daß auf dein Befehl
Sich mehre Korn, Brod, Teig und Mehl.

16.
Für allen Dingen geb' uns Kraft
Dein Wohrt, der rechte Himmelssaft
Diß stärket Leib und Seel':
Man lebt ja nicht vom Brod allein,
Dein Heiligs Wohrt muß auch da sein.

17.
HERR, lindre diser Zeit Verdruß,
Da mancher Hunger leiden muß;
Immittelst gib Gedult,
Auf daß wir ja verzagen nicht,
Ob uns gleich Speiß' und Trank' gebricht.

18.

Nun du bist Gott von Alters her:
Und würd' es mir noch einst so schwehr,
Zu suchen hier mein Brod,
So weiß Ich dennoch, daß Ich sol
Im Himmel werden satt und vol.

Das Siebende Buhßlied, welches in grossem Ungewitter,

Donner und Blitz kan gesungen werden

Auf die Melodei des bekanten Kirchenlides: Allein zu dir, Herr Jesu Christ.

1.

Wie groß, O Gott, ist deine Macht,
Die du läst sehn und hören,
Wen dein ergrimter Donner kracht,
Wen sich die Blitz' empören!
Wie schreklich bist du von Gewalt!
Dein Herligkeit ist mannigfalt:
Wir arme Sünder wissen nicht,
Wie das geschicht,
Ob Himmel, Luft und Erde bricht.

2.

Den Erdenkreiß bewegest du,
Daß Seine Gründe beben,
Die Berge waklen sonder Ruh'
Und alles Land daneben.
Die dikke Wolken trennen sich,
Gott selber donnert grausahmlich,
Die Blitze leüchten weit und breit;
Nichts ist befreit,
Den Feür und Wasser stehn im Streit.

3.

Das Erdreich sihets und erschrikt,
Es Schmeltzen Berg' und Hügel.
Wen mancher Mensch den Blitz erblikt,
Hett Er wol geren Flügel;
Den auch des starken Donners Macht,
O Herr, bezeüget deinen Pracht,
Und wir, so grober Sünden vol,

Erkennen wol,
Daß Gottes Hand uns straffen sol.

4.

Nun, unser ist allein die Schuld,
Daß wir diß wol verdienen;
Trag aber, Herr, mit uns Geduld
Und laß dich bald versühnen.
Du VatterHertz von Anbegin,
Wo sollen wir itz fliehen hin?
Wir sind vor deinem Grim und Zorn
Ja gahr verlohrn,
Wird Gnade nicht für Recht erkohrn.

5.

Wir arme Würmlein alzumahl
Versamlen uns, zu schreien
Zu dir auß disem Jammerthal,
Du wollest uns befreien
In disem Wetter für Gefahr:
Herr, laß uns nicht so gantz und gahr
Im starken Donner untergehn;
Laß doch geschehn,
Daß wir dich wiedrüm gühtig sehn.

6.

Du bist ja groß von lauter Gnad',
Ach rüste dich, zu schützen
Dein armes Volk, daß uns nicht schad'
Im Wetter Feür noch Blitzen.
Laß uns, O Vatter, treffen nicht
Ein Schlag, der Berg' und Felsen bricht.
Beschirm uns für des Donners Macht,
Der schreklich kracht,
Zuforderst in der finstern Nacht.

7.

Bewahr uns, Herr, Leib, Guht und Hauß,
Halt uns im festen Glauben,
Laß uns die Furcht durch disen Strauß
Der Hoffnung nicht berauben.
Für einen bösen, schnellen Tod
Behüt' uns ja, steh' in der Noht
Itz deinen schwachen Kindern bei,

Damit wir frei
Erhalten Leben und Gebeü.

8.

Das Vieh' im Feld', auch Laub und Saat
Sei dir itz anbefohlen.
Von niemand anders kan man Raht
Alß bloß von dir herhohlen.
Du schützest uns mit sichrer Huht
Für Schlossen, Hagel, Wasserfluht:
Ja waß wir haben in der Welt,
Wen dirs gefelt,
Das bleibt in Sicherheit gestelt.

9.

Es muß ja Donner, Hagel, Blitz,
Welch oft ein Land vernichten,
Dazu das Wasser, Wind und Hitz,
Herr, dein Geboht außrichten.
Verschon uns aber gnädiglich,
Laß diß Gewitter legen sich.
Ich weiß, du bist von Gnaden reich:
Wer ist dir gleich?
Sprich, daß der Donner von uns weich'.

10.

Ach laß dein treües VatterHertz
In diser Angst uns sehen;
Es muß ja deiner Kinder Schmertz
Dir schwehr zu Hertzen gehen.
Drüm schütz uns, Herr, zu diser Frist
Durch unsern Heyland Jesum Christ,
So wollen wir dich in der Zeit
Erheben weit
Und preisen in der Ewigkeit.

Ein hertzliches Danklied, wen uns Gott nach abgelegter Buhßfertiger Beicht durch seinen Diener von Sünden

hat entbunden und wiederüm zu Gnaden auf und angenommen

*Dises kan gesungen werden auf die Melodei des alten Weihnacht Lides:
Ein Kindelein so lobelich ist uns etc.*

1.

Mein Gott, nun bin Ich abermahl
Der SündenLast befreiet,
Nun bin Ich in der ChristenZahl
Alß Gottes Kind geweihet.
Wie kan Ich gnugsahm preisen dich,
Daß du mich hast so gnädiglich
Nun wieder angenommen?
Auf, meine Seel', und lobe Gott,
Wir wollen bald auf Sein Geboht
Zu seinem Altar kommen.

2.

Mein Schöpffer, Ich bekenn' es dir,
In meinem Fleische wohnet
Das Gift der Sünden für und für,
Das mit der Höllen lohnet.
Ich habe die Gerechtigkeit,
So dir gefellt, für langer Zeit
In Adam gantz verlohren.
Zum Guhten bin Ich taub und blind,
Dieweil Ich armes Sündenkind
In Sünden bin gebohren.

3.

Nun aber hat dein lieber Sohn
Mich wiederbracht zu Gnaden,
Alß Er vom hohen HimmelsThron
Besucht uns arme Maden.
Um seinet willen hast du dich,
Mein Gott, erbarmet über Mich
Und Mir die Schuld erlassen,
So daß Ich deine Gnad' hinfohrt
Im Sakramente, Geist und Wohrt
Kan fest und gläubig fassen.

4.

Gepreiset sei dein theürer Nam',
O Jesu, meine Freüde!
Waß Ich für Trost von dir bekam
Nach außgestandnem Leide,
Das weiß mein viel besuchtes Hertz,
Daß schier ein rechter TodesSchmertz
Zur Höllen wolte rükken.
Sehr schreklich war die SündenPlag',
Ich muste Mich den gantzen Tag
Erbärmlich lassen drükken.

5.

Nun ist die schwehre Sündenlast,
Gott Lob, hinweg genommen,
Nun darf Ich alß ein lieber Gast
Zu meinem Schöpfer kommen,
Nun hat Er Mir durch Seinen Knecht
Im Himmel schon das Bürgerrecht
Auß Gnaden zugesaget.
Herr Jesu Christ, itz dank Ich dir
Von gantzer Seelen, daß du Mir
Hast solche Gunst erjaget.

6.

Gib mir nun deinen guhten Geist,
Der freüdig in Mir walte
Und Mich im Glauben allermeist
Biß an mein End' erhalte,
Daß Ich in Angst und Traurigkeit
Nur hoff' auf dich und jederzeit
Mich from und kindlich ahrte
Und, wen Ich bin in Unglüksstand',
Alßden von deiner starken Hand
Der Gnadenhülff erwahrte.

7.

Verleih' auch, daß Ich alle Tag'
Ein Christlichs Leben führe,
Daß Ich das Ubel hassen mag,
Daß Ich Mich prüf' und spühre,
Wie mein verderbtes Fleisch und Bluht
Gahr nicht, waß recht und Christlich, thut.
Herr, hilff Mir tapfer streben:
Mein Geist, der wünschet nichts so sehr,

Alß daß Er möge mehr und mehr
Nach deinem Willen leben.

8.

Dieweil Ich aber gahr zu schwach
Im Fleische Mich befinde,
Das oftmahls folgt den Lüsten nach,
Wen Ich Mich unterwinde,
Nur meinem Gott zu hangen an,
Und Mich doch schwehrlich schikken kan,
Zu thun nach Seinem Willen:
So wollest Du, getreüer Hort,
Die Sündenlust nach deinem Wohrt'
In meinem Fleische stillen.

9.

Laß mein Gebeht, Herr, feürig sein
Und durch dasselb' ersterben
Den alten Adam, der allein
Begehret mein Verderben,
Damit Ich alß ein tapfrer Held
Hier kämpf' und Mich der argen Welt
Im Glauben mög' entreissen:
So kan Ich nach der bösen Zeit
In der gewünschten Ewigkeit
Dich Raht und Helffer heissen.

Hertzinnigliches Lob- und Danklied nach Empfahung des Hochwürdigen Heiligen Abendmahls

Dises kan man auch singen auf die Melodei des schönen DankPsalmens:
Nun lobe, meine Seele, den Herren.

1.

Wie wol hast du gelabet,
O liebster Jesu, deinen Gast,
Ja Mich so reich begabet,
Daß Ich itz fühle Freüd und Rast.
O wundersahme Speise,
O süsser LebensTrank,
O Liebmahl, das Ich preise
Mit einem Lobgesang,
In dem es hat erquikket
Mein Leben, Hertz und Muht:

Mein Geist, der hat erblikket
Das allerhöchste Guht.

2.

Du hast Mich itz geführet,
O HERR, in deinen Gnadensahl
Daselbst hab Ich berühret
Dein edle Güter allzumahl:
Da hast du Mir vergebens
Geschenket mildiglich
Das wehrte Brod des Lebens,
Daß sehr ergetzet Mich;
Du hast Mir zugelassen,
Daß Ich den SeelenWein
Im Glauben möchte fassen
Und dir vermählet sein.

3.

Bei dir hab' Ich gegessen
Die Speise der Unsterbligkeit,
Du hast Mir vol gemessen
Den edlen Kelch, der Mich erfreüt.
Ach Gott, du hast erzeiget
Mir Armen solche Gunst,
Daß billig itz sich neiget
Mein Hertz für LiebesBrunst;
Du hast Mich lassen schmekken
Das köstlich Engelbrod:
Hinfohrt kan Mich nicht schrekken
Welt, Teüfel, Sünd' und Tod.

4.

So lang' Ich leb auf Erden,
Preis' Ich dich, liebster Jesu, wol,
Daß du Mich lässest werden
Von Dir und durch Dich satt und vol.
Du hast Mich selbst getränket
Mit deinem theüren Bluht'
Und Dich zu Mir gelenket,
O Unvergleichlichs Guht!
Nun werd' Ich ja nicht sterben,
Weil Mich gespeiset hat,
Der nimmer kan verderben,
Mein Trost, Schutz, Hülff' und Raht!

5.

Wie kan Ichs aber fassen,
Herr Jesu, daß du mit Begier
Dich hast so tieff gelassen
Vom HimmelsSahl herab zu mir?
Du Schöpffer aller Dinge
Besuchest deinen Knecht:
Ach hilf, daß Ich dir bringe
Ein Hertz, das from und schlecht,
Das gläubig dir vertraue,
Damit nach diser Zeit
Ich ja dein Antlitz schaue
Dort in der Ewigkeit.

6.

Du bists, der ewig bleibet,
Ich aber bin dem Schatten gleich,
Den bald ein Wind vertreibet;
Herr, Ich bin arm, und du bist reich.
Du bist sehr groß von Gühte,
Kein Unrecht gilt bei dir;
Ich Bößhaft von Gemühte
Kan fehlen für und für:
Noch kommest du hernieder
Zu mir, dem Sündenman.
Waß geb Ich dir doch wieder,
Das dir gefallen kan?

7.

Ein Hertz, durch Reü zerschlagen,
Ein Hertz, das gantz zerknirschet ist,
Das – weiß Ich – wird behagen,
Mein Heiland, dir zur jeden Frist.
Du wirst es nicht verachten,
Demnach Ich emsig bin
Nach deiner Gunst zu trachten:
Nim doch in Gnaden hin
Das Opfer meiner Zungen,
Den billich wird itzund
Dein theürer Ruhm besungen,
Herr Gott, durch meinen Mund.

8.

Hilf ja, daß dis geniessen
Des edlen Schatzes schaff in mir

Ein unaufhörlichs Bühssen,
Daß Ich Mich wende stets zu dir.
Laß Mich hinführo spühren
Kein andre Liebligkeit,
Alß welche pflegt zu rühren
Von dir in diser Zeit.
Laß mich ja nichts begehren
Alß deine Lieb und Gunst,
Den niemand kan entbehren
Hie deiner Liebe Brunst.

9.

Wol Mir! Ich bin versehen
Mit Himmelspeis' und Engeltrank:
Nun wil Ich Rüstig stehen,
Zu singen dir Lob, Ehr' und Dank.
Ade, du Weltgetümmel,
Du bist ein eitler Tand;
Ich seüfftze nach dem Himmel,
Dem rechten Vatterland'.
Ade, dort werd Ich leben
Ohn Unglükk und Verdruß:
Mein Gott, du wirst Mir geben
Der Wollust überfluß.

Hertzliches Lob- und Danklied nach erlangetem güldenen Friede und geendigtem Bluhtgierigem Kriegswesen

Dises kan gesungen werden auf die Melodei des schönen Lides: Nun freüet eüch, liebe Christen, gemein.

1.

Nun ist die längst begehrte Zeit
Des Dankens einmahl kommen,
Da wir mit höchster Fröligkeit
Die guhte Mähr vernommen,
Daß Friede, der gewünschte Schatz,
Sol wiedrüm treten auf den Platz
Zum Nutz und Trost der Frommen.

2.

O grosser Gott, nun wollen wir
Dich unaufhörlich loben,
Daß du die güldne FriedensZier'
Uns wieder gibst von oben.
Wir rühmen billig deine Macht,
Welch' uns so gnädig hat bewacht
Für aller Feinde Toben.

3.

Ihr Völker, danket unserm Gott,
Frolokket Ihm mit Händen,
Lobsingt dem HERREN Zebaoht
An allem Ohrt' und Enden:
Luft, Erd' und Wasser überall
Erheben Ihn mit süssem Schall',
Er kan den Frieden senden.

4.

Des HERREN Aug' hat angesehn
Das Elend der Verjagten:
Im Friede wil Er lassen stehn
Nun wiedrüm die Geplagten.
Der schnöde Krieg ist schon dahin,
Nur Friede bleibt uns zum Gewin,
Seid freüdig, Ihr Verzagten!

5.

Ach Gott, wen wir bedenken nur
Den außgestandnen Jammer,
Der uns fast täglich wiederfuhr,
Alß uns des KriegesHammer
Zermalmete schier alle Stund',
Alsden so zittert uns der Mund
Mit traurigem Gestammer.

6.

Mein Hertz, das bricht mit Seüftzen auß,
Die Lippen sind vol Klagen,
Ich beb', als müst' Ich einen Strauß
Aufs neüe gleichsahm wagen,
Ja meine Glieder waklen sehr,
Das Elend könten sie nicht mehr
Für Mattigkeit ertragen.

7.

Vol Jammers hast du uns gemacht,
Mit GallenWein getränket,
Dein Grimm hat in der KriegesNacht
Uns gäntzlich schier versenket,
Demnach der Waffen Zwang und List,
Die schwehrlich zu beschreiben ist,
So grausahm uns gekränket.

8.

Der Feind verzehrt uns gantz und gahr
Das hochbemühte Leben,
Daß anders nichts als Seüfftzen war,
Ja mit dem Tod' ümgeben.
Der Krieg gebahr uns Hungersnoht,
Schenkt uns die Waffen vor das Brod,
Auch Pestilentz daneben.

9.

Nun aber geht uns wiedrum auf
Das Sonnenliecht der Freüden,
Es muß der Krieg mit schnellem Lauf
Auß unsern Grentzen scheiden:
Nun wandlen wir den Friedenssteg,
Des Himmels Gühte nimt hinweg
Das lang gehegte Leiden.

10.

Nun heben wir mit Hertzenslust
Zu dir, Herr, unser Augen,
Wir, die wir an der süssen Brust
Des güldnen Friedens Saugen.
Ach möchten wir, du grosser Gott,
Gehorsahmlich auch dein Geboht
Dafür zu halten taugen!

11.

Wie gnädig ward doch unser Bitt',
O Vatter, angenommen!
Die Noht, welch' uns das Hertz zerschnitt',
Ist bald für dich gekommen.
Das Retten war dir nicht zu schwehr,
Du hast gestilt das KriegesMeer,
In welchem wir geschwommen.

12.

Nun sol mein Mund verschweigen nicht,
Waß du für Hülff' erwiesen,
Alß uns, O Gott, auf dein Gericht
Die Kriegeswind' anbliesen.
Den nun ist hin die böse Zeit,
Wir leben itzt in Sicherheit.
Mein Gott, sei hoch gepriesen.

13.

Einst aber hett' Ich hertzlich gern,
Das lass' auch dir gefallen,
Daß ja der Fried hinfohrt nicht fern
Zum Lande müg außwallen.
Den Fried ist lauter Freüd und Lust,
Ergetzligkeit, Guht, Ehr und Rust,
Der höchste Schatz von Allen.

14.

Ach HERR, wir wollen unser Brod
Im Schweiß ja gern erwerben,
Laß aber durch die Kriegesnoht
Hinfohrt uns nicht verderben.
Du bist ja selbst der FriedensMann,
Drüm schau auch uns mit Frieden an,
Uns, deine FriedensErben.

15.

Gib sichern Fried', erhalt Ihn auch,
O Gott, in deinem Lande,
Doch daß man Seiner auch gebrauch'
Ohn' Aergerniß und Schande,
Daß Jederman zur FriedensZeit
Zu dienen dir stets sei bereit
In seinem Lauff' und Stande.

Lob- und Dankliedlein nach überstandenem schwehren Sterbensleüften, Pestilentischen und andern gifftigen Seüch- und Krankheiten

Dises wird gesungen auf die schöne Melodei meines bekanten Osterlides:
Lasset uns den Herren preisen.

1.

Lasset uns, Ihr Christen, singen
Lob und Ehre, Dank und Preiß
Unserm Gott für allen Dingen,
Der uns so zu schützen weiß.
HERR, wer kan dich gnug erheben?
Deine Güht ist Väterlich,
Deine Lieb erweiset sich
Und dein hohe Macht daneben.
HERR, es sol mein Lobgesang
Rühmen dich mein Lebenlang.

2.

In der armen Sünder Orden
Waren wir für kurtzer Zeit
Aller Welt zum Scheüsahl worden
Wegen unser Eitelkeit.
Ach, wir waren gantz vernichtet,
Grosser Gott, durch deinen Grim,
Aber deine Gnadenstimm'
Hat uns wieder aufgerichtet.
Drüm sol auch mein Lebenlang
Rühmen Dich mein Lobgesang.

3.

Tödlichs Gift hatt' uns gebissen,
Gleichwol hat uns deine Macht
Auß des TodesSchlund gerissen
Und ins Leben wiederbracht.
Ach wir lagen gantz ümfangen
Mit der Seüche, die wie Feür
Brante scharf und ungeheür,
Endlich sind wir noch entgangen.
HERR, es sol mein Lebenlang
Preisen dich mein Lobgesang.

4.

Unser Seele war ümgeben
Mit Beschwerden ohne Zahl;
Dazumahl hieß unser Leben
Trübsahl, Unmuht, Angst und Quahl.
Gleichwol hat uns nicht verschlungen,
Der sonst manchen hingeraft;
Nein, Er ward durch deine Kraft,
O du MenschenFreünd, bezwungen.
Drum sol auch mein Lobgesang
Rühmen dich mein Lebenlang.

5.

Da wir alle kläglich rieffen,
Da wir schrien Tag und Nacht,
Da wir zu dem HERREN lieffen,
Hat Er uns gesund gemacht.
Unsre Tage sind vergangen,
(Klagen wir,) die Zeit ist hin!
Aber, nein, dein treüer Sinn
Hat zu helffen angefangen.
Drum sol dis mein Lobgedicht
Dich zu preisen ruhen nicht.

6.

Wen dein Eifer dich bewogen
Und uns angehauchet hett',
Ach so weren wir gezogen
In die Gruben auß dem Bett'!
Herr, wie matte Fliegen fallen,
Weren wir den andern gleich
Hingerükt ins TodesReich,
Und nun leb' Ich doch für allen.
Sol den nicht mein Lobgesang
Preisen dich mein Lebenlang?

7.

Gott, wir sind in deiner Hütten
Wolgedekt zur bösen Zeit.
Alß der Würger wolt' außschütten
Seinen Muht und Grausahmkeit:
Deine Güht hielt uns verborgen
In dem sichern Lebenszelt,
Daß wir nunmehr in der Welt
Wiedrüm wallen ohne Sorgen.

Nun es sol mein Lobgesang
Preisen Dich mein Lebenlang.

8.

HERR, du schüttest nach dem Weinen
Uber uns viel Freüd und Wonn'.
Ei wie lieblich muß doch scheinen
Nach dem Hagelschaur die Sonn'!
Auf viel Klagen folget Lachen,
Auf das Stürmen stille Zeit,
Auf viel Heülen Fröligkeit:
Solche Lust kan Gott uns machen.
Drum sol auch mein Lobgesang
Preisen Ihn mein Lebenlang.

9.

Nun die Seüch' hat aufgehöret,
Laß auch uns, HERR, hören auf
Das zu thun, waß uns bethöret
Hier in unserm LebensLauf.
Ach daß doch dis Gift der Sünden
Flöge mit der Pest dahin,
Daß sich stets in unserm Sinn'
Ehr' und Tugend möchte finden!
Den so solt' auch mein Gesang
Rühmen Dich mein Lebenlang.

10.

Hilf doch, daß wir arme Maden
Dise schwehre Straff und Pein
Abermahl uns nicht aufladen,
Laß uns neüe Menschen sein.
Lass' uns unser Schuld erkennen,
Lass' uns dich vol Reü und Leid
Bitten und, wan wir befreit,
Frölich unsern Vatter nennen.
Den sol unser Lobgedicht
Dich zu preisen ruhen nicht.

11.

Nun du wirst uns überheben,
(Ist es anders, HERR, dein Will,)
Diser Straff und unser Leben
Schliessen lassen in der Still'.
O bei dir ist Raht zu finden,

Du kanst helffen in der Noht,
Du kanst reissen aus dem Tod':
Ei so hilff den überwinden,
Daß, O Gott, mein Lobgesang
Rühme dich mein Lebenlang.

Lob- und Danklied, welches nach geendigtem starken Donnerwetter, oder wen sonst ein hefftiges Ungewitter ohne Schaden ist fürüber gangen

Kan gesungen werden auf die Melodei: Wen wir in höchsten Nöhten sind.

1.

Allmächtiger und starker Gott,
Du hocherhabner Zebaoht,
Itz haben wir gehöret an
Mit Zittern, waß dein Allmacht kan.

2.

Wir loben, preisen, fürchten dich,
Die wir gleich itz so grausahmlich
Erschrokken deine Macht gesehn,
Für welcher Niemand kan bestehn.

3.

O grosser Gott, wir danken dir,
Daß wir, für Furcht erstarret schier,
Geprüfet doch zu dieser Frist,
Daß du noch unser Vatter bist.

4.

Du hast erhöret in der Noht
Dein Volk, das schier für Schrekken Tod,
Und uns in diser swehren Zeit
Erwiesen viel Barmhertzigkeit.

5.

Ach HERR, wen Trübsahl komt herbei
Und du vernimst ein Angstgeschrei,
Wen wir für Zagen werden bleich,
So bist du ja von Liebe reich.

6.
Du gibst auf alles fleißig acht,
Hast dise Stund an uns gedacht
Alß an den Noah in der Fluht,
Dem du gefristet Leib und Guht.

7.
Du hast uns, HERR, in diser Noht
Bewahrt für einem schnellen Tod,
Gleich wie du dort der Jünger Schaar
Erhieltest in des Meers Gefahr.

8.
Eß hat uns weder Feür noch Hitz
Noch Donner noch ein starker Blitz
Noch auch der Hagel in der Bahn
Des Ungewitters Leid gethan.

9.
Waß du verheissen für der Zeit,
Daß uns der Flammen Grausahmkeit
Im weinigsten nicht schaden sol,
Ist nun erfüllet recht und wol.

10.
Du hast verhütet Feür und Brand,
Dazu mit deiner GnadenHand
Gehalten mich auf mein Begehr
Wie dort Sanct Peter in dem Meer.

11.
Dein Hand und Schatten hat bedekt
Uns, die wir waren sehr erschrekt:
Du hast beschirmet unsern Leib,
Auch Hauß und Hof, Guht, Kind und Weib.

12.
Dem Satan hieltest du zu Trutz',
O grosser Gott, uns starken Schutz,
Ja stundest bei uns in Gefahr,
Biß daß dein Zorn vorüber war.

13.
Du hast dein freundlichs Angesicht
In diser Noht verborgen nicht;

Du hast erwiesen in der That,
Daß deine Treü kein Ende hat.

14.

Für solche Wolthat danken wir
Auß reinem Hertzen billig dir,
Ja geben dir mit höchstem Fleiss'
In dieser Stunde Lob und Preiß.

15.

Und obs gleich weinig nützen kan,
So nim doch unser Opfer an,
Das auf dem Altar Jesu Christ
Im Glauben dir gewidmet ist.

16.

Verleih uns Gnad, O du mein Licht,
Daß nimmer wir vergessen nicht
Der Wolthat, die dein Hülff und Hand
An uns, dein armes Volk, gewand.

17.

Hilf, daß es uns zur Buhsse treib'
Und Frömmigkeit nicht aussen bleib',
Auf daß, wen plötzlich bricht herein
Dein Tag, wir ja nicht sicher sein.

18.

O süsser Jesu, mach' uns from;
O du mein liebster Heiland, komm':
Ich wahrt auf dich mit höchstem Fleiss'
Und opfre dir Lob, Ehr' und Preiß'.

Ein Dank- und Bittlied für und üm den reichen Segen Gottes, mit welchem Er uns sonst alle Jahre so mildiglich pflegt zubeschenken

Dises kan gesungen werden im Thon des bekanten Lides: Waß mein Gott wil, das gescheh allzeit.

1.

O Gott, dir dank' Ich allezeit
Für beinen reichen Segen.

Wer kan doch solche Mildigkeit,
Wie sichs gebührt, erwägen?
Du gibst zur Noht
Das liebe Brod
Den Menschen mit gefallen:
Das gantze Jahr
Steht jmmerdar
Sehr reich und schön von allen.

2.

Dein Regen macht die Felder nass,
Er dünget Berg' und Auen:
Den wächset Laub, Getreid und Graß,
Daß wirs mit Lust anschauen.
Es wird das Land
Von deiner Hand
Mit Reichthum angefüllet,
Wodurch alßdan
Fast Jederman
Den NahrungsMangel stillet.

3.

Der HERR hat an der Helden Macht
Und Stärke kein Belieben;
Er spottet nur der Menschen Pracht,
So thöricht wird getrieben.
Wer Ihm vertraut,
Stets auf Ihn baut
Und festiglich kan hoffen,
Der hat das Ziel
Auf disem Spiel
Zum allerbesten troffen.

4.

Kein Tag, kein Stündlein geht dahin,
In welchem man nicht spühret,
Waß Gottes Wolthat für Gewinn
In unser' Häuser führet.
HERR, deine Quell
Ist reich und hell,
Sie rinnet stets mit Gnaden,
So daß noch Blitz
Noch Frost noch Hitz
Unß etwan könte schaden.

5.

Wen mich ein sanfter Wind anhaucht,
So fühl' Ich Gottes Segen,
Wen das Getreide steht und raucht,
Wen sich sein Aehren regen,
Wen Feld und Wald
So wolgestalt
Die Berg' und Thäler schmükken:
So kan fürwahr
Das schöne Jahr
Mir mein Gemüht entzükken.

6.

So bald Ich nur von hinnen geh'
Ins grüne Feld spatzieren
Und da die schönsten Heerden seh'
Ihr frölichs Leben führen:
So find Ich gleich
Ein herrlichs Reich
Vol lauter Gottes Gühte.
Drauf endert sich
Bald kräftiglich
Mein trauriges Gemühte.

7.

Ach Gott! daß wir so thöricht sind
Und solches nicht erkennen!
Ich klag es noch: die Welt ist blind,
Sie kan ja nicht recht nennen
Die grosse Gunst,
Die Gott ümsunst
Uns lässet widerfahren.
Ja MenschenDank
Ist schwach und krank,
Verschwindet mit den Jahren.

8.

Der Ochs' erkennet seinen Wihrt,
Der Esel seine Krippen;
Der Mensch allein ist gahr verirrt,
Er lässet Zung und Lippen
Gantz stille stehn.
Es mag geschehn
Waß Böses oder Guhtes,
So geht Er hin,

Sein Hertz und Sinn
Ist roh und frechen Muhtes.

9.

O grosser Gott, daß wissen wir,
Ja müssens auch bereüen,
Drüm tretten wir mit Furcht herfür
Alß Kinder, die sich scheüen,
Und bitten dich
Demühtiglich,
Du wollest ja nicht rechen
So grosse Schuld;
Auß Gnad und Huld
Verzeih' uns den Gebrechen.

10.

Gib, daß wir mügen dankbar sein
Und deine Güht erkennen,
Laß Hertz und Mund, von Sünden rein,
Dich kindlich Vatter nennen.
Dein Segen kröhn'
Uns, deine Söhn',
Und lass' uns wol gedeien
Frucht, Vieh und Wald.
Erhör' uns bald,
Wen wir im Mangel schreien.

11.

HERR, kröhne dein geliebtes Land,
Dein Wohrt müss' in Ihm bleiben,
Und laß ja nicht den wehrten Stand
Der Obrigkeit vertreiben.
Absonderlich
So krön auch mich
Mit Höfnung, Lieb und Glauben:
So weiß Ich, daß
Noch List noch Hass'
Den Himmel mir kan rauben.

Ein Danklied zu Gott, daß Er unser Gebeht so gnädiglich erhöret und angenommen

Dises kan auch gesungen werden auf die Melodei des Lides: Von Gott wil Ich nicht lassen.

1.

Ich wil den HERREN loben,
Sein Lob sol immerdar
Noch ferner stehn erhoben
Alß bei der Sterne Schaar:
Eß sol mein Hertz und Mund
Sich Gottes Güht erfreüen,
Ja weit und breit außschreien
Desselben Gnadenbund.

2.

Helft Mir den HERREN preisen,
Ihr Christen überall,
Mit wunderschönen Weisen,
Mit Instrumenten Schall'.
Er hat sein gnädigs Ohr
Mir zeitig zugewendet
Und Hülffe mir gesendet:
Drauf kam' Ich bald empor.

3.

Nur der ist wolbestanden,
Der Ihn hat angesehn,
Den keiner wird zu Schanden,
Der Ihm kan nahe gehn.
Da der Elende rief,
Hat Ihn der HERR erhöret,
In Lust Sein Leid verkehret,
Darin Er lag so rieff!

4.

Ach sehet doch und schmekket,
Wie Freündlich daß Er ist,
Wie fein Er uns bedekket
Für Satans Macht und List!
Er wachet üm uns her;
Wol dem, der auf Ihn bauet

Und seiner Gühte trauet,
Dem fält kein Kreütz zu schwehr.

5.

Des HERREN Augen sehen,
Waß der Gerechte macht;
Auch müssen offen stehen
Sein' Ohren Tag und Nacht.
Er höret Ihr Geschrei:
Wen Trübsahl Sie wil todten,
So hilft Er schnell auß Nöhten
Und macht Sie Sorgen frei.

6.

Der HERR ist nahe denen,
Die traurigs Hertzens sind.
Wie sich sonst Eltern sehnen
Nach Ihrem schwachen Kind',
Also nimt gnädig an
Zerschlagene Gemühter
Israels Hirt und Hühter,
Der alles heilen kan.

7.

Der HERR hat nicht verborgen
Sein Angesicht für Mir;
Den alß mein Hertz vol Sorgen
Sich selbst verzehrte schier,
Da trat Er bald herzu
Und stillte mein Verlangen;
Als Ich ein Hülff empfangen,
Da fühlt' Ich stündlich Ruh'.

8.

Er kennet ja den Jammer,
Der oft so grausahmlich
In diser Trähnenkammer
Verzehret Dich und Mich.
Drum ist mein Hertz gewiß,
Daß Er auf Alles merket
Und die Betrübten stärket
In Ihrer Kümmerniß.

9.

Laß gnädig dir gefallen,
Du meines Lebens Hort,
Diß meiner Zungen Lallen:
Es sind dein' eigne Wohrt.
Ach nim Sie von mir an,
Dieweil Mir wil geziemen
Von Hertzen dich zu rühmen,
So lang' Ich reden kan.

10.

Man lobt dich in der Stille,
Du Sions Schutz und Heil:
HERR, hilf, daß Ich erfülle,
Waß Ich zu meinem Theil
Dir kindlich leisten sol.
Immittelst laß für allen
Diß Opffer dir gefallen,
So werd Ich Jauchtzens vol.

11.

Das ist ja meine Freüde,
Daß Ich im Glükk und Noht
Von meinem Gott nicht scheide.
Und ob Mich gleich der Tod
Hinriss' auß diser Welt,
Bleib Ich doch Gott ergeben;
Der friste Mir mein Leben,
So lang es Ihm gefält.

12.

Wie kan Ich dir bezahlen,
HERR, deine Güht' und Treü?
Eß sol zu tausend mahlen
Mein Danklied werden neü.
Auf, meine Seele, fohrt,
Dem HERREN wil Ich singen,
Laß Himmelslieder klingen
Mit Freüden hier und dort.

Christliche Betrachtung und Vorbereitung zum Seligen Abscheide aus disem in das andere und ewige Leben

Dises kan gesungen werden auf die Weise des schönen Lides: Herr Christ, der einig Gottes Sohn.

1.

O Vatter aller Gnaden,
Reich von Barmhertzigkeit,
Du läst uns arme Maden
In diser bösen Zeit
Auß deinem Wohrt' erkennen,
Daß wir zum Sterben rennen:
Kein Mensch ist hie befreit.

2.

Es ist ja dises Leben
Den zahrten Blühmlein gleich,
Die durch der Winde weben
Bald werden welk und bleich;
Es ist schier gleich dem Schatten,
Dem Gras' auf dürren Matten,
Ja wie die Luft so weich.

3.

Wie Rauch und Dampf verschwindet
In einem Augenblikk',
Auch man kein Wöhrtlein findet,
Das wieder komt zurükk',
Im Fall es außgesprochen:
So bald wird auch zerbrochen
Des Himmels Meisterstükk'.

4.

Ach lehr' uns, HERR, bedenken,
Daß unsers Lebenslauf
Zum Ende sich muß lenken
Und hören plötzlich auf,
Daß wir mit allen Sinnen
Den Himmel lieb gewinnen:
Das heist ein edler Kauf.

5.

Hilf, daß wir Lust bekommen,
Zu lernen in der Zeit
Nur das, waß uns kan frommen
Dort in der Ewigkeit,
Daß wir auch alle Sachen
Bereit und fertig machen
Noch für dem letzten Streit.

6.

Verzeih' uns doch auß Gnaden
All' unsre Missethat,
Damit wir sind beladen,
HERR Jesu, du weist Raht:
Durch deine Schläg' und Wunden
Ist ja das Mittel funden,
Das uns erlöset hat.

7.

Du kanst deß Todes Schrekken
Vertreiben gantz und gahr,
Dein Sterben kan bedekken,
Was sonst zu fürchten war.
Dir ist es ja gelungen,
Daß du den Tod verschlungen,
Hin ist nun die Gefahr!

8.

Hastu doch selbst gekämpfet,
HERR Jesu, mit dem Tod'
Und dessen Macht gedämpfet
In deiner höchsten Noht;
Hast du doch gantz erhitzet
Dein theüres Bluht geschwitzet
Gleich wie Rosin so roht!

9.

Dieweil den nun verschlungen
Der Tod ist in dem Sieg'
Und Satan, gantz bezwungen
Durch deines Leidens Krieg,
Nichts hat an mir zu finden,
So hilff mir überwinden,
Daß Ich nicht unten lig'.

10.

Und wen die Zeit fürhanden,
Daß Ich abscheiden sol,
So reiß Mich aus den Banden
Des Todes, daß Ich wol
Und ritterlich durchdringe,
Ja dir, mein Gott, lobsinge,
Der HimmelsFreüden vol.

11.

Auß Lieb hast du dein Leben,
O Jesu, Gottes Lamm,
Für Mich dahin gegeben
An deines Kreützes Stamm:
Wie köntest du Mich hassen,
Wen Ich die Welt sol lassen,
Mein liebster Bräutigam?

12.

O Tröster der Geplagten,
O Geist der Einigkeit,
O Hoffnung der Verzagten,
O Freüd' in allem Leid,
Stärk in den letzten Zügen
Mein weiniges Vermügen:
HERR, hilff, Ich bin bereit!

Ernstliche Betrachtung der Gewißheit deß herannahenden Jüngsten Tages, und waß für ein Gericht daran sol geheget werden

Dises kan man singen auf die Melodei des Kirchengesanges: Wachet auff, jhr Christen alle, etc.

1.

Last ab von Sünden alle,
Last ab und zweifelt nicht,
Daß Christus wird mit Schalle
Bald kommen zum Gericht.
Sein Stuhl ist schon bereitet,
Der Herr komt offenbahr,
Er komt und wird begleitet
Von einer grossen Schaar.

2.

Erschrik, ô sichre Seele,
Diß ist der letste Tag.
Dein Leib komt auß der Höhle,
Darin Er schlaffend lag:
Da must du stehn entkleidet
Und hören an mit scheü,
Wie Christus selber scheidet
Den Weitzen von der Spreü.

3.

Wol Dir, so Du geschmükket
In wahrem Glauben bist,
Alßden wirst du gerükket
Hinauf zu Jesu Christ:
Weh' aber Dir von Hertzen,
Drükt Dich der Sünden Joch,
Der Satan wird mit Schmertzen
Dich stürtzen in sein Loch.

4.

Waß wird der Richter machen?
Der richtet nicht allein,
Er wird zu gleich in Sachen
Dein wahrer Zeüge sein.
Den wirst du sehr erschrekken,
Wen auf dem Urtheilsplan
Der Richter wird aufdekken,
Waß heimlich du gethan.

5.

Wie wilt du doch bestehen
Für seinem grossen Zorn,
Wen Er Dich lässet sehen
Die Wunden, Schläg und Dorn
Und waß Er mehr getragen,
O schnöder Knecht, für Dich.
Bald wird dich Christus fragen:
Warum, Mensch, schlugst Du Mich?

6.

Hab Ich nicht gern vergossen
Mein Bluht für deine Schuld?
Ward Ich nicht fest geschlossen?
Litt Ich nicht mit Geduld

Die nie verdiente Straffen
Und Marter Tag und Nacht,
Biß Ich, am Kreütz entschlaffen,
Hab' alles vollenbracht?

7.

Wie hast du nun vergolten
Mir, waß Ich dir gethan?
Oft hast du Mich gescholten,
Bist oft die Sündenbahn
Mit dem verfluchten Hauffen
Nur Mir zu Spott und Hohn
In Sicherheit gelauffen:
War das nicht feiner Lohn?

8.

Ach Gott, wie wird erschüttern
Alsden ein Sünden Kind!
Israel muste zittern,
Alß es den starken Wind,
Das Donnern und das Blitzen
Samt der Posaunen Schall'
Hört auf des Berges Spitzen,
Da schrie es überal.

9.

Wie wird der Sünder schreien,
Wan Ihn der Richter fragt,
Warum Er nicht mit treüen
Gethan, waß Ihm gesagt!
Wie wird Er können schauen
Ein solches Angesicht,
Das Ihm mit Angst und Grauen
Leib, Seel' und Geist zerbricht!

10.

Wer kan die Schand erreichen,
Die der erdulden mus,
Der durch den Tod gieng schleichen
Ins Grab ohn' alle Buhss'
Und sol hernachmals sehen
Viel Heilige mit Pracht
Bei Gott dem Richter stehen,
Der Ihm sein Urtheil macht?

11.

Die grossen Gottes Männer
Verfluchen den zu gleich
Den frechen Friedenstrenner,
Der Satans Kirch' und Reich
Gesuchet zuvermehren
Auß böser Lust allein
Und muß nun aller Ehren
Dafür entsetzet sein.

12.

O Himmel! Es erschallet
Der Sünder Klaggeschrei:
Ihr Berg und Hügel fallet
Und knirschet uns enzwey,
Bedekt uns für dem Pfule,
Dieweil zu diser frist
Das Lämlein auf dem Stuhle
So gahr ergrimmet ist.

13.

HERR, lehre Mich bedenken
Doch disen Jüngsten Tag,
Daß Ich zu Dir Mich lenken
Und Christlich leben mag;
Und wen Ich den sol stehen
Für deinem Angesicht,
So laß Mich frölich sehen
Dein klares Himmelslicht.

Treühertzige Ermahnung und Warnung an die sichere Welt, daß sie sich gegen dem herannahendem Jüngsten Tag mit wahrer Bußfertigkeit wolle bereit und gefast machen

In seiner eigenen gantz neüen Melodei.

1.

Wach' auf, wach' auf, du sichre Welt,
Der letste Tag wird warlich kommen;
Den waß im Himmel ist bestelt,
Wird durch die Zeit nicht hingenommen.

Ja waß der Heiland hat geschwohren
Sol endlich alzumahl geschehn:
Ob gleich die Welt muß untergehn,
So wird sein Wohrt doch nicht verlohren.

2.

Sprich nicht, du schnödes Sünden Kind:
Man hat schon längst davon gelehret,
Und folgt doch nichts. Ach! du bist blind,
Der Satan hat dein Hertz betöhret.
Ja, Spötter, du darfst gahr nicht sorgen,
Ob gülten Christus Wohrte nicht:
Nein, bringen wird Er für Gericht,
Waß hier gewesen gantz verborgen.

3.

Ich schaff und würke, waß Ich wol',
Im essen, trinken, schlaffen, wachen,
So hör Ich Angst und Schrekkens vol
Luft, Himmel, Erd' und Wasser krachen;
Ich höre schon die Stimm erschallen:
Steht auf, Ihr Todten, geht herfür,
Hier ist die Hell' und Himmelsthür.
Mein Gott, laß Mich zu diser wallen.

4.

Wach' auf, der letste Tag ist nah',
Es lehrens ja des HimmelsZeichen:
Die klare Lichter stehen da,
Als wolten sie bald von uns weichen;
Das Firmament läst sich bewegen,
Es wühtet das erzürnte Meer,
Die Flüsse lauffen über her,
Die Winde wollen sich nicht legen.

5.

Den Leüten ist auf Erden bang,
Sie gehen stets in Traurgedanken.
Es währet leider allzulang
Das Streiten, Kriegen, Rauben, Zanken;
Die Nahrung kan man kaum erwerben,
Die Frommen werden sehr geplagt,
Der eine heült, der ander klagt,
Die meisten wünschen bald zusterben.

6.
Der HERR verzeücht die letste Zeit.
Dieweil Er uns so hertzlich liebet
Und nur auß lauter Freündligkeit
Uns Frist und Raum zur Buhsse gibet:
Er weiß gahr sanft mit uns zu fahren,
Hält auf den lieben Jüngsten Tag,
Daß sich der Frommen Glaube mag
Samt Lieb und Hoffnung offenbahren.

7.
Wach'auf, der HERR komt zum Gericht',
Er wird sehr prächtig lassen schauen
Sein Richterliches Angesicht,
Daß die Verdamten machet grauen.
Seht, den der Vatter lässet sitzen
Zu Seiner Rechten, der die Welt
Zu Seinen Füssen hat gestelt,
Der komt mit Donnern, Feür und Blitzen.

8.
Es wird Ihn sehen Kaiphas,
Der Ihn so fälschlich hat verdammet,
Pilatus, der wird werden blaß,
Wen dises Richters Antlitz flammet.
Auch Judas, der Ihn hat verrahten,
Herodes, der Ihn bracht in Spott,
Die werden den, ô grosser Gott,
Verfluchen jhre böse Thaten!

9.
Sehr lieblich wird im Gegentheil
Erscheinen diser Tag den Frommen,
An welchem Ihr erwünschtes Heil,
Sie frei zu machen, ist gekommen.
Der rechte Josua wird bringen
Die Seinige mit starker Hand
In das gelobte Vatterland',
Ein Siegeslied daselbst zusingen.

10.
Sind gleich die Zeiten so verkehrt,
Daß wir für Unmuht schier vergehen,
Wird schon die Trübsahl so vermehrt,
Daß auch kein Ziel daran zusehen:

Geduldet Eüch, bald wird sich enden
Des Lebens schwehre Pilgrimschaft;
Bald werden wir dahin geraft,
Wo sich die Plagen von uns wenden.

11.

Der Frühling ist schon vor der Thür,
Der Feigenbaum wil Laub gewinnen,
Die Blühmlein schiessen auch herfür,
Die Zeit erneüert uns die Sinnen:
Bald komt das rechte SommerLeben,
In welchem unser Leib wird sein
Verklähret wie der Sonnenschein,
Den uns der Jüngste Tag wird geben.

12.

Wach' auf, wach' auf, du sichre Welt,
Sehr schnel wird diser Tag einbrechen.
Wer weiß, wie bald es Gott gefält:
Sein Will' ist gahr nit außzusprechen.
Ach hüte Dich vor Geitz und Prassen:
Gleich wie das Vöglein wird berükt,
Noch eh' es seinen Feind erblikt,
So schnell wird diser Tag Dich fassen.

13.

Wolan wir wollen fleissig behten,
Wir wollen wachen Tag und Nacht,
Wir wollen gleich den Knechten treten,
Welch' auf die Herren geben acht.
Komt, lasset uns entgegen gehen
Dem Bräutigam zu rechter Zeit,
Damit wir in der Ewigkeit
Samt allen Engeln für Ihm stehen.

Ernstliche Betrachtung der grausahmen Gefängnisse

und des gahr abscheülichen Ohrtes der Höllen

Dises kan gesungen werden auf die Melodei des Lides: Es ist gewißlich an der Beit, etc.

1.

Erschrecklich ist es, daß man nicht
Der Höllen Pein betrachtet,

Ja daß Sie fast alß ein Gedicht
Von vielen wird geachtet,
Da doch kein Augenblik vergeht,
Daß nicht ein Hauff' im Sarke steht,
Vom Würger abgeschlachtet.

2.

Halt inn, ô Mensch, mit deinem Lauff',
Es ist ja leicht geschehen,
Daß Dich gereüt der schlimme Kauf;
Drum bleib' ein weinig stehen:
Wir wollen erst das HöllenLoch,
Den Schwefelpfuhl, des Satans Joch
Mit rechtem Ernst besehen.

3.

Merk' auf, der Du mit grossem Pracht'
Hie lässest Häuser bauen:
Du wirst in jenner finstern Nacht
Dergleichen nimmer schauen.
Der Höllen Wohnung ist ein Schlund,
Ja tieffe Pfütz', in welcher Grund
Du fallen wirst mit Grauen.

4.

Da findet sich kein schöner Saal,
Kein Vorhauß, keine Kammer,
Es heist und ist ein Ohrt der Quahl,
Den Satans starker Klammer
Fest aneinander hat verpicht,
Es ist ein Wohnhauß ohne Licht,
Ein Schwefelloch vol Jammer.

5.

Man wird Dich auch an disen Ohrt
Nicht sanft zu Wagen bringen:
Ach nein, du must mit Grausen fohrt
Und in den Abgrund springen.
Es wird, so bald du fährst davon,
Wie Datan und den Abiron
Die Hölle Dich verschlingen.

6.

Gedenk' itz nicht': wie kan es sein,
Daß diser Ohrt sol fassen

Solch eine Meng' und so viel Pein
Die Sünder fühlen lassen?
O Menschenkind, die Höll' ist weit,
Ihr Feld ist groß, die Stätt ist breit
Von Angst und Martergassen.

7.

In disem Loch ist gahr kein Licht
Noch heller Glantz zu finden:
Die liebe Sonne scheint hie nicht,
Man tappet wie die Blinden.
Hie leüchtet weder Mohn noch Stern;
Ein Höllenkind, das lebt von fern
In schwartz verbranten Gründen.

8.

Hie steiget auf ein dikker Rauch,
Erschreklich anzusehen,
Ein rechter Pech und Schwefelschmauch,
Der überal muß gehen:
Ein Schmauch, der billig wird genant
Angst, Jammer, Marter, Quahl uff Brand,
Dafür man nicht kan stehen.

9.

Wer mag ermessen den Gestank,
Der hier auch wird gefunden?
Der strenge Gift kan machen krank
Uhrplötzlich die Gesunden:
Er ist wie dikker Koht und Feür,
Durch ihn wird alles ungeheür,
Das stinket, überwunden.

10.

Diß grosse Feld hegt einen Brand,
Der schwartz und traurig scheinet;
Doch brennet diß verfluchte Land
Mehr, alß der Sünder meinet.
Bei disen Flammen kan Er sehn
Die Plagen, welche dort geschehn,
Die man zu späht beweinet.

11.

Diß Höllenfeür ist schreklich heis,
Kan Stein und Stahl verzehren.

Der ewig' Angst und Todesschweis
Wird die Verdamten nähren.
Diß Feür das brennet grausahm zwahr,
Verbrennet doch nicht gantz und gahr
Die, so den Tod begehren.

12.

In diser Traur- und Jammernacht
Ist lauter Angst und Schrekken.
Ach höret, wie der Donner kracht,
Es blizt an allen Ekken;
Es prasselt stets an disem Ohrt,
Die Winde brausen fohrt und fohrt,
Der Hagel bleibt nicht stekken.

13.

Ein jeder Sünder hat sein Loch,
In welchem Er muß quählen,
Den unter disem TeüfelsJoch
Hat einer nicht zu wehlen:
Man darf nicht schweiffen hin und her,
Des Satans Macht fält viel zu schwehr,
Er hat da zu befehlen.

14.

Die Stoltzen werden allzumahl
Dort bei einander sitzen;
Die Säuffer werden in der Quahl
Den süssen Wein außschwitzen.
Den Schindern wird die Gnade theür,
Die Hurer wird das Höllenfeür
In Ewigkeit erhitzen.

15.

Wer ist, der das erdulden kan,
Waß die Verdamte leiden?
Ihr freche Sünder, denkt daran,
Ihr müsset plötzlich scheiden.
Ist Eüch der Kärker hier zu viel?
Ach Gott, das ist nur Kinderspiel,
Dort wird es anders schneiden.

16.

Magst Du nicht hier gefangen sein?
Wie wirst Du den ertragen,

O Mensch, der Höllen Angst und Pein
Den Rauch, Gestank, das Klagen,
Die Finsterniß, des Donners Macht?
Heüt ist die Zeit, bald guhte Nacht
Der argen Welt zu sagen.

Nohtwendige Betrachtung der unaußsprechlichen Pein, Marter und Straffen, welche die Verdamten in der Höllen ewig müssen erleiden und außstehen

Dises kan gesungen werden auf die Weise des alten Lides: O Welt, ich muß dich lassen, etc.

1.

Komt her, Ihr Menschenkinder,
Komt her, Ihr freche Sünder,
Komt her und höret an,
Waß die dort müssen leiden,
Welch' hier von Gott sich scheiden
Und die kein Warnung schrekken kan.

2.

Komt, gehet mit zur Höllen,
Da wil Ich Eüch vorstellen
Die allerschwehrste Pein,
Dergleichen nicht zufinden,
Ja die nicht außzugründen,
Wie groß und hart Sie werde sein.

3.

Du sprichst: Mein Mund wil essen!
Der Speis' ist hie vergessen,
Dich hungert ewiglich;
Dich dürstet auß der mahssen,
Kein Tropf ist hie zufassen,
Nur Pech und Schwefel sättigt dich.

4.

Du suchest schöne Kleider
Und saubern Schmuk: ach leider
Dein Rok ist lauter Mist!
Es schlagen tausend Flammen

Recht über Dir zusammen
Und bleibst doch nakkend, wie Du bist.

5.

Kein Häuser darfst Du hoffen:
Der Höllenpfuhl steht offen,
Der gibt Dir willig raum.
In disen wühsten Gründen
Ist lauter nichts zu finden
Alß eitler Unflat, Koht und Schaum.

6.

Du wünschest alß auf Erden
Dort hochgeehrt zu werden:
O welch' ein eitler Wahn!
In disem Jammerlande
Bringt man Dir Spott und Schande
Für Ehr und Ansehn auf die Bahn.

7.

Wer solte Dich auch ehren,
Wer könte doch vermehren
Dein Lob in solcher Pein?
Bist du doch auß dem Orden
Der Kinder Gottes worden
Des Satans treüer Schlav' allein.

8.

Du kanst dich nicht gesellen
Zu denen, die sich stellen
So frisch alß in der Welt:
Dort weis man nur zu sagen
Von Teüfeln, die dich plagen
In ihrem Mord und MarterZelt!

9.

Es werden dich verfluchen,
Ja dich zu quählen suchen
Die, welche du verführt:
Sie werden grausahm schreien
Und gahr zu späht berewen,
Daß sie dem Satan so hoffiert.

10.

Die täglich hier gesoffen,
Einander angetroffen
An manchem leichten Ohrt,
Die werden dort sich reissen,
Ja wie die Hunde beissen
Und sich zerschlagen fohrt und fohrt.

11.

Die sich bei guhten Tagen
Mit Reiten, Fahren, Jagen
Recht lustig hier gemacht,
Die müssen heülend sitzen,
Bald frieren und bald schwitzen,
Den da wird keiner Lust gedacht.

12.

Hie kan uns leicht bewegen
Ein Schmertz, daß wir uns legen
Und schreien: O der Pein!
Wie kan die Gicht uns kränken!
Wie kan der Schlag verrenken
Das Haupt, wie martert uns der Stein!

13.

Waß wird den in der Höllen,
Wo häuffig sich gesellen
Die Plagen allzumahl,
Für Pein sich lassen finden?
Ach! Satan wird verbinden
Angst, Jammer, Trübsahl, Noht und Quahl.

14.

Es werden dort dein' Augen,
Die zuverletzen taugen
Hie manches liebes Kind,
Viel Thränen zwhar vergiessen,
Doch wird es Sie verdriessen,
Daß sie nicht sind gewesen blind.

15.

Es werden dort dein' Ohren,
Die hie den leichten Choren
Der Huhren zugehört,
Das Heülen, Knirschen, Dräuen,

204

Das Fluchen, Schmähen, Schreien
Alßden auch hören gantz verstört.

16.

Du wirst für Stank vergehen,
Wen du dein Aaß must sehen:
Dein Mund wird lauter Gall'
Und Höllenwermuht schmekken,
Des Teüfels Speichel lekken,
Ja fressen Koht im finstern Stall.

17.

Es wird die Gluht Dich brennen,
Die Teüfel werden trennen
Dein' Adern, Fleisch und Bein:
Sie werden Dich zerreissen,
Sie werden Dich zerschmeissen
Und ewig deine Henker sein.

18.

Ach Gott! den wird man bitten:
Nun bärstet in der Mitten,
Ihr Berg', und nemt uns an!
O Marter, Jammer, Brennen!
Wol dem, der dis erkennen
Und in der Zeit sich bessern kan!

Ernstliche Betrachtung der unendlichen Ewigkeit

Dises kan gesungen werden auf die Melodei des Lides: Hertzlich thut mich verlangen nach einem seligen End.

1.

Ich wil für allen Dingen
Vergessen diser Zeit
Und Mir zur Warnung singen
Von jenner Ewigkeit.
Bald scheid' Ich zwahr von hinnen,
Das thut dem Fleische bang';
Ein grössers kränkt die Sinnen,
Das Ewig ist so lang'!

2.

Es ist kein Ding auf Erden,
Und wer es noch so gut,

Das nicht kan widrig werden,
Wen man es immer thut.
Die Ruh' erhält das Leben,
Doch wen man Nacht und Tag'
Ihr müste sein ergeben,
So würde Sie zur Plag'.

3.

Ach! wen wir solten fühlen
Den Brand und Zipperlein
In unsern Gliedern wühlen
Ein eintzigs Jahr allein,
Wie würden wir uns zauen,
Zu werden bald befreit:
Ei solt' uns den nicht grauen
Für jenner Ewigkeit?

4.

Lass Strikk und Räder kommen,
Lass Schwefel, Pech und Feür
Zusammen sein genommen,
Lass alles ungeheür
Uns hundert Jahre brennen,
Daß es ja schwehrlich thut,
Waß ist doch das zu nennen
Für jenner Höllengluht?

5.

O Mensch, wie magst du lauffen,
Kaum eines Stündleins Lust
Für solche Quahl zu kauffen,
Die dir zum theil bewust?
Die Pein wird abgemessen
Nicht etwan nach der Zeit:
Man kan der Zeit vergessen,
Nicht so der Ewigkeit.

6.

O Ewig, wie so lange!
O Ewig, wie so schwehr!
Wie thust Du Mir so trange,
Ja komst so plötzlich her!
Ein Augenblik im Leiden
Ist sonst ein gantzes Jahr:

Wie wird es dort den schneiden,
Wo nichts ist wandelbahr?

7.

Die Marter pflegt zu tauren
Nicht lang' in diser Welt.
Läst man uns gleich vermauren,
Ist doch der Tag bestelt,
An welchem uns befreiet
Der lang gewünschter Tod;
Nur Ewig, Ewig schreiet
Die grausahm' Höllennoht!

8.

Ja soltest Du noch leiden
Vielleicht so manches Jahr,
Als oft Du hast in Freüden
Gesündigt offenbahr,
Und solte Dich noch quählen
So manches Augenblik,
Als Sterne sind zu zehlen,
Du hättest grosses Glükk.

9.

Ach aber nein, die Plagen
Sind ohne Mahss' und Ziel,
Du must sie billig tragen,
Gott strafft ja nicht zu viel:
Der Richter läst dich schmekken
Ein Feür der Ewigkeit.
Wer wolte nicht erschrekken?
O Zeit ohn alle Zeit!

10.

Nach so viel tausend Jahren,
Als Körnlein Sandes sind,
Als Tröpflein in den Bahren,
Als Stäublein treibt der Wind,
Als Blätter auf den Bäumen,
Als in den Flüssen Stein',
Als Frücht und Samen keimen,
Wirds dennoch Ewig sein.

11.

So lang' ein Gott wird bleiben,
Der alles ja vermag,
So lange wird auch treiben
Der Sünder seine Klag'.
Es kan Ihn niemand retten
Noch bringen zu der Ruh':
Es nimt in Satans Ketten
Die Marter stündlich zu.

12.

Du darfst auch nicht gedenken:
Das Feür wird mit der Zeit
Nicht mehr so hefftig kränken
Den, der in Ewigkeit
Der HöllenQuahl sol fühlen;
Zeit minder' alle Ding.
Ach nein! hie folgt kein kühlen,
Und wer' es noch so ring'.

13.

Ich bitte dich von Hertzen,
O sichers Menschenkind:
Erwege dise Schmertzen
Und sei doch nicht so blind.
Fürwahr die Zeit wird kommen,
Daß du von diser Welt
Wirst plötzlich hingenommen,
Die Stund ist schon bestelt.

14.

Laß Dir sein angelegen,
Waß gegenwertig ist,
Noch mehr laß Dich bewegen
Das, waß in kurtzer Frist
Dir stossen wird zu handen:
Ist doch die schnelle Zeit
Kein Augenblik bestanden.
O ewig' Ewigkeit!

Eines Gottseligen Christen sehnliches Verlangen und Begierde nach dem anderen und ewigen Leben

Dises kan man auch singen auf die Melodei des Lides: Wie es Gott gefält, so gefält mirs auch.

1.

O Blidheit! Bin Ich den der Welt
Zu dienen nur erschaffen?
Und hat mein Schöpffer Mich bestelt,
Daß Ich sol emsig gaffen
Nach eitlem Guht'
Und meinen Muht
Auf solche Thorheit setzen,
Die leichtlich kan
Den klügsten Man
An Seel' und Leib verletzen?

2.

Mein Gott, erschaffen hast Du Mich
Zu deinem FreüdenLeben:
Das weiß und gläub Ich festiglich,
Kan doch nicht recht erheben
Mein Hertz zu Dir
Und für und für
Nach solchem Leben trachten;
Es ist Mir leid,
Daß in der Zeit
Ich dises nicht kan achten.

3.

Laß Fleisches, Welt und Augenlust
In Mir nicht länger walten:
Ein bessers ist Mir ja bewust
Daran Ich Mich sol halten.
Laß meinen Sinn
Sich schwingen hin
Zu Dir mit Freüd und Wonne:
Du bist mein Licht
Und Zuversicht,
Ja meiner Seelen Sonne.

4.

O Vatter, laß dein schwaches Kind
Stets deine Liebe suchen.
Welt ist nur Dampf, Welt ist nur Wind
Die Welt wil Ich verfluchen.
Dein Unterthan
Lauff in der Bahn,
Zu dienen seinem Fürsten.
Es sol fürwahr
Mich immerdar
Nach deiner Gnade dürsten.

5.

Wen Kreütz und Trübsahl komt heran,
So laß Mich nicht verzagen.
Dein Wohrt ist, das Mir helffen kan
Mein Elend leicht ertragen.
Ich weis ja wol,
Wie daß Ich sol
Mit dir, HERR, ewig leben:
Solt' Ich den nicht,
O Du mein Licht,
Nach solcher Wolfahrt streben?

6.

Waß ist doch alles Kreütz und Noht
Waß ist doch alles Leiden,
Waß Hertzenangst, waß gahr der Tod,
Waß schnell und traurig scheiden,
Wen Ich nur mag
Den grossen Tag
Der Herligkeit bedenken
Und auß der Welt
Ins HimmelsZelt
Zu Zions Statt Mich lenken?

7.

O schönste Statt, O Gottes Hauß,
O Hauß vol Freüd und Wonne,
Ich wünsch auß diser Welt hinauß,
Daß Ich die FreüdensSonne,
Das klahre Licht
Und Angesicht
Des Allerhöchsten schaue,
Ja daß Ich Mich

Hertz inniglich
Mit meinem Gott vertraue.

8.

Ach! Ach! wen wird mein Bräutigam
Mich einmahl kommen heissen,
Wen wird Er Mich auß disem Schlamm'
Und eitlem Leben reissen?
Wen werd' Ich doch
Diß schwehre Joch
Von meinen Schultern legen?
Wen wird sich Mir
Doch thun herfür
Des Himmels Fried und Segen?

9.

Wen sol Ich doch dein Angesicht,
O liebster Jesu, sehen?
Wen werd' Ich einst in deinem Licht,
O Licht der Seelen, stehen?
Du lieblichs Bild,
Treü, From und Mild,
Wen werd' Ich aufgenommen,
Daß auß der Zeit
Zur Ewigkeit
Ich schleünig müge kommen?

10.

Waß irr' Ich hier im Jammerthal',
In disem fremden Lande,
Ja leid' hieselbst so manche Quahl,
So manchen Spott und Schande?
Ich wil heraus:
Des Vatters Haus
Kan Ich zur Wohnung haben;
Ja diser Ohrt
Wird Mich hinfohrt
Mit höchster Wollust laben.

11.

O mögt Ich Armer doch, befreit
Von aller Angst und Schrekken,
Dein unaußsprechlich' Herligkeit
In jennem Leben schmekken!
O süsse Kraft,

O Lebenssaft,
Wen werd' Ich dich empfinden?
Laß Mich die Welt
Doch als ein Held
Gantz siegreich überwinden!

12.

O schönste Statt, O klahres Licht,
O Süssigkeit ohn Ende,
O Freüd, O Fried, O Zuversicht,
Ergreif Mich doch behende.
Laß Mich von hier,
Du schönste Zier,
Zur Herligkeit bald scheiden,
Den Ich bin dein,
Und Du bist Mein:
Drauf fahr Ich hin mit Freüden.

Fröliche Betrachtung der Gewißheit des zukünftigen ewigen Freüden-Lebens

Dises kan man auch singen auf die Melodei des Lides: Der Tag hat sich geneiget.

1.

Wie magst Du Dich so kränken,
Mein Seelichen, sag' an,
Wen wilt Du das bedenken,
Was Dich erfreüen kan?
Gott wird nach disem Leben,
Wo nichts alß Angst und Pein,
Dir viel ein bessers geben,
Wo lauter Lust wird sein.

2.

Magst Du noch Zweifel tragen
An solcher Herligkeit,
In welcher wir erjagen,
Waß Leib und Seel' erfreüt?
Gott hat ja selbst verheissen,
Daß solch ein Leben sol
Auß aller Angst uns reissen
Und thun uns ewig wol.

3.

Nun, Gott, der kan nicht liegen,
Es weiß Sein treües Hertz
Von keinem Leüt betriegen,
Sein Wohrt ist Ihm kein Schertz:
Waß Er Dir hat versprochen,
Das folget mit der That;
Es wird nicht unter brochen,
Waß Er beschlossen hat.

4.

Waß man alhier auf Erden
Im Glauben guhtes thut,
Sol ja vergolten werden;
Nun aber wird das Guht'
Hier selten angesehen
Mit einem GnadenLohn:
So muß es ja geschehen
Für Gottes FreüdenThron.

5.

Es sitzen hier die Frommen
In Trübsahl und Gefahr,
Den Armen wird genommen,
Was ihnen nöhtig war:
Ei wol, so muß ein Leben
Nach disem sein bereit,
Da Gott wird wieder geben,
Was uns geraubt die Zeit.

6.

Ein Frommer muß sich neigen
In diser argen Welt,
Gerechtigkeit muß schweigen,
Die Warheit wird beschnellt,
Man darf so leicht vernichten
Kunst, Tugend, Zucht und Ehr':
Ei solte Gott nicht richten
Dis alles und noch mehr?

7.

Er wil ja heftig straffen
Die frechen Sünden Knecht',
Hier aber läst Er schlaffen
Oft sein Gericht und Recht:

213

So folgt ohn allen Zweifel,
Daß solcher Spötter Lohn
Wird ewig sein beim Teüfel
Mit Marter, Angst und Hohn.

8.

Es ist der Mensch erschaffen
Von Gott zur Seligkeit;
Den hat des Satans Klaffen
In einer kurtzen Zeit
Vom Himmel abgeführet:
Das kan nun nicht bestehn;
Gott wird sein Hertz gerühret,
Er wil uns selig sehn.

9.

Wie solte Gott uns machen
Zu seinem Ebenbild'
Und lassen uns im Rachen
Des Todes? – Nein, so wild
Und hart wil Er nicht handlen;
Den weil Er ewig lebt,
Sol der auch ewig wandlen,
Der stets an Ihm geklebt.

10.

Ward nicht hinweg gerükket
Der Henoch, ward Er nicht
In Gottes Reich verzükket
Uns andren zum Bericht',
Es werd' auch endlich kommen
Der liebe Tag heran,
Daß wir hinweg genommen
Sehn disen Gottes Mann?

11.

Waß dörfte Christus leiden,
Waß hett' auß diser Welt
So schmertzlich müssen scheiden
Der theüre Wunder Held,
Wen wir nun solten leben
In diser Zeit? Ach nein!
Er ist drumb hingegeben,
Wir solten Ewig sein.

12.

Noch besser zu verstehen,
Was uns bereitet ist,
Lasst uns auf Tabor gehen,
Woselbst sich Jesus Christ
Mit grossem Pracht verklähret,
Ja gläntzet wie die Sonn',
Und Petrus der begehret
Zu weichen nie davon.

13.

Der HERR stund zwischen Beiden,
Auch war Elias da,
Und Moses kahm mit Freüden
Den dreien Jüngern nah',
Auch Gott rief selbst von Oben:
Ei solten wir den nicht
Auch werden aufgehoben
Wie Sie zum HimmelsLicht?

14.

Ich habe Lust zuscheiden,
Spricht Paulus, aus der Welt.
Daß nun den Tod zu leiden
So hertzlich Ihm gefält,
Das macht: Er ist gewesen
An einem Ohrt, da wir
In Ewigkeit genesen
Und jauchtzen für und für.

15.

Wie magst Du dich nun kränken,
Mein Seelichen, sag' an?
Auf, auf, itz zu bedenken,
Waß Dich erfreüen kan.
Gott wird nach disem Leben,
Wo nichts als Noht und Pein,
Dir viel ein bessers geben,
Da wird kein Tod mehr sein.

Liebliche Betrachtung der unaußsprechlichen Freüde der Kinder Gottes, und worüber die Außerwehlten mit allen Engeln ewiglich werden jauchtzen

Dises kan man auch singen auf die Melodei des Lides: Nun lobe, meine Seele, den Herren.

1.

Frisch auf und last uns singen,
Ihr Kinder Gottes alzumahl,
Von unerhörten Dingen,
Der grossen Freüd ins HimmelsSahl.
Bald wird der Tag anbrechen,
An welchem Gottes Sohn
Uns freündlich wird zu sprechen:
Komt her, empfangt den Lohn,
Den Ich Eüch geb' auß Gnaden,
Komt her, ererbt das Reich,
Darin Ihr ohne Schaden
Und Trübsahl lebt zu gleich.

2.

O Freüd! O Lust! O Wonne!
Wir sollen Gottes Antlitz sehn.
O Licht! O Glantz! O Sonne!
Wie wird uns doch so wol geschehn!
Itz sehen wir im Spiegel
Und einem tunklen Wohrt;
Wen aber wird das Siegel
Eröffnet, sol man dort
Den Herren selber schauen:
O süsser Gnadenblik!
Der Tod macht Mir kein Grauen,
Den Sterben ist Mein Glük.

3.

Hinweg mit allen Freüden,
Die man in disem Leben hegt,
Hinweg mit Gold und Seiden,
Davon man schöne Kleider trägt;
Hinweg mit Säitenspielen,
Hinweg mit süssem Wein,
Hinweg mit KönigsStühlen,

Hinweg mit Perlenschein:
Ein Augenblik Gott sehen
In seinem Himmelszehlt
Macht grösser Freüd entstehen
Alß alle Lust der Welt.

4.

O Freüd' in jennem Leben,
O Freüd im schönen Paradeis,
Welch' uns ein Hertz wird geben,
Das gahr von keiner Trübsahl weis,
Daß sich nicht darff entsetzen
Für Unglük und Gefahr,
Daß Niemand kan verletzen
Daß frisch ist immerdar,
Daß frei von allen Sorgen
Nicht suchet Geld noch Guht,
Daß für dem Neid verborgen
Stets lebt in sichrer Huht.

5.

O Freüd in Gottes Kammer,
O Freüd in seinem Fridenslicht,
Da man vom Kriegesjammer
Nicht das geringste Wöhrtlein spricht.
Da wird man Frieden halten
Mit Gott und ewiglich
In stiller Ruhe walten,
Nicht mehr betrüben Sich:
Da wird man Friede haben
Auch mit der EngelSchaar,
Ja Leib und Seel erlaben
Im Frieden jmmerdar.

6.

O Freüd! O Jubiliren!
O Jauchtzen! O voll Wonne sein!
Wie wollen wir lustiren
Dort oben in des HimmelsSchein!
Wir wollen da bewohnen
Den Pallast, der geschmükt
Mit hundert tausend Krohnen,
Der zehnmahl heller blikt
Alß alle Diamanten,
Rubinen und Saphir.

Ihr Himmels Anverwandten,
Bedenkt es, waß für Zier!

7.

O Freüd, ein neüer Himmel!
O Freüd, ein neüer Erdenkreis,
Davon der Welt Gewimmel
Das weinigste zu sagen weis,
Da man im steten Lentzen
Uningeschlossen lebt,
Nicht in gewissen Grentzen
Alß auf der Erden schwebt,
Nein, da man nach gefallen
In Gott erfreüet sich,
Der Alles ist in allen
Und herschet ewiglich.

8.

O Freüd! O lieblichs Wesen,
In welchem wird zu finden sein
Gesellschaft auserlesen:
Gott selbst mit seinen Engelein,
Da König und Propheten,
Da die Bekenner sind,
Die Gott auß Ihren Nöhten
Gerissen hat geschwind,
Woselbst die Patriarchen
Und keüsche Jungfräulein
Besitzer und Monarchen
Des Himmels werden sein.

9.

O Freüd! O lieblichs Singen!
O süsses Lied! O Lustgeschrei!
O Wunder frölichs Klingen!
O nimmerstille Kantorei!
Die schnellen Himmelsgeister
Und Engel stehen da
Wie die Kapellenmeister,
Das gross' Allelujah
Mit uns auf hohen Geigen,
Auf Lauten und Pandor
Zu machen; nichts sol schweigen
Im Baß, Diskant, Tenor.

10.

O Freüd! O Lust! O Leben!
O güldnes Haus! O schönste Zier!
Wir wollen kräftig streben
In diser Sterbligkeit nach Dir.
O Gottes Antlitz sehen!
O stets im Friede sein!
O bei den Engeln stehen!
O theürer Himmelsschein!
O Herligkeit ohn Ende!
Mein Gott, wen dirs gefält,
So nim Mich auf behende.
Nun guhte Nacht, O Welt.

Freüdiges Abscheidslied auß disem vergänglichen in das himmlische und ewige Leben

Dises kan man singen auf die Melodei des Lides: So wünsch Ich nun ein guhte Nacht.

1.
Nun, Welt, du must zu rükke stehn
Mit allen deinen Schätzen:
Mit Freüden wil Ich schlaffen gehn,
Den Leichnam sol man setzen
Ins Grab hinein,
Da keine Pein
Hinfür' Ihn wird verletzen.

2.
Mein Seelichen fleügt Himmel an,
Der Leib schläft in der Erden,
Biß daß Er mit der Seelen kan
Wiedrüm verknüpffet werden.
Immittelst sol
Er ruhen wol
Ohn einige Beschwerden.

3.
O waß für Reichthum werd Ich doch
In jenner Welt besitzen!
Hinführo wird des Kreützes Joch
Mich nimmermehr erhitzen:
Es wird die Sünd

Ein Gottes Kind
Nicht können mehr beschmitzen.

4.

O waß für Ehr und Herligkeit
Wird Mir daselbst gegeben!
Wie lieblich werd Ich nach der Zeit
Im Hause Gottes leben!
In welchem Glantz
Werd Ich doch gantz
Verkleidet ewig schweben!

5.

Wie groß wird sein der Liebe Macht
Ohn einiges Betriegen,
Wie herlich Meiner Glieder Pracht,
So durch die Wolken fliegen!
Hett Ich nur schon
Die FreüdenKrohn'
In Gottes Sahl erstiegen!

6.

Wie groß wird dort die Wollust sein,
Die gahr nichts eitles heget!
Ein HimmelsKind bleibt allzeit rein,
Sein Hertz wird nie beweget
Von Hass und Neid;
Auch alles Leid
Wird dort rein abgeleget.

7.

Wie werd Ich auch der Jugend Kraft
So treflich wol empfinden:
Es wird ein süsser LebensSaft
Von neüem Mich verbinden,
So daß noch Noht
Noch Schmertz noch Tod
Mein Hertz kan überwinden.

8.

Wie werd Ich künftig sein so klug,
Wen ich mag Christum sehen
Und alle Sachen kan genug
Dem Grunde nach verstehen!
Wie wol wird Mir

Den für und für
In Gottes Reich geschehen!

9.

Wie treflich wird der Freiheit Schatz
Nach diser Knechtschaft prangen!
Drum trag' Ich auch nach disem Platz'
Ein sehnliches Verlangen.
Ach wer Ich nur
Des Lebens Uhr'
Einst völlig durch gegangen!

10.

Wie wird Mir dort die werthe Schaar
Der Engel und der Frommen
Mein Hertz ergetzen immerdar,
Wen Ich bin aufgenommen!
Mücht' Ich nur bald,
Mein Auffenthalt,
Herr Jesu, zu Dir kommen!

11.

Mein Gott, wie werd' Ich jauchzen dort,
Wie werd' Ich Mich erquikken,
Wen Ich an deinem schönsten Ohrt
Dich selber werd' erblikken!
Ich wil mit Lust
An meine Brust
Dich, O mein Heiland, drükken.

12.

Ich wil nach diser kurtzen Zeit
Dich unaufhörlich preisen,
Du Heilige Dreifaltigkeit,
Und deinen Knecht Mich weisen.
Du wirst ja Mich
Auch ewiglich
Mit Freüd und Wonne speisen.

13.

Hinfohrt, O Welt, kenn Ich dich nicht,
Ich weis ein ander Leben,
Dem Himmel wil Ich meine Pflicht
Nun gantz für Eigen geben;
Der wird geschwind

Mich armes Kind
Zur Herligkeit erheben.

14.

Kom den, O hocherwünschter Tag,
Mich hertzlich zubefreien;
Kom, liebstes Stündlein, daß Mich mag
Zum Himmels Fürsten weihen:
Kom bald heran,
Damit Ich kan
Dein ewigs Lob außschreien.

Uber das Evangelium am Andern Advents Sontage

1.

Merkt auf, Ihr Menschenkinder,
Merkt auf, vergesst es nicht:
Es wird der Herr geschwinder
Erscheinen zum Gericht',
Als sonst ein Fallstrick pfleget,
Daß man auf grühner Saat
Den Vöglen hingeleget
Und wol bedekket hat.

2.

Der Herr wird wahrlich kommen
Und halten Einen Tag,
Daran das Heer der Frommen
Sich hertzlich freüen mag;
Dagegen wird erschrekken
Die Gottvergessne Schaar;
Der Richter wird aufdekken,
Waß hier verborgen war.

3.

Wie Satan ligt gebunden
Im schwartzen HöllenZelt'
Und wie die Straff' empfunden
Hat jenne Sünden Welt,
Welch' in der Fluht vergehen
Und gahr hinsinken must:
Also wird auch geschehen
Der Welt für Ihre Lust.

4.

Gott hasset Sünd und Schande,
Die Bösen kommen nicht
Zum Fried- und FreüdenStande,
Wen sein Gericht anbricht.
Hie geht es zwahr den Frommen
Zu Zeiten arm und schlecht,
Dort wird es anderst kommen:
Warum? Gott ist gerecht.

5.

Wie magst du doch so leben,
O Freches Sünden Kind,
Dich gahr der Welt zu geben?
O Blinder noch als blind!
Du sprichst: Wen wirds geschehen,
Daß Ich sol nach der Schrifft
Für jennem Richter stehen,
Der auch die Hertzen trifft?

6.

O Mensch, laß ab zu spotten:
Gott träget nur Gedult.
Er könt' Unß bald ausrotten
Und straffen alle Schuld:
Ach aber seine Gühte
Gibt Unß zur Buhsse frist;
Man schau auf Sein Gemühte,
Wie freundlich daß es ist.

7.

Immittelst sol man gläuben,
Der Tag sei für der Thür,
Der Uns die Welt wird rauben,
So bald Er bricht herfür;
Doch sollen Mohnd und Sterne
Noch erstlich ihren Schein
Verlieren, Ja von ferne
Fast nicht zu kennen sein.

8.

Ach Gott! daß hier so lange
Die Trübsahl wehren muß!
Den Leüten wird sehr bange,
Sie leben mit Verdruß.

223

Krieg, Auffruhr, Theürung, Sterben
Neid, Unfried', Angst und Noht,
Die häuffen das Verderben:
Wer wünschet nicht den Tod?

9.

Hört, wie die Winde sausen,
Wie Sich die Erd' erregt,
Wie Meer und Wasser brausen,
Wie Sich die Lufft bewegt.
Des Menschen Sohn wird kommen
Gleich alß ein Dieb bei Nacht.
Wol dem, der wol genommen
Hat seine Zeit in acht.

10.

Der Richter wird erscheinen
In grosser Majestat,
Dem keiner kan verneinen,
Was Er begangen hat.
Ein Frommer sol Sich freüen,
Daß Christus richten wird;
Ein Böser muß Sich scheüen,
Weil Er so grob geirt.

11.

Wen Wir nun werden sehen
Mit grosser Herrligkeit
Ihn in den Wolken stehen,
So wird der Frommen Leid
Im Augenblik verschwinden,
Dagegen wird daß Licht
Und Leben bald Sich finden
Für Gottes Angesicht.

12.

Frisch auf den, Meine Seele!
Wird gleich dein Leib gebracht
In seine finstre Höhle,
Wie bald vergeht die Nacht,
So wird dein Jesus kommen
Und ruffen: Geh' heraus,
Den werd' Ich aufgenommen
Von Ihm' ins Freüdenhauß.

Uber daß Evangelium am Hochheiligen Ostertage

1.

Heüt ist der Tag der Freüden,
An welchem sich geendet
Deß Herren Jesu leiden,
Nach dem' Er Sich gewendet
Auß dem fest verschlossnem Grab,
Daß den Herren wider gab,
Der den Tod hat bezwungen
Und gewiesen ab.

2.

Der Stein kan nicht mehr drükken
Die blöde Menschen Kinder:
Eß brach Ihn heut auf Stükken
Daß Heil der armen Sünder.
Unser Thun war viel zu schlecht,
Christus aber der Gerecht'
Hat jtz der Feinde Waffen
Alß ein Held geschwächt.

3.

Wir weren ja gewesen
In Ewigkeit verlohren,
Doch sind wir bald genesen
Durch den, der Mensch gebohren,
Welcher alß Ein Held und Raht
Sich erwiesen in der Taht,
Alß Er den Stein der Sünden
Abgeweltzet hat.

4.

Die Kett' ist nun zerrissen,
Welch' Unß gefangen hielte:
Itz lachet daß Gewissen,
Daß Angst und Trauren fühlte.
Gottes Grim ist schon vorbei,
Für dem Satan sind wir frei;
Christ ist darum erstanden,
Daß jtz Friede sei.

5.

Heüt ist die Zeit zu singen,
Viel Wunders ist geschehen;

Den alß die Weiber giengen
Ins Grab, da ließ sich sehen
Gottes Engel, der sagt an,
Christus, Unser Wunderman,
Sei von dem Tod erwachet,
Wie mans spühren kan.

6.

O grosse HimmelsFürsten!
O Geister, hoch zu preisen!
Wie liebreich muß Eüch dürsten,
Unß guhtes zu beweisen!
Ach! es ist doch Eüre Lust,
Wen Eüch Unser Heil bewust.
O Bottschafft, die der Engel
Heüt Unß bringen must!

7.

Ein Engel hat gesaget:
Der Herr ist aufferstanden.
Wem dises nicht behaget,
Der bleibt in Sünden Banden.
Lobet Gott in Ewigkeit,
Der Unß läst in dieser Zeit
Die reinen Himmelsgeister
Dienstlich stehn bereit.

8.

Wer wil sich nun entsetzen,
Da Christus Jesus lebet,
Weil niemand darf verletzen
Sein Volk, daß Er erhebet!
Satan trotz! Nun weiß Ich Wol,
Daß Ich Mich nicht fürchten sol,
Den Christus triumfirend
Macht Mich Freüden vol.

9.

Der Tod kan mich nicht schrekken,
Die Macht ist Ihm genommen.
Der Herr wird mich erwekken,
Wen Er wird widerkommen
Mit dem letsten Feldgeschrei,
Da deß Würgers Tyrannei

Unß nimmermehr kan schaden.
Jauchtzet, Wir sind frei!

10.
Waß frag' Ich nach der Hellen,
Welch' ewiglich muß brennen?
Ihr' Herren und Gesellen
Werd Ich hinfort nicht kennen:
Christus dämpfte diesen Pfuhl,
Führte Mich zur Himmels Schuhl,
In der Ich werde singen
Für dem Gnaden Stuhl'.

11.
Hinweg, Tod', Höll' und Sünde,
Fleug, Satan, fleug mit Schanden!
Mein Wohrt, drauff Ich Mich gründe,
Heist: Jesus ist erstanden.
Jesus, Meine Zuversicht,
Läst auch Mich im Grabe nicht:
Bald werd' Ich aufferwekket
Treten fürß Gericht.

12.
Den Herren wil Ich sehen
In jennem Freüden leben,
Verklähret wil Ich stehen
Und meine Stimm' erheben:
Jesu, Jesu, Lob und Preis
Sing Ich Dir mit höchstem Fleiss;
Ich will die Welt verlassen
Gern auff dein Geheiß.

Uber das Evangelium am Fünften Sontage nach Ostern,

Vocem Iukunditatis genant

1.
Auf, Meine Seel', und rüste Dich,
Für Deinen Gott zu tretten.
Mein Heiland Jesuß lehret Mich
Im Glauben anzubehten
Den Vatter, der Unß geben wil,
Waß Wir von Ihm begehren.
Mein Seelichen, beht' in der still':

Er wird, waß Wir entbehren,
Unß hertzlich gern gewehren.

2.

Ist Gott Mein Vatter, ei wollan,
So heiss' Ich nach behagen
Sein Kind, daß Ihm vertrauen kan
Und nimmer darf verzagen.
Auf solcheß tret' Ich, Herr, zu Dir
Ohn' Eitelkeit und prangen;
Ich alß Dein Kind wil nach Gebühr
Itz Mein Gebeht anfangen,
Laß Mich nur Gnad' erlangen,

3.

Wie dörft' Ich bitten, wen Mein Sinn
Mit Hoffahrt wer' erfüllet?
Ich weiß ja selber, waß ich bin,
Wen Mich die Grufft verhüllet.
Ein aufgeblaßner wird von Gott
Mit Eifer angesehen;
Ein stoltzer Behter wird zu Spott'.
Er kan ja nicht bestehen,
Sein' Hoffnung muß vergehen.

4.

Gott ist Mein Vatter, Ich sein Kind,
Ihm bleib Ich stets ergeben:
Waß Er gebeüt, dem sol geschwind
Auch Meine Seel nachstreben.
Gehorsahm fodert Er von Mir,
Gehorsahm pflegt für allen
Im Himmel Gott, den Eltern hier
Erfreülich zu gefallen,
Dem wil auch Ich nachwallen.

5.

Gehorsahm sol in aller Noht
Mein' arme Seele stillen,
Gehorsamst leid' Ich gahr den Tod
Nach Meines Vatters willen.
Ihm' bleib' es alles heimgestellt,
Er fodert Meine Sachen;
Ja waß Mir nütz' und Ihm gefält

Daß wird Er endlich machen
So, daß Ich noch kan lachen.

6.

Ich schwaches Kind leb' in der Schuld,
Dem Vatter hoch verpflichtet.
Drum trag' Ich billich auch Gedult,
Wen Er durchs Kreütz Mich richtet;
Und läst Er schon nicht also fohrt
Mir Hülff und Trost erscheinen,
So hört Er doch nach seinem Wohrt'
Alhier Mein kläglichs Weinen:
Daß wird Er nicht verneinen.

7.

Je länger Gott zu rükke bleibt,
Wen man in Trübsahl zaget,
Je mehr Er auch zu rükke treibt
Daß, waß Unß hat geplaget.
Er weiß allein die rechte Stund',
In welcher Er wil kommen;
Sein Gnadenbrunn' ist ohne Grund,
Kraft welcheß Er der Frommen
Sich stets hat angenommen.

8.

Mein Gott, wie lieblich ist es doch,
Daß Wir Dich Vatter nennen,
Die Wir in disem Sündenloch'
Oft halb verzweifelt rennen.
Doch geh' und fall es, wie es wol':
Ich kan es tröstlich fassen,
Daß Du, der Vatterliebe vol,
Mich nimmermehr wirst hassen
Noch in der Noht verlassen.

9.

Ein Vatter gibt mit milder Hand,
Waß seine Kinder bitten:
Wie solt, O Gott, Dein Liebesband
Den Segen nicht außschütten?
Du gibst Gesundheit, Reichthum, Ehr'
Und waß zu disem Leben
Ja sonst die Noht erfodert mehr,

Daß kanst Du leicht daneben
Auch Deinen Kindern geben.

10.

Wen Sünde, Teüfel, Tod' und Hell'
Unß grausahmlich betrüben,
So spühren Wir, O Gott, ja schnell
Dein Väterliches lieben!
Du tröstest kräfftig Unser Hertz',
Im Fall' Unß daß Gewissen
Verklaget und desselben Schmertz
Die Glieder schier zerrissen,
Ja Seel und Geist gebissen.

11.

Ich komm', O Vatter, alß Dein Kind,
Mit Sünden schwehr beladen:
Sei Mir doch freündlich und gelind',
Empfange Mich mit Gnaden.
Ich bins nicht wehrt und weiß dennoch,
Du wirst Dein' Hand' außstrekken,
Damit daß schwehre SündenJoch
Mich könne nicht bedekken
Noch alzu grausahm schrekken.

12.

In meiner allerhöchsten Noht
Wil Ich Dich Vatter heissen:
Du bist Mein Vatter, wen der Tod
Mich wil von hinnen reissen.
O Vatter, laß durchs ChristusBluht
Den Himmel Mich ererben,
Den Christus Bluht, daß höchste Guht,
Läst Mich dein Reich erwerben:
Drauf wil Ich frölich sterben.

Uber das Evangelium am Sechsten Sontage nach Ostern,

Exaudi genant

1.

O Gottes Geist, Mein Trost und Raht,
Mein treüer Hort und Advokat,
Ich zweifle nicht, daß auf mein behten
Du werdest Mich also vertreten,

Daß Ich für Gottes Angesicht'
Und Richterstuhl' erschrekke nicht;
Ach lehre Mich den Mittler kennen,
Den alle Welt muß Heiland nennen.

2.

Du stehest Mir in Nöhten bei,
Du lösest Mich die Zunge frei,
Daß Ich bei Meinem Gott kan bleiben,
Wen Mich die stärksten Feinde treiben.
Du machst Mir freüdig Hertz und Muht,
So daß Ich Ehre, Guht und Bluht
Kan tapfer für den Glauben wagen,
Dazu Mein Kreütz gedültig tragen.

3.

O wehrter Geist, Du richtest recht,
Im fall' Ich armer Sünden Knecht
Viel ärger alß Ein Fluch der Erden
Vom Satan sol verdammet werden.
Du sprichst: Wer Sich bekehret hat
Von seiner Sünd' und Missethat
Und Christus gäntzlich Sich ergeben,
Der sol nicht sterben, sondern leben.

4.

Wie richtet doch die schnöde Welt,
Wen Unß das Kreütz verriegelt hält!
Da heist es: Gott hat Ihn verlassen,
Der allerhöchster muß Ihn hassen.
Hie findet man daß Wiederspiel:
Daß Kreütz ist frommer Christen Ziel.
Wer Gottes liebes Kind wil heissen,
Der muß sein Brod mit Trähnen beissen.

5.

O guhter Geist, Du läst Mich nicht,
Wen Mich der Satan hart anficht;
Du stehest alß Ein Held in Nöhten,
Wen mich die böse Welt wil tödten;
Du stärkest Mir Muht, Seel' und Sinn,
Wen Ich in tausend Aengsten bin;
Ja wen Mir wil Mein Hertz zerspalten,
So lehrest du Mich freüdig walten.

6.
Waß acht' Ich doch die schnöde Welt
Mit aller Wollust, Ehr' und Geld?
Waß können Mir Tyrannen schaden?
Sie sind ja nichts alß Koht und Maden.
Der edle Tröster lehret Mich,
Auf Gott zu bauen festiglich:
Der wil Mir stets sein Hülffe reichen,
Wen gleich die Berge solten weichen.

7.
Du Geist der Warheit zündest an
Ein Licht, daß Ich erkennen kan
Daß, waß der schnöden Welt verborgen,
Darf nit deß Glaubenß halber sorgen;
Und wer' Ich endlich noch so schlecht,
So lern' Ich doch verstehen recht
Deß Herren Werk' und Wunderthaten,
Die Fleisch und Bluht nicht kan errahten.

8.
Der Satan ist ein Lügen Geist,
Den Christus einen Mörder heist:
Der Geist vom Himmel kan Unß führen
So, daß Wir Licht und Wahrheit spühren.
Er leitet Unß zu Gottes Wohrt',
Und dises ist allein der Ohrt,
In welchem Glaub' und Liebe gläntzen,
Die beid Unß Christen schön bekräntzen.

9.
Nun, wehrter Geist, Ich folge Dir:
Hilff, daß Ich suche für und für
Nach Deinem Wohrt' ein ander Leben,
Daß Du Mir wilt auß Gnaden geben.
Dein Wohrt ist ja der Morgenstern,
Der herlich leüchtet nah' und fern;
Drum wil Ich, die Mich anderß lehren,
In Ewigkeit, Mein Gott, nicht hören.

10.
Behüte Mich, daß Ich der Welt,
Die Mir so heimlich Strikke stelt,
Nicht folg' auf Ihr geschmiertes rahten
Mit heücheln oder bösen Thaten.

Den ob schon Gott sehr gnädig ist,
So kan Er doch in kurtzer frist
Den Sünden Knechten dieser Erden
Ein starker Feind und Rächer werden.

11.

O Geist der Wahrheit, steh Mir bei,
Daß Ich nicht bloß ein Hörer sei
Deß Wohrts; laß Mich für allen Dingen
Nach einem neüen Leben ringen.
Ach steüre Meinem Fleisch und Bluht,
Daß Dir so viel zu wider thut;
Wie werd Ich armer sonst bestehen,
Wen nun die Welt sol untergehen?

12.

Herr, tröste Mich in aller Noht,
Ja stärke Mich, wen nun der Tod
Die Seele wil vom Leibe scheiden:
Alß den versüsse Mir Mein Leiden.
Sei du Mein Lehrer, Schutz und Raht,
Dempf' alle Meine Missethat,
Hilf Noht und Tod Mir überstreben
Und laß Mich ewig bei Dir leben.

Uber das Evangelium am Heiligen Pfingst-Tage

1.

Mein Seelichen, waß traurst Du doch,
Wie magst Du Dich so kränken?
Deß Herren Gühte währet noch:
Dein Gott wil Dich beschenken
Mit seinem Geist', alß welcher heüt'
Ist reichlich außgegossen
Dort über Christus Wunder leüt'
Also, daß Sie genossen,
Waß längst schon war beschlossen.

2.

Da Christus hatte seinen Lauff
Gantz vollenbracht auff Erden
Und herlich war genommen auf,
Da must erfüllet werden,
Waß Er versprochen, daß der Geist
In Flammen ward gegeben:

Diß ist der Geist, der Tröster heist;
Der heiligt Unser Leben,
Gibt Lehr' und Krafft daneben.

3.

Mein Seelichen, waß winselst Du?
Laß ab von Deinen Klagen:
Der wehrte Pfingstgast tritt herzu,
Dein Trauren zu verjagen.
Beschwehret Dich der Sünden Last?
Auf Christum must Du sehen,
Der hat die Sünd' auf Sich gefast:
Der must' auß Salem gehen
Und lassen Sich erhöhen.

4.

Ist Dir zu stark deß Kreützes Hitz?
Ei laß Dich unterrichten.
Eß spricht der Geist, Sie Sei Dir Nütz,
Dieweil Sie kan vernichten
Deß Fleischeß Lust; doch wird die Pein
Kaum wehren biß auf Morgen,
Den sol der Trost vorhanden sein.
Die Hülff ist unverborgen:
Waß wiltu den viel sorgen?

5.

Läst der Tyrannen gifftigs Heer
Dir nach dem Leben stellen?
Verzage nicht; Diß stoltze Meer
Muß legen seine Wellen.
Der Geist spricht, daß es Gnade sei,
Wen von der Wahrheit wegen
Ein Christ' erduldet mancherlei;
Den Gott wird Ihn belegen
Hernach mit reichem Segen.

6.

Erschrikst Du für der letsten Noht?
Der Geist kan Dich erquikken;
Er zeüget kräfftig, daß der Tod
Dich könne nicht erstikken.
Wie selig, spricht Er, ist Er doch,
Der Christlich hat bezwungen
Der Sünden Sold, deß Todes Joch:

Dem ist sein Kampff gelungen,
Und Er ist durch gedrungen.

7.

Sol aber solches recht geschen,
So muß in disem Leben
Der grosse Pfingstgast bei Mir stehn
Und seine Krafft Mir geben,
Daß Ich ein heiligs Leben führ'
Und Gott von Hertzen liebe,
Vol Glaubens Mich mit Werken Zier',
In Tugenden Mich übe,
Den Negsten nicht betrübe.

8.

Nun, edler Geist, Ich zweifle nicht,
Du wirst Mein Hertz erleüchten:
Du Wolkenhelles Seelenlicht
Kanst säuberlich befeüchten
Mein dürres Zünglein, daß es frei
Weiß Jesum recht zu nennen
Den Herren, dessen Güht' und Treü
Kein Ding von Unß kan trennen.
Ach laß Mich daß erkennen!

9.

Erinre Mich Mein Lebenlang,
Waß Gott für Mich gelitten,
Alß er durch seinen Todes Gang
So manchen Feind bestritten:
So werd' Ich stets der Sündengifft
Mit höchstem Fleisse meiden,
Von dem' auch, was nicht recht intrifft
Mit Gottes Wohrt, Mich scheiden
Und alles drüber leiden.

10.

O Geist, gib Zeügniß unserm Geist,
Daß Wir sind Gottes Erben.
Du wehrter Hort, hilff allermeist,
Daß Wir nur selig sterben.
Laß eine guhte Ritterschafft
Auch Mich auf Erden üben;
Verleih' auch Meiner Seelen Krafft,

Daß Sie, durch Dich getrieben,
Nur Christum müge lieben.

11.

O Himmelsflamm', erwärme Mir
Mein Hertz für allen Dingen,
Damit es könne für und für
Dasselbe vollenbringen,
Waß Dir, Mein Pfingstherr, wolgefällt;
Drauf stärke Mich im leiden,
Und wen Ich muß auß dieser Welt
Zu Meinem Schöpfer scheiden,
So nim Mich auf mit Freüden.

Uber das Evangelium am sieben und zwanzigsten Sontage nach dem Feste der H. Dreyfaltigkeit

1.

Helfft Mir mit Freuden singen,
Ihr Christen alzumahl,
Von übergrossen Dingen,
Welch' in deß Himmelssahl
Alßdenn erscheinen werden,
Wen uns nun Gottes Sohn
Wird bringen von der Erden
Zu seinem Himmelsthron.

2.

Er hat Unß längst erkohren
Zu seiner liebsten Braut,
Ja da Wir gantz verlohren,
Hat Er sich Unß vertraut;
Doch sind Wir Ihm vermählet
Nicht nur in diser Zeit,
Er hat Unß auch erwehlet
Zur Braut in Ewigkeit.

3.

Wie solte Dich verdammen
Dein Heiland Jesus Christ,
Der gegen Dich mit Flammen,
O Mensch, entzündet ist?
Wie solte Dich nun hassen,
Der Dich erlöset hat?

Wie könte Dich verlassen
Dein Bruder, Trost und Raht?

4.
Doch wird Er plötzlich kommen
Und zwahr zur Mitternacht,
Wen Unß hat übernommen
Deß sichern Schlaffes Macht:
Ja wie die Blitze scheinen
Vom Auf- zum Nidergang,
Also wird, eh wirs meinen,
Man hören seinen Klang.

5.
Wie, wen die Vöglein springen
Dort auf dem Heerd' herüm
Und bei dem Körnen singen
Mit Frisch erhabner Stimm',
Alßden die Netze fallen,
Ja machen Sie zu nicht',
Also wird auch erschallen
Diß: Kommet zum Gericht!

6.
Bedenke doch daß Ende,
Du sichres Sündenkind;
Dein Richter komt behende,
Sei nimmer so gahr blind.
Wie wilt du doch bestehen
Alsden, wen du nun bald
Wirst Christum Jesum sehen
In prächtiger Gestalt?

7.
Schnel wird man ruffen hören:
Auf! auf! es komt herfür
Der König aller Ehren;
Da springt auß seiner Tühr
Der Bräutigam, zu schauen,
Ob schon sind angethan
Die sämtliche Jungfrauen,
Zu treten auf den Plaan.

8.

Er fährt schon auf dem Bogen
Mit einem Feldgeschrei;
Bald wird die Welt bewogen
Viel leichter alß der Spreu.
Drauf siehet man Ihn senden
Sein' Engel, welcher Klang'
An allem Ohrt' und Enden
Macht kund den Untergang.

9.

O wie wird mancher zittern,
Wen Er den starken Schall,
Der auch die Welt macht splittern,
Muß hören überall!
Der Herr wird regnen lassen
Den Leuten, die so frech
Gewesen Ihn zu hassen,
Blitz, Schwefel, Feur und Pech.

10.

Dagegen aber werden
Die frommen Seelen stehn
Mit freudigen Geberden
Und bald zur Hochzeit gehn.
Drauf wird die Tühr geschlossen,
Die klugen Jungfräulein
Verbleiben Reichsgenossen
Im Hochzeitsahl' allein.

11.

Da werden wir recht prangen
In freuden ohne Zahl,
Ein jeder wird empfangen
Daß köstlich' Hochzeitmahl.
Da wird zur Taffel kommen
Ein' ausserlesne Schaar
Der Heiligen und Frommen,
Zu jauchzen immerdar.

12.

Da wird man sicher leben
Ohn' Armuht, Müh' und Schweiß,
Dem Herren wird man geben
Lob, Ehre, Dank und Preiß:

Da wird man Sich erquikken
Und frölich sein zugleich,
Ja selber Gott anblikken
In Seinem Freudenreich'.

13.

O Jesu, Meine Wonne,
Mein liebster Bräutigam,
Du meiner Seelen Sonne,
Mein zukkersüsses Lamm,
Laß der gestalt Mich scheiden,
Daß Ich am Jüngsten Tag'
In hundert tausend Freuden
Dich ewig küssen mag.

Hertzliches Bittlied zu Gott

Umb rechtschaffene, wahre Buhsse und Bekehrung.

1.

Herr, warümb lässest du Mich gehn
Den Irrweg, daß Ich nicht kan sehn
Der Sünden Last und Schmertzen?
Warümb bin Ich
So Jämmerlich
Verstok't in Meinem Hertzen?

2.

Ach kehre Dich doch wieder her,
Die Missethat ist hefftig schwehr,
Sey gnädig Deinen Knechten.
Es tritt doch hier
Kein Mensch herfür,
Mit dir, O Herr, zu rechten.

3.

O frommer Gott, verwirff uns nicht
Im Zorn von deinem Angesicht',
Erleucht' uns das Gemühte,
Das in der That
Verachtet hat
Den Reichthumb deiner Gühte.

4.

Bei Deiner Langmuht und Gedult
Lass' uns erkennen unsre Schuld,
Heil' unser Hertz und Augen,
Die so geschwind
Gewichen sind
Von Dir und gar nichts taugen.

5.

Nim uns das steinern Hertz doch ab,
Regier uns sannft durch deinem Stab',
Auff daß wir Christlich leben
Und tragen Scheü,
Doch stets dabei
Nach deinem Reiche streben.

6.

Herr, such' auch Mich verlohrnes Schaff,
Das Ich der Welt verdienten Straff
Und deinem Zorn entrinne;
Bekehre Mich,
Auff daß ich Dich
Von Hertzen lieb gewinne.

7.

Wen Du Mich bringest nur zu Dir,
So kan Ich wiedrümb nach Gebühr
Auch Meine Sünd' erkennen
Und, wie man sol,
Dir trauen wol,
Ja Hertzen-Vater nennen.

8.

Nim Deinen Geist von mir nicht weg,
Laß wandlen Mich den rechten Steg
Und folgen deiner Stimme,
Das Glaub' und Treü
Samt Lieb' auffs neü
In Meiner Seelen glimme.

9.

Ach Herr, laß Mich Barmhertzigkeit
In dieser hochbetrübten Zeit
Von deiner Hand empfangen:
Durch deinen Sohn

Laß Mich die Krohn'
Des Gnadenreichs erlangen!

Danklied

Eines Buhßfertigen Sünders, Wenn Ihn Gott durch seinen Verordenten Diener von Sünden entbunden und zu Gnaden wiederümb auff- und angenommen.

1.

Herr Jesu Christ, Mein Trost und Licht,
Ich dancke dir von Hertzen,
Daß du Mich hast verstossen nicht,
Als Mich der Sünden Schmertzen
Gequählet aus der mahssen hart
Durch Satan, der als wiederpart
Nicht lässet mit sich schertzen.

2.

Du hast gehöret Meine Beicht
Und gnädig Mir vergeben
Die Sünde, die so schwerlich weicht
Von uns im gantzen Leben:
Du hast an deinen Knecht gedacht,
Den nunmehr deiner Libe Macht
Zum Himmel wil erheben.

3.

Du niebeflektes Gottes Lamm
Bist ja für Mich gestorben;
Ach Du Mein Seelen-Bräutigam
Hast selber Mir erworben
Durch deinen Tod die Seligkeit.
Dir dank' Ich, daß ich so befreit
Bleib' ewig unverdorben.

4.

Herr, gib Mir deinen guhten Geist,
Das der Mich unterrichte,
Was solche Lib und wolthat heist,
Damit Ich Mich verpflichte,
Zu preisen Dich mit Hand und Mund',
Auch Dir aus Meines Hertzen Grund'
Hier vor ein Dancklied dichte.

5.
Herr, laß Mich alle Sünd' und Schand'
Hinführo gantz ablegen
Und thun den Lüsten Widerstand,
Die Mich von deinen Wegen
Oft führen auf den Sündenpfad.
Ich weis, wie Jede Missethat
Vertreibt des höchsten Segen!

6.
Steur endlich Meinem Fleisch' und Bluht
Und laß Mich deinen Willen,
Der alles Mir zum besten thut,
Gehohrsamlich erfüllen.
Mein Seelichen flieg' Himmel an,
Da weiß Ich, das Ich freüdig kan
All Mein Verlangen stillen.

7.
Herr Jesu, laß Mich Dich allein
Stets suchen und bald finden,
Laß Mich der Welt entrissen sein,
So kan Ich recht verbinden
Mein Hertz mit Dir und alle Noht,
Welt, Sünde, Teuffel, Höll' und Tod
Gantz siegreich überwinden.

Andächtiges Lied, welches kan gesungen werden, wenn man sich bey dem hochwürdigen Abendmahl des Herren wil finden lassen

1.
Du Lebensbrod, Herr Jesu Christ,
Mag Dich ein Sünder haben,
Der nach dem Himmel hungrig ist
Und Sich mit Dir wil laben:
So bitt' Ich dich demühtiglich,
Du wollest so bereiten Mich,
Daß Ich ohn' alles gleissen
Ein frommer Gast müg' heissen.

2.

Auff grüner Aue wollest Du
Mich diesen Tag, Herr, leiten,
Den frischen Wassern führen zu,
Den Tisch für Mich bereiten.
Ich bin zwar sündlich, Matt und Kranck,
Doch laß Mir deinen Gnadentrank
Den Glaubens-Becher füllen
Um deines Namens willen.

3.

Du zukkersüsses Himmelbrod,
Du wollest Mir verzeihen,
Daß Ich in Meiner Seelen Noht
Zu Dir muß kläglich schreien:
Dein Glaubens Rok bedekke Mich,
Auff daß Ich müge würdiglich
An deiner Taffel sitzen,
Die theüre Kost zu nützen.

4.

Tilg' allen Haß und Bitterkeit,
O Herr, aus Meinem Hertzen;
Laß Mich die Sünd' in dieser Zeit
Bereüen ja mit Schmertzen.
Du heißgebratnes Osterlam,
Du Meiner Seelen Bräutigam,
Laß es dich nicht verdriessen,
Daß Ich dich sol geniessen.

5.

Zwahr Ich bin deiner Gunst nicht wehrt,
Als der Ich jtz erscheine
Mit Sünden allzu viel beschwehrt,
Die schmertzlich Ich beweine.
In solcher Trübsahl tröstet Mich,
Herr Jesu, daß du gnädiglich
Zu suchen bist gekommen
Die Sünder, nicht die Frommen.

6.

Ich bin ein Mensch vol Sündengrind:
Laß deine Hand Mich heilen.
Erleüchte Mich, denn Ich bin blind:
Du kanst Mir Gnad ertheilen.

Ich bin verdamt, erbarme dich,
Ich bin verlohren, suche Mich;
Ich bin mit Angst beladen:
Herr, hilff aus lauter Gnaden!

7.

Mein Bräutigam, komm her zu Mir
Und wohn' in Meinem Hertzen,
Laß Mich dich küssen für und für,
Ja liblich mit dir schertzen.
Ach laß doch deine Süssigkeit
Für Meine Seele seyn bereit,
Still' Ihren grossen Jammer
In deiner Freüdenkammer.

8.

Du LebensBrod, Herr Jesu Christ,
Komm' selbst, dich mir zu schenken;
O Bluht, das du vergossen bist,
Komm' eiligst, Mich zu tränken.
Ich bleib' in dir, du bleibst in Mir,
Drümb wirst du, güldne Himmelsthür',
Auch Mich ohn einigs Schrekken
Am jüngsten Tag' erwekken.

Ein anderes Andächtiges Lied, wenn ein frommer Christ wil hinzu gehen, den wahren Leib und das wahre Bluht unsers lieben Heylandes und Seligmachers Jesu Christi zu empfangen

1.

Gelobet seist du, grosser Gott,
Du Vater, Held und Zebaoth,
Daß du nicht hast verschonet
Dein einigs Kind, das du der Welt
Auß grosser Liebe zugestelt,
Wo selbst es hat gewohnet
In Trübsahl, Armuht, Angst und Noht,
Biß es zu letst den bittern Tod
Nach seinem selbst beliebten Raht
Am Marter Kreutz' erlitten hat,

Gestifftet auch zur selben Zeit
Ein Denckmahl der Barmhertzigkeit.

2.

Herr, welch ein unvergleichlichs Guht!
Hier ist sein Leib, dazu sein Bluht,
Das Er für uns gegeben.
Wer sich mit diesem Fleische speist
Und diß vergossne Blut geneüst,
Der Mensch wird ewig leben.
Er wird des Würgers Macht nicht sehn,
Besondern frölich aufferstehn.
Auff diß Vertrauen können wir
Zu diesem Mahl' auch mit Begier,
Daß wir der Gnade werden voll:
Laß alles ja gelingen wol!

3.

Ich weiß es zwahr, Mein Gott, vorhin,
Daß Ich ja nimmer würdig bin,
Diß theüre Pfand zu nehmen;
Drüm wenn du komst zu Mir heran,
Du, den kein Himmel fassen kan,
Muß Ich Mich hefftig schämen.
Zwahr, bin Ich armer noch so schlecht,
Der Glaub' an dich macht doch gerecht:
Du bist es ja, Herr Jesu Christ,
Der unß von Gott gemachet ist
Auch in der schwersten Leidenszeit
Zur Weißheit und Gerechtigkeit.

4.

Dich ruff' Ich an aus Hertzen Grund':
Erwekk in Mir zu dieser Stund'
Ein reüendes Gemühte.
Mich dürstet als ein dürres Land
Nach diesem süssen Himmelspfand'
Und unerschöpften Gühte.
O du verborgnes Manna, komm'
Und mach' uns arme Sünder from;
Du Lebens Tranck so hell und frisch,
Der du bezierst des Herren Tisch,
Verschaffe, daß von uns hernach
Auch fliessen müg' Ein Freudenbach!

5.

O höchster Trost, O guhter Geist,
Den Christus unsern Lehrer heist,
Regier auch Meinen Willen.
Du wehrter Hohrt, verleihe Mir,
Daß doch Mein' arme Seel' allhier
Müg ihr Verlangen stillen
Und Mich diß wahre Himmelsbrod
Erquikk' in Meiner schwehrsten Noht,
Ja wenn aus diesem Kelch' Ich trink',
Alsdenn Ich niemahls untersink'.
Herr, werd' Ich so durch dich befreit,
So preiß Ich dich in Ewigkeit.

Hertzliches Danklied eines Gottseligen Christen, wenn er das hochwürdige Abendmahl hat genossen

1.

O Jesu, Meine Wonne,
Du Meiner Seelen Sonne,
Du freündlichster auf Erden,
Laß Mich dir dankbahr werden!

2.

Wie kan Ich gnugsahm schätzen
Diß Himmelsüss' ergetzen
Und dise theüre Gaben,
Welch' uns gestärket haben?

3.

Wie sol Ichs dir verdanken,
O Herr, daß du Mich Kranken
Gespeiset und getränket,
Ja selbst dich Mir geschenket?

4.

Ich lobe dich von Hertzen
Für alle deine Schmertzen,
Für deine Schläg' und Wunden,
Der du so viel' empfunden.

5.

Dir dank' Ich für dein Leiden,
Den Uhrsprung Meiner Freüden;

Dir dank' Ich für dein Sehnen
Und heiß vergossne Trähnen.

6.

Dir dank' Ich für dein liben,
Das standhaft ist gebliben:
Dir dank' Ich für dein Sterben,
Das Mich dein Reich läst erben.

7.

Itz schmekket Mein Gemühte
Dein' übergrosse Gühte:
Diß theüre Pfand der Gnaden
Tilgt alle Meine Schaden.

8.

Herr, laß Michs nicht vergessen,
Das du Mir zugemessen
Die kräfftig Himmelspeise,
Wofür Mein Hertz dich preise.

9.

Du wollest ja die Sünde,
Welch' Ich annoch empfinde,
Aus Meinem Fleische treiben
Und kräfftig in Mir bleiben.

10.

Nun bin ich loß gezehlet
Von Sünden und vermählet
Mit dir, Mein libstes Leben:
Was kanst du wehrters geben?

11.

Laß, Schönster, Meine Seele
Doch stets in dieser höhle
Des Leibes mit Verlangen
An Deiner Libe hangen!

12.

Laß Mich die Sünde meiden,
Laß Mich gedültig leiden,
Laß Mich mit Andacht behten
Und von der Welt abtreten.

13.

Im Handlen, Wandlen, Essen
Laß nimmer Mich vergessen,
Wie treflich Ich beglükket,
Ja himlisch bin erquikket.

14.

Nun kan Ich nicht verderben:
Drauf wil Ich selig sterben
Und freüdig auferstehen,
O Jesu, dich zu sehen.

Andächtiges Lied

Der jenigen, welche auff der See oder zu Wasser fahren, daß sie der getreüer Gott für allem Unglükke bewahren und hernachmahls an Leib und Gühtern wolbehalten, frisch und gesund zu dem erwünscheten Ohrte wolle kommen lassen.

1.

Almächtiger und starker Gott,
Du herlicher Herr Zebaoth,
Dem Himmel, Erde, Meer und Gluht
Zu Dienste stehn mit freien Muht':

2.

Ich weiß ja, daß auch Luft und Wind
Zu deinem Dienst erschaffen sind;
Wenn du befiehlest, so geschichts,
Dir darff sich widersetzen nichts.

3.

Ach Herr, wenn Ich es recht betracht',
Ob nicht die Winde sind gemacht
Auch theils zur Rach', erschrekk' Ich sehr,
Ja weis Mich kaum zu trösten mehr.

4.

Die Wellen brausen weit und breit,
Die Winde sausen auch zur Zeit;
Bald werden wir mit Furcht gewahr,
Wie sich vergrössert die Gefahr.

5.

Wir hören deinen Zorn und Grimm:
Du aber merk' auf unsre Stimm'
Und hilf, so bald die Wassersnoht
Uns dräuet den so nahen Tod.

6.

Bewahr', O Vater, gnädiglich,
Welch' auf dem Meer itz finden sich:
Erhalte sie samt Schiff und Guht,
Stärk' ihnen den verzagten Muht.

7.

Gebeüt den Winden, Luft und Meer,
Daß sie nicht toben so gefehr:
Wend' allen Schaden gnädigst ab,
Daß nicht die Tieff' heiss' unser Grab.

8.

Verleih' uns aus Barmhertzigkeit
Bequehmen Wind und schöne Zeit:
Den Sturm laß bald fürüber gehn
Und uns ein lieblichs Wetter sehn.

9.

Durch deine Hülff' und Gegenwahrt
Befodre gnädig unsre Fahrt:
Laß unsern Lauff, Herr, sicher sein,
Begleit' uns in den Port hinein.

10.

Verzeih' immittelst alle Schuld,
Behüht' uns auch für Ungedult
Und gib uns doch zu dieser frist
Das, was uns nütz und selig ist.

11.

Sei du der Schiffer, Steürman, Held
Und mach' es bloß, wie dirs gefällt,
Doch führ' uns durch die Fluhten schnel,
Wie dort die Kinder Israel.

12.

Nun, lieber Vatter, wirst du bald
Auch uns befreien dergestalt,

Daß wir gesund zu Lande gehn
Und den erwünschten Haven sehn,

13.

So sol dir unser Hertz und Mund
Lobsingen auch zur selben Stund'
Und beides zeit- und ewiglich
Für solche Wolthat preisen dich.

Täglicher Schulgesang Der lernenden Jugend

Zu Gott, dem heiligen Geiste, üm Seine gnädige Unterweisung.

1.

O süsser Trost von oben,
O Heilig guhter Geist,
Du bist es, den wir loben
Und bitten allermeist,
Daß Er uns lehr' erkennen,
Was uns von Gott kan trennen,
Was Schand' und Laster heist.

2.

Es ist, Herr, unser trachten
Sehr böse von Natur,
So das wir das verachten,
Was dir gefällig nur,
Da wir doch solten leben
Fein sittsahm und nachstreben
Der edlen Tugend spuhr.

3.

Du hast getreüe Lehrer
Zwahr gnädig uns beschert,
Welch' uns als Ihre Hörer
Auch halten lib und wehrt:
Nichts aber hilft Ihr schreien,
Gibst du nicht das Gedeien,
So man von dir begehrt.

4.

Laß uns die Weißheit suchen,
Gib ein Gehohrsams Hertz,
Daß wir nicht denen fluchen,
Welch' uns ohn' allen Schertz

In deiner Furcht erziehen;
Laß uns für Ihr nicht fliehen
Und lauffen hinderwerts.

5.

An Alter, Weißheit, Gnade
Laß' uns, Herr, wachsen noch,
Damit uns nicht belade
Der Sünden schwehres Joch.
Laß uns die Thorheit hassen,
Kunst, Lehr' und Tugend fassen
Und lernen immer doch!

6.

Hilf du, der Weißheit Tempel,
Das uns verführe nicht
Ein ärgerlichs Exempel,
Daß Lehr' und Zucht zubricht.
Laß uns die Wollust zähmen
Und stets zu Hertzen nehmen
Der Frommen Schüler Pflicht.

7.

Ach Gott, laß unß auf Erden
Den Meistern in der Schul
Doch nicht undanckbahr werden,
Welch' auf der Weißheit Stuhl
Mit höchstem Fleiß' uns setzen,
Es dörft' uns sonst verletzen
Der Höllen Marterpfuhl.

8.

Laß' unser' Eltern sehen
An uns Ihr höchste Lust,
Worauß den kan entstehen
Viel Freüd' in Ihrer Brust:
So wollen wir dich preisen
Mit wundersüssen Weisen,
Welch' uns von dir bewust.

Andächtiges Lied

Eines Reisenden oder Wanderers.

1.

Herr Jesu Christ,
Der selbst du bist
Sehr weit ümher gezogen,
Ja welches Hand
Gemacht das Land,
Dazu die Wasserwogen:

2.

Du bist der Mann,
Der schaffen kan,
Daß wir auff rechten Wegen
Fein friedlich gehn
Und nimmer sehn,
Was uns kan Angst erregen

3.

Sieh', Herr, Ich bin
Bedacht, dahin
In deiner Furcht zu reisen.
Du wollest Mir
Doch für und für
Die sichre Strasse weisen.

4.

Gib Glük und Heil,
Daß Ich in Eil
Die Reise vollenbringe
Und Mir Mein Werk
Durch deine Stärk',
O Vatter, wolgelinge!

5.

Laß Mich doch heut',
HERR, solche Leut'
Auch zu Gefehrten haben,
Die fromm, gelind,
Treü, redlich sind
Und sonst von guhten Gaben.

6.

Dein' Engelein
Laß mit uns sein,
Auf daß wir sicher gehen
Und unser Land
In guhtem Stand'
Hernachmahls wiedrüm sehen.

7.

HERR, lehr' uns auch,
Daß den Gebrauch
Des Reisens wir im Leben
Verstehen recht
Als fromme Knecht'
Und nach dem Himmel streben!

8.

Laß uns doch nun
Wie Pilger thun,
Des Fleisches Lüste meiden
Und stets durch dich
Gedultiglich
Noht, Angst und Trübsahl leiden.

9.

Es komt der Tag,
Da wir mit Klag'
Aus dieser Welt auch reisen
Und in der Klufft
Ohn' alle Lufft
Die Schlanken Würmer speisen.

10.

Doch fährt die Seel'
Aus dieser Höhl'
Hinauff ins Reich der Freüden,
Da keine Noht,
Gewalt noch Tod
Uns kan von Jesu scheiden.

11.

Da darff Ich nicht
Ohn' einigs Licht
Wie hier bei Nacht' oft wallen;
O süsser Ohrt,

Wo fohrt und fohrt
Mein Danklied sol erschallen!

Gottseliges Morgen-Lied

Für alle Christliche Hausvätter, Hausmütter, Kinder und Gesinde.

1.

Die Nacht ist nun verschwunden
Mit ihrer Tunkelheit,
Die Sonn' hat überwunden
Des Schlaffens stille Zeit.
Ihr helles Licht bestrahlet
Den runden Erdenkloos,
Den nur die Lufft bepfahlet:
Gott, deine Macht ist groß!

2.

Wie kan Ich gnug erheben,
HERR, deine Güht und Treü?
Du fristest Mir Mein Leben,
Dein' Hülff ist täglich neü.
Du hast Mich so beschützet
In der vergangnen Nacht,
Daß Ich nicht bin beschmitzet
Durch Satans grosse Macht.

3.

Dir hab' Ichs, HERR, zu danken,
Daß Ich erhalten bin
In sichrer Wolfahrt Schranken.
Ach nim das Opffer hin,
Das Opffer Meiner Zungen.
Das dir zu Dienste steht:
Drauf sei dir Lob gesungen,
So weit der Himmel geht.

4.

Verzeih' es Mir aus Gnaden,
Was Ich mißthan an dir;
Behühte Mich für Schaden,
Bleib' heut' und stets bei Mir.
Was du Mir hast gegeben,
Gesundheit, Ehre, Guht,

Dazu Mein armes Leben,
Das steh' in deiner Huht.

5.

Dir wil Ich das befehlen,
Was Mir zum liebsten ist,
Mich aber selbst vermählen
An dich, HERR Jesu Christ!
Gib, daß Ich ja für Sünden
Mich hühten diesen Tag,
Auch selbst Mich überwinden
Und dir vertrauen mag.

6.

Dein' Engel müssen bleiben
Zur jeden Zeit bei Mir
Und alles Unglük treiben
Sehr weit von Meiner Thür'.
HERR, gibst du Mir von oben
Glük, Ruh' und Sicherheit,
So sol Mein Hertz dich loben
Hier und in jener Zeit.

Christliches Bitt-Lied, welches ein frommer Hausvatter mit seinem Weibe, Kindern und Gesinde kan singen, wenn Er wil zur Mahlzeit oder an die Tafel gehen

1.

Es wahrtet alles, HERR, auff dich,
Der du die Welt gantz mildiglich
Ernährest und so weit und breit
Die Speise gibst zur rechten Zeit.

2.

Wenn du die reiche Hand thust auff,
So kommen wir mit vollem Lauff
Und werden, sind wir noch so matt,
Von deinen Gühtern alle satt.

3.

Du trägst Erbarmung Tag für Tag',
O grosser Gott, hörst unser Klag':

Erhör' auch uns zu dieser frist,
Weil du doch unser Vatter bist.

4.

Auff diß Vertrauen kommen wir,
Getreüer Vatter, auch zu dir,
Daß wir mit Behten, Lob' und Dank
Empfangen frölich Speis' und Trank.

5.

Drauff bitten wir aus Hertzen Grund':
Ach HERR, gesegn' uns diese Stund'
Und laß die liebe Kost allein
Von deiner Hand gesegnet sein.

6.

Verhühte, daß, O grosser Gott,
Wir nicht vergessen dein Gebott
Und etwan sagen ungefehr:
Diß komt von unser Arbeit her!

7.

Vielmehr laß uns bescheidentlich
Erkennen und drüm loben dich,
Daß du nur bist der rechte Mann,
Der alles Fleisch versorgen kan.

8.

Immittelst, Herr, erleucht' uns doch,
Daß wir dich Kindlich fürchten noch,
Damit an Leib' und Seel zugleich
Wir endlich werden fett und reich.

9.

Gib auch den Armen Brods genug,
Daß etwan sie durch Satans Trug
Nach fremden Gühtern trachten nicht
Und fallen in dein Strafgericht.

10.

Drauf sprächen wir das Tischgebet
Und setzen uns zum Taffelbret'.
HERR, laß die Mahlzeit so geschehn,
Daß wir mit Freuden von ihr gehn!

Andächtiges Lob- und Danklied, welches ein jedweder Christlicher Hausvatter und Hausmutter mit ihren Kindern und Gesinde nach vollbrachter Mahlzeit frölich können singen, auff die Weise des bekanten Tisch-Gesanges

O Gott, wir danken deiner Güht, u.s.w.

1.

Nun ist die Mahlzeit vollenbracht,
Wir haben schon gegessen.
Mein Gott, du hast es wol gemacht,
Nach dem du zugemessen
Itz jedem sein bescheiden Theil;
Du labtest uns für kurtzer Weil'
Aus mancherlei Gefässen.

2.

Wie groß ist deine Freündligkeit,
Wie herrlich deine Güthe,
Welch' uns versorgt zur jeden Zeit
Den Leib und das Gemühte.
Du Lebensfreund, du Menschenlust,
Du füllest unsre matte Brust
Und stärkest das Geblühte.

3.

Du thust des Himmels Fenster auff
Und gibst uns deinen Segen
So mild', daß sich der Speisen Hauff'
Auff unsern Tisch muß legen.
Da steht die Kost auf dein Geheiß:
Wen solte das zu deinem Preiß,
O Vatter, nicht bewegen?

4.

Dem Viehe gibst du Futter satt,
Ja speisest gar die Raben,
Wenn sie noch bloß, jung, schwach und matt
Sich gerne wolten laben.
Herr, du thust auff die milde Hand

Und gibest, was das gantze Land
Zum Auffenthalt muß haben.

5.

Für solche Guhtthat wollen wir,
Wie liebe Kinder müssen,
Von gantzer Seelen danken dir
Und unsre Mahlzeit schliessen
Mit einem kurtzen Lobgedicht':
O treüer Gott, verschmäh' uns nicht,
Wenn wir dich so begrüssen.

6.

Vergib uns unsre Missethat
Und gib, was wir begehren.
Schaff' uns, O Vatter, ferner Raht,
Daß wir uns ehrlich nähren:
Du kanst ja künfftig guhte Zeit,
Glük, Nahrung, Fried' und Einigkeit
Zur Nohtdurft uns bescheren.

7.

Laß endlich auf des Lammes Tisch'
In deinem Reich uns essen,
Wo tausend Gaben mild' und frisch
Du selbst uns wirst zumessen:
Da wird man schmekken Freud' und Ehr',
Und wir, HERR, wollen nimmermehr
Zu preisen dich vergessen.

Tägliches Bitt-Lied

Eines jedweden Christlichen Hausvatters und einer jedweden Gottseligen Hausmutter, daß sie das Ihrige recht und wol mügen regieren.

1.

O Vatter aller Gnaden,
Von Kräften groß, von Hertzen treü
Du hast Mich mild beladen
Mit Ehr' und Gühtern mancherlei;
Du hast Mir ja das Leben,
Gesind' und Kinderlein
Allein darüm gegeben,
Daß Ich sol fleißig sein,
Dieselbe zu regiren,

Ja dir fein in der Still'
Und Demuht zuzuführen:
Das ist dein guhter Will'.

2.

Ich bitte dich von Hertzen,
Hilf, daß Ich wandl' auf ebner Bahn
Und ja nicht müge schertzen,
Wie mancher Spötter hat gethan.
Laß Mich für allen Dingen
Begehren, Herr, dein Reich
Und nach dem Himmel ringen,
So wirst du Mich zugleich
In deiner Furcht erhalten
Und lassen Mein Gesind'
Auch seine Pflicht verwalten
Treü, redlich und geschwind'.

3.

Gib Mir des Geistes Früchte,
Als Liebe, Sanftmuht, Gühtigkeit,
Ein Ehrliches Gerüchte,
Gedult in schwerer Leidenszeit.
Laß fleißig Mich erziehen
Auch Meine Kinderlein,
Damit sie ja nicht fliehen
Die Straff' und trotzig sein;
Doch laß Mich sie nicht reitzen,
O lieber Gott, zum Zorn,
Behühte Mich für Geitzen,
Dem schärffsten Seelendorn.

4.

Laß Mich heut' oder Morgen
(Herr, dieses bitt' Ich sonderlich)
Die Meinen so versorgen,
Daß Ich ja nicht erzürne dich.
Laß Mich den Ehstand halten
In ungefärbter Treü,
Die Liebe nicht erkalten
Durch List und Triegerei.
Hilff, daß Ich hertzlich liebe
Die Nachbahrn und zugleich
In deiner Furcht Mich übe,
So werd' Ich ewig reich.

5.

Laß Mich Mein Brod erwerben
Im Schweisse Meines Angesichts:
Dein' Hand lässt nicht verderben,
Theilt sie Mir mit, so fehlt Mir nichts.
Ich bin gahr wol zu frieden
Mit dem' in dieser Welt,
Was du Mir hast beschieden
Und gnädigst zugestellt;
Nur laß Mich nicht gerahten
In Armuht, Schand' und Spott;
Kein Geld kan Mir doch bahten,
Hilffst du Mir nicht, Mein Gott.

6.

Laß Mich aus freiem Willen
Von Meinen Gühtern ehren dich,
Der Armen Nohtdurfft stillen
Und ihnen steüren mildiglich.
Laß Mich ja nicht mißbrauchen
Die Schätze dieser Welt,
Der Laster Feür nicht rauchen;
Gib, daß noch Gold noch Geld
Von dir Mich mache wanken;
Hilff, daß Ich Sorgen-frei
Dir allzeit müge danken
Und gantz dein eigen sei.

7.

Solt' Ich gleich Mangel leiden,
Mein Gott, in dieser kurtzen Zeit,
So kan Mich doch nichts scheiden
Von deiner Lieb' und Freundligkeit.
Wir sind in dieser Hütten
Zwahr fremd, doch wird dein' Hand
Uns reichlich überschütten
In jenem Freüden-Land
Und da mit Gühtern speisen,
Welch' unvergänglich sind;
Denn wird dich hertzlich preisen
Dein außerwehltes Kind.

Andächtiges Buhßlied, wen Gott mit theürer Zeit und schwehrer Hungersnoht das Land heimsuchet

1.

Wie bist du doch so from und guht,
Herr Gott, in deinen Wercken!
Gantz willig ist dein Hertz und Muht,
In Nöhten uns zu stärken;
Den aller Augen wahrten nur
Auf dich, du solst sie speisen
Und deiner armen Kreatur
Raht, Hülff und Trost erweisen,
Das sie dich wiedrüm preisen.

2.

Wir schreien itz in unsrer Noht
Und hochbetrübtem Stande;
Es mangelt unß das liebe Brod,
Die Theürung ist im Lande.
Der Hunger drükt uns treflich schwehr,
Daß Völklein muß verschmachten.
Es läuft und bettelt hin und her;
Diß wil kein Reicher achten
Noch frembde Noht betrachten!

3.

Du hast den Vorraht gantz und gahr,
O Gott, von uns genommen
Und leider ein betrübtes Jahr
Zur Straffe lassen kommen.
Und weil die Nahrung ist so schlecht.
Viel' Arm' auch weinig essen,
So sprächen wir: Gott ist gerecht;
Der vormahls voll gemessen,
Hat unser itz vergessen.

4.

Nun, Herr, wir wollen gleichwol nicht
Wie die verzagte stehen;
Drüm suchen wir dein Angesicht:
Ach merk' auf unser Flehen!
Zwahr, da wir waren satt und stark,
Da liessen wir dich fahren;
Ein jeder frass das beste Mark,

So das sehr weinig waren,
Welch' etwas wolten spahren.

5.

Wir machten lauter guhte Zeit
Mit spielen, essen, trinken,
Wir liessen die Barmhertzigkeit
Zum armen Häuflein sinken:
Wir halffen nicht der matten Schaar,
Sehr böß war unser Leben.
Drüm müssen wir itz offenbahr
In diesem Jammer schweben;
Doch du kanst Lindrung geben.

6.

So hilf nun, Herr, mit starker Hand
Um deines Namens willen.
Du kanst das außgezerte Land
Mit Gühtern wiedrüm füllen.
Ernehr' uns in der Theürung doch,
Gib Brod den armen Leüten.
Dein' Hülffe währet immer noch,
Du kanst auch ia von weiten
Unß Speiß' und Trank bereiten.

7.

Erwekk' auch derer Hertz und Geist,
Die grossen Reichthum haben,
Daß sie den Armen allermeist
Ertheilen Ihre Gaben.
Insonderheit lass uns fohrthin
Nach deiner Gunst, Herr, streben;
Von Ihr allein komt der Gewin,
Daß du dein Freüdenleben
Aus Gnaden unß wilst geben.

8.

Da wird uns den kein Hunger mehr
Noch Durst noch Armuht quehlen;
Da werden wir mit grosser Ehr',
Herr, deinen Ruhm erzehlen.
Da wollen wir für frischem Muht'
In reiner Wollust springen
Und, wie die Schaar der Engel thut,

Gahr hoch die Stimmen schwingen,
Dir ewig Lob zu singen.

Frommer Haußvätter und Haußmütter andächtiges Bittlied zu Gott, Wen es ohne unterlaß regnet und sich die Wasser hefftig ergiessen

1.

Du grosser Gott, der du die Welt
Hast wunderlich erbauet
Und alles durch dein Wohrt bestelt,
Was man hie nieden schauet,
Der du dem Wasser auch sein Ziel
Gesetzet, daß es nicht zu viel
Den Erdenklooß betauet:

2.

Wir klagen dir, daß uns die Sonn'
Am Tage kaum aufgehet,
Ja gleich verfinstert läuft davon,
Der Mohn auch traurig stehet;
Es schütten itz ohn' Unterlaß
Die Wolken aus ihr schädlichs Naß,
Die Flüsse sind erhöhet.

3.

Die Schnitter solten ihre Hand
Zwhar bald mit Garben füllen,
Auch könte das so reiche Land
Schnell unsern Mangel stillen:
Nun aber, da man Freüden-voll
Die schönen Früchte samlen sol,
Muß sich der Tag verhüllen.

4.

Des Himmels stäte Feuchtigkeit
Läst unsre Saat verderben;
Es muß in dieser Ernde Zeit
Die liebe Frucht ersterben.
So suchet Gott die Menschen heim,
Die fleißig sind, aus Koht und Leim
Die Nahrung zu erwerben.

5.

Ja, grosser Gott, du bist gerecht,
Wir aber sind voll Sünden.
Drüm kommen wir und bitten schlecht,
Du wollest lassen schwinden
Nur deinen Zorn und unsre Schuld,
Auch einmahl wiedrüm Gnad' und Huld
Dein armes Volk empfinden.

6.

Steh' auff, O Gott, und wende dich,
Zu hören unser Flehen:
Hilff deinen Kindern gnädiglich,
Laß einmahl stille stehen
Den Regen, der ohn' Unterlaß
Verschwemmet das Getreid' und Graß,
Daß wir dein' Hülffe sehen.

7.

Des Himmels Fenster stopffe bald
Und wehr' hinfohrt dem Regen;
Du kanst ja plötzlich die Gewalt
Der Wolken niederlegen.
Gib einmahl wiedrüm trokne Zeit,
Daß wir, O Gott, mit Freüdigkeit
Versamlen deinen Segen.

8.

Wir wollen unsre Zuversicht
Hinauff zu dir erheben:
Laß doch die Sonn' ihr schönes Licht
Uns endlich wiedrüm geben;
So wollen wir mit höchstem Fleiß,
O Gott, dir singen Lob und Preiß
Hier und in jenem Leben.

Andächtiges Lied

Gottseliger Christen, Wenn etwan ein starkes Donnerwetter ist entstanden.

1.

Ach lieber HERR, du grosser Gott,
Den alle Welt muß ehren,
Auff welches Winken und Gebott

Der Donner sich läst hören:
Es breiten sich die schnellen Blitz'
Itz weit von deinem hohen Sitz',
Ihr Glantz geht hin und wieder,
Dein Regen trieft hernieder.

2.

Wir hören Wolken, Donner, Feür,
Dazu den Wind dort oben
Mit prasslen, brüllen ungeheür
Und Schlägen schreklich toben.
Die Felsen spalten sich für dir,
Die hohen Berge springen schier,
Die Wasserströhme brausen,
Die starken Winde sausen.

3.

Des Himmels Säulen zittern sehr,
O Gott, für deinem Schelten,
Wir arme Sünder noch viel mehr:
Denn deine Macht muß gelten
Sehr hoch in unserm schwachen Sinn'.
Ach Herr, wo sol man fliehen hin,
Wo du dich wilst erheben,
Der Welt den Lohn zu geben?

4.

Wirst du nach unsrer Missethat
Die Straff' ergehen lassen,
So können wir noch Trost noch Raht
Für grosser Trübsahl fassen.
Denn alles Fleisch ist liederlich
Von dir gewichen hinter sich:
Kein Mensch kan hie bestehen,
Dein Grim läst uns vergehen.

5.

Ach aber, Herr, erbarme dich,
Du bist ja groß von Gnade,
Wend' ab das Wetter Väterlich,
Daß uns der Blitz nicht schade.
Du frommes Hertz, du LebensHerr,
Du Glüks- und Heils Beforderer,
Ach hör', ach hilff geschwinde,
Schau nicht auf unsre Sünde!

6.

Kein Unglük laß uns treffen doch,
HERR, hilff nach deiner Gühte;
Wir sind ja deine Kinder noch,
Ach schone dein Geblühte:
Thu nicht nach deinem Zorn und Grim,
Hab' acht auf unsre Jammerstimm'!
HERR, hilff in diesen Nöhten,
Laß uns den Strahl nicht tödten!

7.

Bewahre Menschen, Vieh' und Kraut,
Dazu die Frücht' in Feldern
Und was zur Wohnung ist erbaut,
Schon' auch der Bäum' in Wäldern.
Hilf, daß ja nicht von oben her
Ein heisser Keil uns schnell verzehr'
Und unser Guht und Erbe
Biß auf den Grund verderbe.

8.

Laß deinen Donner, Wind und Blitz,
O lieber Gott, auffhören,
Daß weder Knall noch Schlag' noch Hitz'
Uns treffen und versehren.
Gib, daß ein schöner Sonnenschein
Nach dem Gewitter müge sein,
So wollen wir dich preisen
Und ewig Ehr' erweisen.

Dank-Lied

Eines Gottseligen Haußvatters, Wenn Er seinen Gebuhrts-Tag in Frieden und Gesundheit abermahl hat erlebet.

1.

Lob und Dank sei dir gesungen,
Grosser Gott, an diesem Tag'.
Abermahl ist Mirs gelungen,
Daß Ich, Herr, dich preisen mag:
So viel Jahre sind verflossen,
Als Ich erst kahm auff die Welt,
Da Mir ward die Kost bestelt,
Die so reichlich Ich genossen.

Weil Mir nun geschehn so wol,
Ist Mein Mund itz rühmens voll.

2.
Nakkend zwahr bin Ich gekommen
Aus der Mutter Leib' herfür:
Bald hast du dich angenommen
Meiner Seelen mit Begier.
Reichlich hast du Mir gegeben
Kleider, Nahrung, Speiß und Trank,
Oftmahls auch, im Fall' Ich krank,
Mir gefristet Leib und Leben.
Weil Mir nun geschehn so wol,
Ist Mein Mund itz rühmens voll.

3.
HERR, Ich hab' es nicht verdienet,
Was du guhts an Mir gethan.
Oft bin Ich mit dir versühnet,
Wenn Ich in der Sündenbahn
Mit der bösen Welt gerennet;
Doch hast du zur jeden Zeit
Mir erzeigt Barmhertzigkeit,
Wenn Ich nur die Schuld bekennet.
Weil denn Mir geschehn so wol,
Ist Mein Mund itz rühmens voll.

4.
Deine Wunder und Gedanken,
O Mein Gott, sind treflich groß:
Hilf, daß Ich ohn' alles Wanken
Solch' erzehle Sorgenloß.
HERR, Ich kan sie nicht verschweigen,
Laß sie Mich vermelden doch:
Kindes-Kinder sollen noch
Dir deßwegen Ehr' erzeigen.
Denn weil Mir geschehn so wol,
Ist mein Mund itz rühmens voll.

5.
Wilt du nun Mein armes Leben
Hier noch länger fristen Mir,
Ey so wollest du Mir geben
Das, was Noht ist, für und für.
Denn wir können deiner Gaben

Nicht entbehren in der Welt:
Speise, Kleider, Wohnung, Geld
Müssen wir zur Nohtdurfft haben.
Thust du ferner Mir so wol,
Wird Mein Mund stets rühmens voll.

6.

Gib, Herr, daß Ich so verzehre
Deine Gaben, Speis' und Trank,
Daß Ich nicht Mein Hertz beschwehre
Noch Mich selber mache krank.
Laß Mich Geitz und Wollust meiden,
Gib Mir einen solchen Muht,
Der nur dich, das höchste Guht,
Hertzlich such' in Freüd und Leiden.
Thust du künfftig Mir so wol,
Bleibt Mein Mund stets rühmens voll.

7.

Alle Sorgen wil Ich legen,
Mein getreüer Gott, auf dich;
Kröhne Mich mit reichen Segen,
Nähre, schütz', erhalte Mich.
Deine Gühte laß Mich Schwachen
Leiten und zur jeden frist
Geben, was Mir nützlich ist,
Endlich Mich auch selig machen:
Denn geschicht Mir ewig wol,
Und Mein Mund bleibt rühmens voll.

Hertzliches Lob- und Danklied, In welchem Gott von gantzer Seele wird gepriesen, daß Er unser Gebeht so gnädig hat erhöret

1.

Ich wil den Herren loben,
Sein herrlichs Lob sol immerdar
In Meinem Mund' erhoben
Sich hören lassen offenbahr.
Mein Seelichen sol preisen
Des Höchsten Liebethat
Und dem viel Danks erweisen,
Der Mich errettet hat.

Komt, lasset uns erhöhen
Den grossen Wunderheld:
Sein theürer Ruhm muß gehen
Durch alle Theil der Welt.

2.

Als Ich den Herren suchte
In Meiner Noht und schier für Pein
Mein Leben gantz verfluchte,
Da wolt' Er plötzlich bei Mir sein.
Denn die, welch' ihn anlauffen
Mit Ernst, verderben nicht:
Er zeigt dem schwachen Hauffen
Sein gnädigs Angesicht.
Ach schmekket doch und schauet,
Wie gühtig daß Er ist.
Wol dem, der Ihm vertrauet
Und seiner nie vergisst!

3.

Der Herr hat nicht verschmähet
Des Armen Elend und Gefahr,
So bald Er angeflehet
Sein' Hülff und Rettung immerdar.
Er schauet den Elenden,
Den Wäisen hilfft Er gern,
Kan Ihre Trübsahl wenden,
Sein Beistand ist nicht fern.
Er liebet ohne Wanken,
Thut guhtes für und für;
Drüm wil Ich Ihm auch danken
So lang' Ich leb' allhier.

4.

Man lobt dich in der Stille,
Du hocherhabner Zions-Gott;
Des Rühmens ist die Fülle,
Für dir, du starker Zebaoth.
Du bist doch, Herr, auff Erden
Der Frommen Zuversicht,
In Trübsahl und Beschwehrden
Läst du die Deinen nicht.
Drüm sol dich stündlich ehren
Mein Mund für jederman

Und deinen Ruhm vermehren,
So lang' er lallen kan.

5.

Es müssen, Herr, sich freüen
Von gantzer Seel und jauchzen schnell,
Welch' unaufhörlich schreien:
Gelobt sei der Gott Israel.
Sein Name sei gepriesen,
Der grosse Wunder thut
Und der auch Mir erwiesen
Das, was Mir nütz und guht.
Nun diß ist Meine Freüde,
Daß Ich an Ihm stets kleb'
Und niemahln von Ihm scheide,
So lang' Ich leb' und schweb'.

6.

HERR, du hast deinen Namen
Sehr herrlich in der Welt gemacht,
Denn als die Schwache kamen,
Hast du gahr bald an sie gedacht.
Du hast Mir Gnad' erzeiget:
Nu, wie vergelt' Ichs dir?
Ach bleibe Mir geneiget,
So wil Ich für und für
Den Kelch des Heils erheben
Und preisen weit und breit
Dich hier, Mein Gott, im Leben
Und dort in Ewigkeit.

Beschluß-Lied

Des Alten Jahres.

1.

Abermahl ist Eins dahin
Von der Zeiten Anbeginn',
Abermahl ist dieses Jahr
Wie wir selber wandelbahr,
Es ist nunmehr alt und kalt;
Höret, wie die Zeitung bald
Von dem Neüen Jahr' erschallt!

2.

Gott sei Lob, daß abermahl
Eins dahin ist von der Zahl
Unsrer Jahre, die wir sehn
Schneller als den Rauch vergehn,
Da von unsrer Pilgrimschafft
Aber eins ist hingerafft
Durch so schneller Zeiten Krafft.

3.

Herr, wie groß ist deine Güht'!
Ach wie from ist dein Gemüht'!
Hast du doch zu Tag' und Nacht
Dieses Jahr an uns gedacht,
Da doch wir, nur Staub und Koht,
Nichts verdienet als den Tod,
Ja so gahr der Höllen Noht.

4.

Herr, dein Nachtmahl, Tauff und Wohrt
Hast du noch an unserm Ohrt
Rein erhalten und dazu
Den gewünschten Fried' und Ruh'
Uns so mildiglich beschert;
Ja was unser Hertz begehrt,
Hast du reichlich uns gewehrt.

5.

Billig sagen wir dir Dank
Für die Kleidung, Speis' und Trank,
Für Gesundheit, Ehr' und Guht.
Lob sei dir, daß auch die Gluht
Noch das Wasser noch der Wind
Uns, die wir so strafflich sind,
Nicht verderbt so gahr geschwind.

6.

Zwahr du hast uns lassen sehn,
Was den Sündern muß geschehn;
Aber deine Güht' und Treü
War doch alle Morgen neü.
Ach regir' uns Hertz und Sinn,
Daß wir itz zum Anbeginn'
Alle Bößheit legen hin!

7.

Guhte Nacht, vergangnes Jahr
Samt der Trübsahl und Gefahr;
Guhte Nacht, du Sündenkleid:
Dekke Mich, O Frömmigkeit.
Süsser Jesu, führe Mich
Zu dem Neüen gnädiglich,
Daß Ich lieb' und lobe dich.

Andächtiges Lied

Eines Kranken, In welchem Gott hertzlich wird angeruffen, daß Er nach seinem gnädigen Willen die verlohrne Gesundheit wolle wieder geben.

1.

Mein Gott, erbärmlich lig' Ich hier,
Mit Krankheit schwehr beladen.
Mein Hertz, das bebet für und für,
Es fühlet hart den Schaden,
Der Mich im Bette hält so fest,
Ja weder Macht noch Ruhe läst.
Wenn wirst du Mich begnaden?

2.

Mir ist vergangen Muht und Krafft,
Die Stärk' hat Mich verlassen;
Es mangelt Mir des Lebens Safft,
Mein Antlitz muß verblassen.
Mein' Hertzens-Angst ist gahr zu groß,
Mir ligen fast die Knochen bloß,
Kein' Hülffe kan Ich fassen.

3.

Dem Artz', HERR, bin Ich in die Hand
Durch Meine Sünden kommen,
Die Mich gebracht in diesen Stand,
Worin Mir ist benommen
Gesundheit und ein freier Muht.
Mein Gott, was konte dieses Guht
Mir vormahls treflich frommen!

4.

Ach aber, Jesu, Davids Sohn,
Hilff Mir in diesen Nöhten.

Zwahr, solt' Ich fodern Meinen Lohn,
Müst' Ich für Schaam erröhten:
Doch schaue Meinen Jammer an,
Komm' einmahl als ein Mittelsmann,
Laß Mich die Pein nicht tödten.

5.

Wirff Meine Fehler hinter dich
Und hindre das Verderben,
Mit Gnad' und Segen kröhne Mich,
Laß Mich dein' Huld erwerben.
Mein Artz und Meister sei bereit,
Du bist ja, der zur rechten Zeit
Uns retten kan vom Sterben.

6.

Herr, wenn du wilt, so kanst du leicht
Mich dergestalt erquikken,
Daß alle Krankheit von Mir weicht
Und Mich hinfohrt nicht drükken
Die Schmertzen, die Mir Mark und Bein
Schon auffgezehrt; du kanst allein
Mir Hülff und Lindrung schikken.

7.

Doch wil Ich auch die letste Noth,
O treüer Gott, nicht scheüen,
Demnach ein selig-sanffter Tod
Uns ewig kan erfreüen,
Als welches Tag zur jeden frist
Viel besser als des Lebens ist,
Drin wir so kläglich schreien.

8.

Ey, sterb' Ich denn, so sterb' Ich Gott,
Mein Leiden komt zum Ende;
Ich werd' auch nimmermehr zu Spott',
Im Fall' Ich Mich nur wende
Zu dir, Herr Jesu, Meine Lust,
Und ruhe sanfft an deiner Brust:
Drauf nim Mich in dein' Hände.

9.

Mein Heiland, es ist Mein Begier,
Nur selig abzuscheiden,

Im Paradiß zu stehn für dir,
Wo weder Kreütz noch leiden.
Doch mach' es, Herr, wie dirs gefällt:
Sol Ich noch leben in der Welt,
So kröhne Mich mit Freüden.

10.

Dein theüres Wohrt, das kan uns bald
Gesundheit wiedrüm bringen:
Es machet schön, was ungestalt,
Ja wol die Lahmen springen.
Herr, hilff, daß Ich, aus Noht befreit,
Allhie und in der Ewigkeit
Dir müg' ein Danklied singen.

Ein ander Sterbelied, welches so wol in Todesnöhten als auch sonst bei Christlichen Begräbnissen nützlich gebrauchet und auf die Weise des bekanten Liedes kan gesungen werden

O Welt, Ich muß dich lassen, u.s.w.

1.

O Vatter, groß von Gnaden,
Ich bin mit Angst beladen,
Auf, auf, erbarm dich Mein!
Du hast Mir ja verheissen,
Aus Nöhten Mich zu reissen
Und stets Mein Gott zu sein.

2.

Dein Sohn ist Mir gegeben,
Daß Ich sol ewig leben
In grosser Herrligkeit.
Ich komm' in solchem Glauben:
Kein Feind' kan Mir abrauben
Das, was Mein Hertz befreit.

3.

Du wirst üm Jesu willen
Aus Gnaden das erfüllen,
Was du Mir zugesagt:

Drauff nim in deine Hände
Mein Seelichen am Ende,
Das nach dem Himmel fragt.

4.

O Jesu, deine Wunden,
Die du für Mich empfunden,
Vermindern Mir die Pein.
Ich bitte dich von Hertzen:
Laß ferner deine Schmertzen
Mein' Hülff' im Sterben sein.

5.

Ein Mensch bist du gebohren:
Wie kan denn sein verlohren
An Mir dein theüres Bluht,
Dem gahr nichts zu vergleichen?
Ach laß doch nimmer weichen
Von Mir diß höchste Guht!

6.

Ich bleib', ob Ich gleich scheide,
Ein Schäflein deiner Weide,
Das weist du, treüer Hirt.
Ach mücht' Ich bald dich sehen!
Ach mücht' Ich bald dort stehen,
Wo man verklähret wird!

7.

O Tröster der Betrübten,
O Geist der Kreützgeübten,
Gib Meiner Seelen Krafft.
Wenn Satan Mich wil plagen,
So laß Mich nicht verzagen,
Werd' Ich gleich hingerafft.

8.

Gedultig laß Mich leiden
Und drauff im Glauben scheiden:
Herr, stärke Muht und Sinn.
Ich wil im Friede fahren,
Du wirst Mich auch bewahren,
Wenn Ich entschlaffen bin.

Weihnachtslied

1.

Ein Kind ist uns gebohren,
Uns, die wir gantz verlohren
In Angst der Höllen schwebten
Und funden keinen Raht,
Ja wie verzweifelt lebten
Ob unsrer Missethat:
Da schenkt' uns Gott geschwind
Sein Allerlibstes Kind.

2.

Diß Kind hat schöne Namen,
Welch' Ihm vom Himmel kahmen,
Die lasset uns betrachten.
Er heisset *Wunderbahr*:
Was Menschen nie gedachten,
Ist dennoch worden wahr:
Gott und Marien Sohn
Sind einig in Person.

3.

Sehr wunderbahr von Werken
(Diß muß der Glaube merken!)
Ist dises Kind im Lehren
Und Kirchenregiment,
Daß die, so Sich empöhren,
Durch Seine Macht zertrennt,
Ja durch besondre Kraft
Noch täglich *Wunder* schaft.

4.

Diß Kind kan *Raht* ertheilen,
Wen aller Raht verweilen
Und Hülff' uns wil entgehen.
Durchs *Wohrt* ist ja gemacht,
Was wir für Augen sehen;
Das hat den Raht erdacht,
Zu bringen widrum dar,
Was gantz verlohren war.

5.

Wen uns die Sünde kränken,
Ja schier das Hertz versenken

In lauter Höllenzagen,
So weiß diß Kindlein *Raht,*
Als das für uns getragen
Die Last der Missethat.
Drum ruft es: Komt zu Mir,
Ich lab' Euch für und für.

6.

Diß Kind kan *Krafft* erzeigen,
Wen alle Welt muß schweigen.
Ey sehet doch Sein Kämpfen!
Er hält der Kirchen Schutz;
Sein starker Arm kan dämpffen
Der Feinde Macht und Trutz.
Ihm weichen Wasser, Feür
Samt allem Ungeheür.

7.

Wil uns der Tod gleich schrekken
Und unsre Glieder stekken
Ins Grab, da zu verwesen,
Gibt doch diß Kind uns *Krafft:*
Bald sol der Mensch genesen,
Wird Er gleich hingeraft.
Wo bleibt nun, Tod, dein Spieß?
Wir gehn' ins Paradieß.

8.

Diß Kind thut *Heldenthaten,*
Die treflich Ihm gerahten,
Es kan den Feind besiegen,
Der Sich so grausahm stelt;
Für Seinen Füssen ligen
Tod, Teüfel, Sünd und Welt.
Du streitest auch für Mich,
O Jesu, ritterlich!

9.

Mein Vatter, der nicht stirbet,
Auch niemahls sonst verdirbet,
Ja den man *Ewig* nennet,
Steh bei Mir in der Noht;
Auch wen vom Leibe trennet
Den Geist der herbe Tod,

So lindre Sich Mein Schmertz
Durch Dich, du Vatterhertz.

10.

Diß Kind verschaft hienieden
Uns auch den güldnen *Frieden,*
Durch Ihn ist Gott versöhnet:
Seht, wie nun Jesulein
Mit Gnad' und *Fried'* uns kröhnet.
Wer kan doch traurig sein?
Itz gehet aus der Schall:
Der *Fried'* ist überall!

11.

Ja *Fried'* ist im Gewissen,
Das uns vorhin gebissen;
Auch bleibt der Fried' im Sterben:
Man wird am Jüngsten Tag'
Erst solchen Fried' erwerben,
Als Jemand wünschen mag.
O *Fried'* in Gottes Reich,
Kein Fried' ist dir sonst gleich!

12.

Lob sei Dir, Herr, gesungen,
Daß Du bist durchgedrungen
Zu Hülffe Deinen Kindern,
Raht, Held, Krafft, Wunderbahr,
Auch *Friede* bringst den Sündern,
Der uns entnommen war.
O Fried' in diser Welt!
O Fried' in Gottes Zelt!

Uber Ein Anderes Evangelium am Festtage Johannis des Evangelisten, Joh. 1.

Melodie: O Welt, Ich muß Dich lassen, u.s.w.

1.

O Höchstes Werk der Gnaden,
O Werk, daß auch die Schaden
Der Seelen heilen kan!
O Demuht auserkohren:

Gott wird Ein Kind gebohren,
Nimt wahre Menschheit an!

2.

Der Vatter hat gezeüget
Den Sohn, der Sich geneiget
Uns armen Menschen zu.
Der stets bei Gott gewesen,
Komt jtz, daß wir genesen
Und finden Ewig Ruh'.

3.

O Wundervolle Sachen,
Welch' uns bestürtzet machen!
Das Wohrt von Ewigkeit
Komt in der Zeiten Fülle,
Damit es Sich verhülle,
Zu treten an den Streit.

4.

Diß Wohrt ist ohne Schmertzen
Aus Seines Vaters Hertzen
Von Ewigkeit gezeügt.
Bald steht es in der Mitten
Und machet durch Sein Bitten
Den Vatter uns geneigt.

5.

Diß Wohrt, daß wir hoch ehren,
Hat Selbst uns wollen lehren,
Wie Gottes Will' es sey,
Daß es von allem Bösen
Uns kräfftig solt' erlösen
Und machen ewig frei.

6.

Diß Wohrt hat ausgeschikket
Sein Volk, das uns erquikket
Durch Einen süssen Schall;
Es lässet auch mit Hauffen
Die Menschen-Kinder tauffen
Und lehren überall.

7.

Diß Wohrt ist in dem Orden
Der blöden Kinder worden
Auch Selbst Ein Kindelein.
Den, solt' Er Gott versühnen,
So must' Er, uns zu dienen,
Selbst Mensch und Sterblich sein.

8.

Gott konte ja nicht sterben
Noch uns das Heil erwerben,
Hett' Er nicht Fleisch und Bluht.
Er spührt' uns gantz verlohren,
Drum ward Ein Mensch gebohren
Er Selbst, das höchste Guht.

9.

Solt' Einer Mittler werden
Im Himmel und auf Erden,
So must' Er Beides sein,
Den aller Ohrten wandlen,
Mit Gott und Menschen handlen
Kont' Einer nicht allein.

10.

Diß Grosse Wohrt von oben,
Das auch die Trohnen loben,
Ist Gott von Ewigkeit:
Diß hat auch angenommen
Das Fleisch der Welt zum Frommen
In der bestimten Zeit.

11.

Nun kan Es recht erkennen
Das, was wir Schwachheit nennen,
Ja tragen mit Gedult
Der hochbetrübten Sünder,
Der armen Menschenkinder
Schon längstgemachte Schuld.

12.

Nun kan es Sich der Armen
Auch Brüderlich erbarmen
Und liben alle Welt,
Nun kan es tapfer kämpfen,

Die Macht der Feinde dämpfen
Als Ein recht Wunderheld.

13.

O Wohrt! sei hoch gepriesen:
Du hast uns das erwiesen,
Was schwehrlich wir verstehn;
Doch wollen wir dich loben,
Am meisten, wen dort oben
Wir deine Klaarheit sehn.

Uber das Evangelium am Fest der Offenbahrung Christi, sonst auch der H. Drei Könige Tage genennet, Matth. 2.

Melodie: Der Tag, der ist so freüdenreich, u.s.w.

1.

Glük zu der frommen Heiden Schaar,
Glük zu, glük zu den Weisen,
Die weit vom Morgen mit Gefahr
Sind kommen, hoch zu preisen
Das Neügebohrne Jesulein.
Diß laß Mir Einen Glauben seyn:
Den ob Sie zwahr nichts wissen,
Als was geschrieben Daniel
Und Bileam, sind Sie doch schnell
Zu suchen Gott geflissen.

2.

Folg' Ihrem Fleiss', O Sündenkind,
Mit Freüden nachzugehen
Dem höchsten Guht'; Ach sei nicht blind,
Ermuntre dich, zu sehen
Das Jesulein in Seinem Wohrt';
Es ligt ja nicht am fremden Ohrt':
Hie findest du die Krippen,
Da ruhet es gahr säuberlich,
Ja lehret in der Kirchen Dich
Mit honigsüssen Lippen.

3.

Kahm doch aus Reich Arabia
Die Königin gezogen
Gen Salem, daß Sie fünde da
Den Mann, der Sie bewogen
Durch Seiner Weißheit Glantz und Sonn'.
Ach! Hier ist mehr den Salomon:
Wer wolte den nicht eilen,
Dem Kindelein zu ziehen nach?
Der Weg belohnt es tausendfach',
Hett' Er gleich tausend Meilen.

4.

Betrachtet die Beständigkeit
Der Weisen, die zwahr kahmen
In Gottes und der Engel Gleit
Und gleichwol nichts vernamen
Vom neüen König' in der Statt,
Die den berühmten Tempel hatt':
Ey wol! Sie liessen stehen
Jerusalem und giengen fohrt,
Das Jesulein am Andern Ohrt'
In Behtlehem zu sehen.

5.

O frommes Hertz, folg' abermahl,
Diß süsse Kind zu finden,
Und laß dich keine Noht noch Quahl
Im Suchen überwinden.
Wol angefangen ist zwar guht,
Viel besser, wen mans standhaft thut.
So kan man freüdig sagen:
Gekämpfet hab' Ich als Ein Held
Und wol gerennet in der Welt,
Bald werd' Ich Krohnen tragen.

6.

Komt, last uns unser Jesulein
Besuchen jtz mit Freüden
Und samt den Weisen thätig sein,
Den diß wird unser Leiden
Verkehren bald in Lib' und Lust:
Es ist uns ja kein Schatz bewust,
Der frölicher kan machen
Ein Hertz, das hoch beküm̃ert ist,

Als unser Heiland Jesus Christ;
Der stärket auch die Schwachen.

7.

Was acht' Ich Reichthum, Ehr' und Pracht,
Was Schwelgen, Tantzen, Springen?
Ey das vergeht in Einer Nacht,
Kan auch wol Hertzleid bringen.
Die rechte Lust bestehet nur
In Gott, nicht in der Kreatur:
Nur Gott kan Freüd' erregen
Den Schwachen, welche Sünd' und Tod
Oft führen in die höchste Noht,
Ja schier zur Höllen legen.

8.

Komt, last uns mit der Weisen Schaar
Für dieses Kindlein treten,
Dasselbe Mitten in Gefahr
Voll Glaubens anzubehten.
Wer kommen wil, der komm' jtz früe,
Der fall' in Demuht auf die Knie:
So muß man Ehr' erweisen
Dem Herren aller Herrligkeit
Und Ihn in diser Gnadenzeit
Von gantzer Seele preisen!

9.

Wo bleiben aber die Geschenk',
Als Weirauch, Gold und Myrren?
Ach Gott! Wen Ich daran gedenk',
Empfind' Ich Ein verwirren
In Meinem Sinn', Als der Ich nicht
Erwogen dißfals Meine Pflicht,
Daß Kindlein zu begaben.
Verzeih' es Mir, Ich wil hinfohrt,
O Jesulein, nach deinem Wohrt'
Auch deine Glieder laben.

10.

Ich wil hinfohrt mit freiem Muht'
An denen Lib' erweisen,
Die dürftig sind, auch sol Mein Guht
Die Diener Jesu speisen;
Den weil du, libster Gottes Sohn,

Uns gibst so grossen Gnadenlohn,
Wie solten wir nicht geben
Auch das, was dein, nicht Unser ist?
Lass' aber uns, Herr Jesu Christ,
Mit Dir nur Ewig leben.

Karfreitagslied

1.

Nun gibt Mein Jesus guhte Nacht,
Nun ist Sein Leiden vollenbracht:
Nun hat Er Seiner Seelenpfand
Geliefert in des Vaters Hand.

2.

Komt, Ihr Geschöpfe, komt herbei
Und machet bald Ein Klaggeschrei,
Das grausahm sei zur Selben Frist,
Da Gott am Kreütz verschieden ist.

3.

Des Tempels Fürhang trenne Sich,
Das Erdreich bebe furchtsahmlich,
Die Berge springen Himmel ann,
Daß man den Abgrund schauen kan.

4.

Die Wolken schreien Weh' und Ach,
Die Felsen geben Einen Krach,
Den Todten öffne Sich die Thür'
Und Sie gehn aus dem Grab' herfür.

5.

So muß der Herr der Herrligkeit
Beleütet werden diser Zeit,
Als man denselben in der Still'
Hinab zur Ruhstatt bringen will.

6.

Die Weiber stehen zwahr von fern
Und wolten sehn den Ausgang gern,
Doch wissen Sie nicht, wie man wol
Den Leib zu Grabe tragen sol.

7.
Zuletzt begibt Sich in Gefahr
Josephus, der Ein Rahtsherr war,
Der Christum liebt' und wolte nicht,
Daß man Ihn brächte fürs Gericht.

8.
Getrost ist Ihm Sein Hertz und Sinn,
Drüm geht Er zu Pilato hinn,
Begehrt den Leichnam Jesu Christ,
Der Ihm auch nicht verwegert ist.

9.
Bald komt der Nikodemus auch
Zu salben Ihn nach altem Brauch;
Er bringt der besten Specerei
Samt saubern Tüchern mancherlei.

10.
Da Jesus nun ist balsamirt
Und fein auf Todten Ahrt geziert,
Da senket man Ihn sanft hinab
Und legt Ihn in des Josephs Grab.

11.
Nun, Gottes Sohn, der uns erwekt,
Wird Selbst mit Einem Stein bedekt.
O Mensch, merk auch zur Jeden Frist,
Daß Dir Ein Grab bereitet ist.

12.
Was trotzet doch der arme Staub?
Der Würger macht Ihn bald zum Raub'.
Ach! Prange nicht, du trüber Koht,
Den »Heüt' Ein König, Morgen Tod.«

13.
Es wird vielleicht nicht balsamirt
Dein Leichnam noch so schön geziert:
Es ist genug, wen man Ihn trägt
Und ehrlich in die Grube legt.

14.
Doch freüe dich, O frommes Hertz,
Daß dich der Sünden bittrer Schmertz

Hinführo nicht betrüben kan,
Die Selbst begrub der Schmertzenmann.

15.

Nur Er that deine Bößheit ab
Und nahm Sie gäntzlich mit ins Grab,
Und als Er ward vom Tod' entfreit,
Da bracht' Er mit Gerechtigkeit.

16.

Sterb' Ich nun gleich, was ist es mehr?
Steh' Ich doch auf mit Pracht und Ehr':
Im Grabe bleibt der Sündenschlamm,
Den Ich aus diser Welt mit namm.

17.

Mein Heiland hat in Jenner Nacht
Den Sabbaht Mir zu wege bracht:
Der hilft Mir bald zur süssen Ruh,
In dem' Ich thu Mein' Augen zu.

18.

Hie leb' Ich aller Unruh vol,
Und wen mans den noch loben sol,
So heist es gleichwol: Daß hiebei
Nur Müh' und Angst gewesen sei.

19.

So bald Ich aber aus der Luft
Gebracht bin in die tunkle Kluft,
So wohn' Ich sicher, still, behend',
Und all Mein Unglükk' hat Ein End'.

20.

Heist daß nicht wol Ein grosser Ruhm?
Mein Grab wird Mir zum Heiligthum,
Den Christus, der im Grab' erwacht,
Hat heilig auch Mein Grab gemacht.

21.

Bald komt die libe Zeit herbei,
Wen uns der Engel Feldgeschrei
Macht munter, daß wir Jesum sehn
Und zu des Lammes Hochzeit gehn.

Osterlied

1.

O Fröliche Stunden!
O herrliche Zeit!
Nun hat überwunden
Der Hertzog im Streit.
Der Löu hat gekrieget,
Der Löu hat gesieget.
Trotz Feinden, Trotz Teufel, Trotz Hölle, Trotz Tod!
Wir leben befreiet aus Trübsahl und Noht.

2.

Der Würger verjagte
Die Menschen mit Macht,
Und Satanas plagte
Zu Tag' und zu Nacht
Die traurige Sünder;
Die Höll' auch nicht minder
Hat jmmer bißhero den Meister gespielt
Und grimmig nach unseren Seelen gezielt.

3.

Es war hie zu finden
Kein David, der bald
Auch kont' überwinden
Deß Riesen Gewalt
Noch muhtig in Nöhten
Den Belial tödten;
Kein Josua konte den Starken bestehn
Und lassen ohn' Harnisch und Waffen Ihn gehn.

4.

Es fand Sich kein Krieger:
Nur Jesus allein
War Krieger und Sieger,
Das Grab ließ Er sein,
Fuhr freüdig zur Hellen,
Den Satan zu fellen,
Woselbst Er die Riegel gantz loß hat geschraubt
Und kräftig den stärkesten Rauber beraubt.

5.

O liebliche Stunden!
O fröliches Fest!

Itz hat Sich gefunden,
Der nimmermehr läst
Die traurige Seelen
In Belials Höhlen,
Der willig Sein Leben für Andre verbürgt,
Doch endlich den Würger hat Selber erwürgt.

6.

Der Herr ist Ein Zeichen
Des Sieges, der Ehr',
Ein Zeichen, deßgleichen
Man findet nicht mehr.
Nun hat Er gelitten,
Nun hat Er gestritten,
Nun hat Er gesieget den Feinden zu Trutz,
Uns aber zum Frieden, zum Nutz und zum Schutz.

7.

Ihr Klagende, höret,
Was Christus gethan:
Die Sünd' ist zerstöret,
Ihr schändlicher Plaan
Ligt gäntzlich vernichtet.
Wir bleiben verpflichtet,
Dem Herren zu dienen mit jnniger Lust:
O selig, dem diser Triumph ist bewust!

8.

Das Fleischliche Leben
Ist nunmehr durch Ihn
Dem Geist' untergeben,
Der tapfer und kühn
Weiß mit Ihm zu kämpfen,
Die Lüste zu dämpfen,
Läst ferner nicht blikken den sündlichen Baum
Und gibet hinführo den Lastern nicht Raum.

9.

Der höllische Drache
Verübte mit Macht
Erschrekliche Rache,
Besigte die Schlacht:
Nun aber ist kommen,
Der Ihm hat genommen

Die Waffen; ja Jesus, der Ihn übereilt,
Hat unter uns reichlich den Raub ausgetheilt.

10.

In eben den Orden
Der Schanden und Spott
Ist auch gebracht worden
Die grausahme Rott';
Ich meine Dich, Helle:
Der Tod, dein Geselle,
Hat schimpflich verlohren den Stachel im Krieg'.
O flüchtige Feinde, wo bleibet Eür Sieg?

11.

Schaut, Pharaons Wagen
Und schrekliches Heer
Ist gäntzlich zerschlagen,
Da ligt es im Meer.
Die Starke für Allen
Sind nunmehr gefallen.
Komt, lasset uns disen Triumph recht besehn,
Der Allen und Jedem zu Guht' ist gescheen!

12.

O Jesu, wir preisen
Dein' herrliche Macht
Mit liblichen Weisen:
Du hast uns gebracht
Die Wolfahrt von oben,
Drum wollen wir loben
Dich Helden, dich Kämpfer, dich Löuen im Streit:
Bleib' ewig zu helffen uns Allen bereit.

Uber das hochheilige Evangelium am Ostermohntage, Luk. 24.

Melodie: Jesus Christus, wahr Gottes Sohn, u.s.w.

1.

Wir wandern All' in diser Welt,
Woselbst sehr schlecht es ist bestelt.
Wir werden wie das Wild gejagt
Und auf der Walfahrt gnug geplagt;

Doch selig heist und ist der Mann,
Der hie nur Christlich wandlen kan.

2.

Komt, last uns da zwei Jünger sehn,
Welch' aus der Statt des Greüels gehn,
In welcher durch die lose Rott'
Erwürget ward der Grosse Gott.
Als dise wandlen nun dahin,
Tritt Jesus Selber Mitten in.

3.

Auch du geh' aus, Mein frommer Christ,
Von Babel, so du witzig bist.
Ach meide der verkehrten Raht
Und komme nicht auf Ihren Pfad.
Laß fahren alles, was nicht rein,
Alsden wil Jesus bei dir sein.

4.

Doch wilt du ferner wandlen wol,
So sei dein Mund auch Lobes vol;
Sprich mit den Jüngern für und für,
Was Gott gethan an Mir und Dir:
Ermuntre dich und preiß' hinfohrt
Des höchsten Wahrheit, Werk' und Wohrt.

5.

Es findet Sich der Herr geschwind
Daselbst, wo die versamlet sind,
Welch' Ihm nachwandlen mit Begier
Und bringen allzeit Guhts herfür
Aus Ihres Hertzen saubren Schrein:
Da, da wil unser Jesus sein.

6.

Wirst du nun ferner auch befragt
Vom Glauben, so sprich unverzagt:
Ich bins gewiß, daß Jesus Christ
Der gantzen Welt Erlöser ist,
Und das bezeüg' Ich Jederman,
Der Antwohrt von Mir fodern kan.

7.
Die Wahrheit wil Ich in der Noht
Vertheidigen biß an den Tod;
Drauf sol Mein Mund bekennen frei,
Daß Jesus Christ der Heiland sei.
Recht selig wird der Mensch genennt,
Der hertzlich glaubt und frei bekennt.

8.
Merk' auf, Mein Freünd, was Jesus spricht:
Ihr Tohren, wie? Versteht Ihr nicht,
Daß Christus nach der Schrifft allein
Hier must' erleiden solche Pein?
So schilt der Herr Ihr träges Hertz,
Doch treten Sie nicht hinderwerts.

9.
Wer so kan zwingen Seinen Muht,
Wie dises Paar der Jünger thut,
Wen Gott durch Seiner Lehrer Mund
Uns machen läst die Sünden kund,
Dem wird Er gnädigst auf dem Plaan
Verzeihen, was Er hat mißthan.

10.
Die Schläge des Libhabers sind
Viel besser, O du Sündenkind,
Als wen Ein Feind oft zum Verdruss'
Uns schenket Einen Joabskuß.
Wer dich ermahnt, der meint es wol,
Wer dich viel lobt, ist Schalkheit vol.

11.
Ey der Gerechte schlage Mich
Und straffe Mich nur säuberlich:
Daß sol Mir als ein süsser Wein,
Ja Meinem Haubt' Ein Balsam sein.
Wer hie kein warnen leiden wil,
Muß dort dem Satan halten still.

12.
Sol unser Heiland weichen nicht
Von uns, wen uns der Feind ansicht,
So höre man mit höchster Lust
Des Herren Wohrt, demnach bewust,

Daß dem, der Ihn im Wohrt' erkennt,
Sein Gläubigs Hertz für Freüden brennt.

13.
Wen Sich nun gleich dein Jesus stelt,
Daß Ihm der Abscheid schon gefält,
So ruff': O Meiner Seelen Licht,
Verbirge doch dein Antlitz nicht.
Mein treüer Hohrt, Ich kleb' an Dir:
Ach bleib', Ach bleib' hie stets bei Mir.

14.
Wie magst du doch so wiederlich,
Mein Libster Heiland, stellen Dich?
Bin Ich doch elend, arm und bloß.
Was? Deine Güht' ist viel zu groß;
Von deinem Scheiden sag' Ich frei,
Daß dirs kein Ernst gewesen sei.

15.
Wollan, Mein Hertz, steh' unverzagt,
Ob dich gleich Kreütz und Leiden plagt.
Dein Helffer ist genöhtigt schon,
Drum kämpfe frisch, dir bleibt die Krohn',
Ein Kleinoht, das nach diser Zeit
Dich zieren wird in Ewigkeit!

Uber das hochheilige Evangelium am Festtage der Himmelfahrt Christi, Mark. 16.

Melodie: Nun lobe, Meine Seele, den Herren, u.s.w.

1.
Frolokket jtz mit Händen
Und jauchtzet Gott mit süssem Schall':
Ihr Völker aller Enden,
Lobsinget Ihm mit lautem Hall'.
Es fähret auf mit prangen
Der Held von Israel,
Nachdem' Er hat gefangen
Tod, Teüfel, Sünd' und Hell'.
Itz ist Er aufgestiegen
Gen Himmel, Klahrheit voll.

Komt, lasset uns Sein Siegen
Betrachten recht und wol.

2.

Was hat doch erst gelitten
Des allerhöchsten libes Kind!
Wie hat der Held gestritten,
Als Ihn die Feinde so geschwind
Und grausahm überfielen!
Sein Leichnam schwitzte Bluht,
Das Völklein muste kühlen
An Ihm den heissen Muht.
Nun hat Sichs gantz verkehret:
Der vor Ein Leider war,
Wird nunmehr hoch verehret
Auch von der Engel Schaar.

3.

Der Herr hat ausgezogen
Die Fürstenthümer und die Macht
Der Starken so gebogen,
Daß Er den Sieg davon gebracht.
Ja nun ist Christus worden
Das Reich, die Kraft, das Heil,
Und diß komt unserm Orden
Absonderlich zu Theil;
Den Satan ist bezwungen
Durch den so herben Krieg,
Der Tod auch Selbst verschlungen –
Gelobt sei Gott! – im Sieg'.

4.

Itz kan und wil Ich pochen
Tod, Teüfel, Hölle, Sünd' und Welt;
Dein Stachel ist zerbrochen,
O Würger, und du Selbst gefällt:
Die Höll' ist schon zerstöret,
Die Sünd' ist abgethan.
Ey kommet doch und höret,
Was auf dem Siegesplaan
Für Wunder Sich begeben,
Wie wir den Engeln gleich
Dort ewig sollen leben
In Gottes Freüdenreich'.

5.

Es ist uns aufgeschlossen
Die längstversperrte Gnadenthür',
Und Christus Reichsgenossen
Regiren mit Ihm für und für.
Gott ist nicht mehr bedekket
Mit Wolken wie zuvor,
Daß manchen hat erschrekket; –
Den hub man schon empohr
Das Haubt, Hertz, Mund und Hände,
Ward man doch nicht erhört; –
Nein, dises hat Ein Ende:
Das Werk steht gantz verkehrt.

6.

Hat Mich nun gleich getroffen
In diser Welt Kreütz, Angst und Pein:
Der Himmel steht Mir offen,
Da kan Ich sonder Trübsahl sein.
Drum alle Schmach' auf Erden,
Die Mir sonst frist Mein Hertz,
Muß Mir erträglich werden;
Den was vermag Ein Schmertz,
Im fall' Ich kan bedenken
Die Ruh' und Sicherheit,
Die Mir Mein Gott wird schenken
In Jenner Ewigkeit?

7.

Ey sol und muß Ich sterben?
Mir ist der Himmel aufgethan;
Der Leib zwahr muß verderben,
Der Geist geht weit Ein' andre Bahn.
Gahr schnell wird Er geführet
In Gottes mächtig Hand,
Wo keine Quahl Ihn rühret:
Da steht Sein Vatterland.
Bald wird das Stündlein kommen,
Daß von des Grabes Thür
Sein Leichnam angenommen
Auch herrlich geht herfür.

8.

Immittelst sitzet droben
Der Herr zu Gottes Rechten Hand,

Woselbst Ihn herrlich loben
Der Engel Kohr: In solchem Stand'
Ist unser Fleisch zu finden.
O welch' Ein Ruhm und Ehr'!
Es müsse nun verschwinden,
Was uns betrübt so sehr,
Den unser Theil regiret
In grosser Herrligkeit,
Wohin Er uns auch führet,
Wen wir der Sünd' entfreit.

9.

Lob sei dir, Herr, gesungen,
Daß du dich aus Selbst eigner Macht
Gen Himmel hast geschwungen
Und den Triumph davon gebracht,
Daß du hast aufgeschlossen
Des Himmels güldne Tühr
Und uns zu Reichsgenossen
Verordnet für und für.
Ach laß es doch gelingen
Der frommen Schaar zugleich,
Ein Lob-Lied dir zu singen
In deines Vatters Reich!

Uber das Evangelium am heiligen Pfingsttage, Joh. 14.

Melodie: Durch Adams Fall ist gantz verderbt, u.s.w.

1.

Heut' ist das rechte Jubelfest
Der Kirchen angegangen,
Daran Ein Glantz Sich sehen läst
Des Geistes, den empfangen
Der Jünger Schaar,
Welch' offenbahr
Von disem Himmels Regen
Benetzet ist:
Diß, O Mein Christ,
Kan Hertz und Muht bewegen.

2.

Auf, meine Seel', auf und vernim,
Wie doch in allen Gassen
Gehöret wird die Freüdenstimm':

Euch ist die Sünd' erlassen,
Nun seid Ihr frei,
Es sind entzwei
Der Höllen starke Ketten;
Ein Sünder kan
Für Jederman
Itz auf den Schauplatz treten.

3.

Nun wird das Evangelium
Auf Einem Wunderwagen
Deß wehrten Geistes weit herum
Geführet und getragen.
O Welch Ein Schatz,
Der Seinen Platz
Bei frommen Seelen suchet!
Wer den nicht nimt
Und Ihm zustimt,
Bleibt ewiglich verfluchet.

4.

Hier schauet man des Glaubens Gold,
Hie wird man frei von Sünden,
Hie läst ein reicher Gnadenhold
Sich überflüssig finden;
Hier ist das Brod,
Das in der Noht
Kan unsre Seelen laben,
Hie finden Sich
Für dich und mich
Viel tausend schöne Gaben.

5.

Heüt' hat der grosse Himmels-Herr
Heerholden ausgesendet:
Schaut Seine tapfre Prediger,
Die haben Sich gewendet
An manchen Ohrt.
Da klingt Ihr Wohrt:
Tuht Buhss', Ihr Leüt' auf Erden;
Diß ist die Zeit,
Welch' Euch befreit
Und lässet selig werden.

6.

Es läst die Wunderschöne Braut
Sich hören auf den Wegen,
Sie tritt hervor und schreiet laut:
Da komt nun Eüer Segen,
Macht auf die Tühr',
Itz geht herfür
Der Geist mit Pracht und Ehren,
Der wil in Euch
Sein herrlichs Reich
Erbauen und vermehren.

7.

Seht, hier ist lauter Trost und Licht,
Seht, hier sind Gnadenzeichen:
Hie darf kein Christ Sich fürchten nicht,
Hie muß der Satan weichen.
Des Höchsten Mund
Macht Einen Bund
Mit Jüden und mit Heiden.
Trotz Jederman!
Nun nichts uns kan
Von Gottes Libe scheiden.

8.

O grosser Tag, O güldner Tag,
Desgleichen nie gesehen!
O Tag, davon man sagen mag,
Das Wunder sind geschehen
Im Himmelreich
Als auch zugleich
Hierunten auf der Erden.
Gott fähret auf,
Des Geistes Lauf
Muß uns hie nieden werden.

9.

Der Jünger Zungen gleichen Sich
Den Schallenden Posaunen,
Ihr Haubthahr brennet wunderlich,
Das Volk wil schier erstaunen.
Es bricht heraus
In Ihrem Hauß'
Ein Wohrt von grossen Thaten.
O Welch Ein Glantz,

Der Himlisch gantz
Ist auf diß Volk gerahten!

10.

Es lassen Sich Luft, Feür und Wind
Vol wunders sehn und hören,
Welch', ob sie wol nicht einig sind,
Hie Niemand doch verseeren.
Des Windes Kraft
Hat nur geschaft,
Daß Sich die Schwache stärken:
Wer Ihn nur hat,
Kan Trost und Raht
In allem Trübsahl merken.

11.

O süsser Tag! Nun wird der Geist
Vom Himmel ausgegossen,
Der Geist, der uns der Welt entreist
Und uns als Reichsgenossen,
Der Sterbligkeit
So gahr befreit,
Zu Jesu lässet kommen.
Ach würd' Ich bald
Auch dergestalt
An disen Ohrt genommen!

12.

O guhter Geist, regire doch
Mein Hertz, daß Ich dich libe,
Daß Meine Seel' im Sünden Joch'
Hinfohrt Sich nimmer übe.
Herr, laß Mich bald
Des Feürs Gewalt,
Das himlisch heist, empfinden
Und alle Noht,
Ja Selbst den Tod
Durch solches überwinden.

Uber das hochheilige Evangelium am Festtage Johannis des Täuffers, Luk. 1.

Melodie: Herr Christ, thu Mir verleihen, u.s.w.

1.

Gelobt sei Gott mit Freüden,
Der uns besuchet hat,
Als wir in Angst und Leiden
Doch funden nirgends Raht,
Da Niemands Witz noch Pracht
Uns Arme konte schützen
Noch aus der Höllen Pfützen
Erlösen uns mit Macht.

2.

Gelobt sei Gott mit Schalle,
Der uns zur rechten Zeit
Von dem so schwehren Falle
Gahr gnädig hat befreit,
Der Ein so klahres Licht
Im Wohrt' uns angezündet,
Worauf das Hertz Sich gründet,
So das Es wanket nicht.

3.

Gelobt sei Gott mit Singen,
Der uns Sein Kind geschenkt,
Das uns für allen Dingen
Des Vatters Hertz zulenkt,
Ja stärket unsern Muht
In Trübsahl, Angst und Zagen,
Vertreibt der Höllen Plagen,
Bringt uns das höchste Guht.

4.

Gelobt sei Gott mit Danken,
Der aus der finstern Höhl'
Und des Versuchers Schranken
Erlöset unsre Seel'.
Ach Gott! Es hat uns sehr
Der Sünden Last gedrükket,
Der Tod hielt uns verstrikket
Und schrekt' uns mehr und mehr.

5.

Der Wille war gebunden
Mit Ungerechtigkeit,
Die Sinnen überwunden
Durch Bößheit weit und breit;
Wir sassen in der haft,
Da das Gesetz uns plagte,
Des Höchsten Grim uns gnagte,
Die Höll' uns zittern schafft'.

6.

Aus solchen Marterketten
Vermocht' in diser Welt
Uns kein Geschöpf zu retten
Als bloß der starke Held,
Der Heiland Jesus Christ:
Der hat uns Fried' erworben,
Nachdem' Er erst gestorben,
Hernach erstanden ist.

7.

Der hat Sein Volk gerochen,
Der hat uns groß gemacht,
Der hat das Joch zerbrochen,
Die Freiheit wiederbracht;
Der hat mit starker Hand
Die Feind' hinweg gejaget,
So daß Sie gantz verzaget
Nicht halten Fuß noch Stand.

8.

Doch dises ist geschehen
Durch kein vergänglichs Guht:
Zur Marter must' Er gehen
Und stürtzen Selbst Sein Bluht,
Durch welches wir allein
Mit Freüdigkeit empfinden
Vergebung unsrer Sünden;
Diß Bluht macht alles rein.

9.

Gelobt sei Gott von Hertzen,
Der durch Ein starkes Hohrn
Gedämpft der Sünden Schmertzen,
Auch Seinen eignen Zorn.

Diß Horn ist unser Heil,
Das uns kan treflich nützen,
Ja Leib und Seel beschützen
Für manchem Satans-pfeil.

10.

Diß Horn kan die Tyrannen
Bald legen in den Staub,
Wen Sie den Bogen spannen,
Zu ziehen auf den Raub:
Diß Horn ergreiffen wir
Auch in den höchsten Nöhten;
Wil uns die Welt gleich tödten,
So siegts doch für und für!

11.

Diß Horn wird stark geblasen
Durch alle Theil der Welt,
Wodurch des Satans Rasen
Zu Bodem wird gefellt;
Diß Horn begreift Ein Oel,
Das – (Trotz dem alten Drachen!) –
Kan König' aus uns machen,
Ja stärken Leib und Seel'.

12.

Gelobt sei Gott mit Freüden,
Der unser Missethat
Durch Christus Bluht und Leiden
Nun gantz getilget hat:
Der lass' uns für und für
Diß Grosse Werk erkennen
Und unsre Seelen brennen
In himlischer Begier.

Uber das hochheilige Evangelium am Fest der Heimsuchung Mariæ, Luk. 1.

Melodie: Nun lobe, meine Seele, den Herren, u.s.w.

1.

Mein Gott, sei hoch gepriesen,
Daß du Mir aus Barmhertzigkeit
So reiche Gnad' erwiesen

301

In diser sehr betrübten Zeit.
Wie stark ist deine Gühte,
Wie groß ist deine Gunst!
Dein Väterlichs Gemühte
Hegt lauter süsse Brunst.
Wohin Ich Mich nur wende,
Da find' Ich Gnad' und Treü;
Dein Liben hat kein Ende,
Ja wird mehr täglich neü.

2.

Es haben stets genossen,
Herr, deiner Libe Gross und Klein;
Kein Mensch wird ausgeschlossen,
Du must der Welt Erbarmer sein,
Uns All' auch Kinder nennen,
Wen wir demühtiglich
Als Vatter stets erkennen
Und hertzlich lieben dich.
Drauf wil Ichs kühnlich wagen
Und treten zu dir hin:
Du wirst Mir nichts versagen,
Was Ich benöhtigt bin.

3.

Hinfohrt sol Mich nicht schrekken
Des Teüfels Zorn und grosse Macht:
Wilt du dein' Hand ausstrekken,
Mein Gott, so sing' Ich in der Schlacht.
Gewalt kanst du leicht üben,
Dein Arm ist stark und groß.
Wil mich Ein Feind betrüben,
So such' Ich dich nur bloß;
Den du, Herr, kanst zerstreüen
Die Stoltzen weit und breit
Und deine Kirch' erfreüen
Nach vieler Traurigkeit.

4.

Dir, Dir wil Ich stets geben
Von gantzer Seelen Lob und Dank,
Du kanst Mich leicht erheben,
Bin Ich gleich niedrig, schwach und krank.
Ich wil in grossen Dingen,
Mein Schöpfer, wandlen nicht,

Nach Eitlem Thun nicht ringen,
Das oft die Seele sticht;
Ich wil nach hohen Sachen
Nicht streben in der Welt,
Du kanst Mich grösser machen,
Im Fall' es dir gefält.

5.

Ach Herr, Ich bin beladen
Mit Sünd' und Unrecht mannigfalt:
Erquikke Mich mit Gnaden
Und stille Meinen Hunger bald.
Gleich wie die Hirsche schreien
Nach Einer frischen Quell',
Also kan Mich erfreüen
Dein Gnadenbrunn so hell'.
Ich ruff in Meinem Zagen:
Herr, Meiner Seel' ist bang',
Erhöre doch Mein Klagen;
O Helffer, wie so lang'!

6.

Ich wil Mich nicht mehr grähmen
Um das allein, was zeitlich ist:
Von dir kan Ichs ja nehmen,
Der du Mein Gott und Vatter bist.
Laß Meinen Theil Mich fassen,
Wen Ich recht dürftig bin.
Du kanst Mich nicht verlassen,
Ich kenn', Herr, deinen Sinn:
Es müssen deine Gühter
Mir stets zu Dienste sein;
O treüer Menschenhühter,
Du sorgst für Mich allein!

7.

Ob gleich der Feind sehr dreüet,
Ja sprützet Feür und Flammen aus,
Auch Satan Unglük streüet,
Zu stossen üm dein heilig Hauß,
Wil Ich doch nicht erschrekken,
Den du bist unser Hohrt;
Dein' Hand kan uns bedekken,
So tröstet Mich dein Wohrt.
Auf dich, Herr, wil Ich schauen,

Du hilffst zur rechten Zeit;
Wer dir nur kan vertrauen,
Bleibt ewig wol befreit.

8.

Nun, Herr, was du versprochen,
Das sol und wil und muß gescheen.
Dein Wohrt bleibt unzerbrochen,
Ich wil auf deine Wahrheit sehn.
Dein Mund kan ja nicht liegen
Nach eitler Menschen Ahrt,
Auch wird uns nie betriegen
Dein' hohe Gegenwahrt.
Was uns und unserm Saamen
Von dir verheissen ist,
Das müss' in deinem Namen
Gescheen, HERR Jesu Christ!

Uber das hochheilige Evangelium am Festtage Sanct Michaelis, Matth. 18.

Melodie: Hertzlich thut Mich verlangen nach Einem Seligen Ende, u.s.w.

1.

Ihr wunderschöne Geister,
Welch' Anfangs hat gemacht
Ein noch viel schöner Meister,
Der alles wol bedacht:
Ihr Engel nach dem Wesen
Im grossen Heiligthum,
Ihr Trohnen auserlesen,
Sehr hoch ist Eüer Ruhm!

2.

Aus nichts seid Ihr geschaffen
Und zwahr in grosser Meng',
Ihr sieget ohne Waffen,
Sehr hell' ist Eür Gepräng'.
Es ist kein Ohrt bewahret
So fest, so fern, so weit,
Den Ihr nicht überfahret
Durch Eüre Schnelligkeit.

3.

Ihr Sadduceer, schweiget
Und glaubet doch der Schrift,
Die klährlich das bezeüget,
Was dise Lehr' antrift:
Ob wir schon hier nicht sehen
Der Engel grosse Schaar,
Daß Sie doch gleichwol stehen
Dort oben offenbahr.

4.

Sehr groß sind Ihre Gaben,
Als Weißheit und Verstand,
Die Sie vom Schöpfer haben,
Der dises weite Land
Im Anfang' hat bereitet,
Woselbst der Engel Zier
Sich treflich ausgebreitet
Und bleibt so für und für.

5.

Doch sol man Sie nicht ehren
Wie Gott, das höchste Gut,
Und dessen Ruhm verseeren,
Der so viel Thaten thut.
Sie sind zwahr sehr geflissen
Zu dienen Gott fohrthin,
Doch können Sie nicht wissen
Der Menschen Hertz und Sinn.

6.

Sehr heilig ist Ihr Leben,
Keüsch, züchtig und gerecht;
Die wehrte Geister schweben
Als edle Tugendknecht'
Und können nimmer fallen,
Demnach Sie kräftiglich
Bestätigt sind in allen
Und niemahls ändern Sich.

7.

O Mensch, wilt du Sie haben
Zu deines Lebens Schutz,
So fass' auch Ihre Gaben:
Nur from sein ist dir nutz.

Wen Sie dich sollen lieben,
So must du für und für
Im guhten dich auch üben
Auf Englische Manier.

8.

Sie sind auch tapfre Helden,
Sehr groß von Kraft und Macht,
Als viel' Exempel melden,
Der auch die Schrift gedacht.
Ein Engel konte schlagen,
Was Er im Läger fand,
Ein Engel machte Zagen
Das gantz Egiptenland.

9.

Sie lieben Gott von Hertzen,
Sie loben Ihn mit Lust:
Den schönen Himmelskertzen
Ist anders nichts bewust
Als Gott und uns zu dienen;
Diß thun ohn' unterlaß
Auch Selbst die Cherubinen,
O welch' Ein Ehr' ist das!

10.

Es dienen uns auf Erden
Die schnelle Geisterlein,
Wen wir gebohren werden
Und erst des Tages Schein
In diser Welt anblikken;
Sie halten uns ja Schutz,
Daß uns nicht müg' erstikken
Des Satans Grim und Trutz.

11.

In unserm Thun und Leben
Sind dise Helden auch
Zu dienen uns ergeben,
Ja folgen dem Gebrauch,
Daß Sie wie Kämpfer stehen –
O welch Ein' Hülff in Noht! –
Und auf uns arme sehen
So gahr biß in den Tod.

12.

Wen wir zuletzt nun scheiden
Aus diser schnöden Welt,
So führen Sie mit Freüden
Uns in des Himmels Zelt,
Daß wir zur Ehr' erhoben
Und aus der Angst befreit
Den Allerhöchsten loben
In Seiner Herligkeit.

Ein anderes Lob- und Danklied uber eben dasselbe

Evangelium am Festtage Michaelis

Melodie: Lasset uns den Herren preisen, u.s.w.

1.

Ehr und Dank sei dir gesungen,
Grosser Gott, mit süssem Toon:
Alle Völker, alle Zungen
Müssen stehn für deinem Trohn
Und dich unaufhörlich loben,
Daß du deiner Engel Schaar,
Welch' uns schützet für Gefahr,
Deinem Völklein gibst von oben.
Ach! wer kan doch würdiglich,
Herr der Engel, preisen dich?

2.

Dise Geister sind geschaffen,
Daß Sie sollen Nacht und Tag
Schützen uns mit solchen Waffen,
Die kein Mensch recht kennen mag.
Dise Helden müssen kämpfen
Wider das, was in der Welt
Uns an Leib und Seel nachstelt,
Sonderlich den Satan dämpfen.
Ach wie kan man würdiglich,
Gott, für solches preisen dich?

3.

Zwahr es müssen auch die Frommen,
Wen der Herr Sie prüfen wil,
In Gefahr und Trübsahl kommen,
Den so stehn Ihr' Engel still';

Aber wen Sie Sich gehalten
Ritterlich, so treten dan
Auch Ihr Engel wider an,
Die so wol Ihr Amt verwalten,
Daß man kaum kan würdiglich,
Herr, für solches preisen Dich.

4.

Gott, der sorget für die Seinen;
Ob Er erst zwahr in Gefahr
Seine Kinder lässet weinen,
Zeüget Er doch offenbahr,
Daß Er bald Sie wolle retten.
Er Allein weiß unser Best',
Er, der Seine Fürsten läst
Uns zum Dienst' und Schutz' auftretten.
Ach wie kan man würdiglich,
Herr, für solches preisen Dich?

5.

Nicht allein durch tapfre Thaten
Helffen vielmahls Sie geschwind',
Engel wissen auch zu rahten,
Wen wir gantz verjrret sind.
Als Elias gahr nicht wuste,
Was zu thun, da rieht Ihm bald
Gottes Engel, was gestalt
Seinen Weg Er nehmen müste.
Herr, wie kan man würdiglich
Auch für solches preisen dich?

6.

Engel können uns erfreüen,
Wen wir für des Satans List
Und der argen Welt uns scheüen,
Wie das klahr zu sehen ist
Dort am Joseph, dem Sie sagten,
Feind Herodes were tod
Und samt Ihm des Kindleins Noht,
Daß Sie nichts nach dreüen fragten.
Herr, wie kan man würdiglich
Auch für solches preisen dich?

7.

Engel können Trost ertheilen;
Wen es scheinet, das man schier
Müsse zur Verzweiflung eilen,
Den so treten Sie herfür,
Giessen Kraft in unsre Hertzen,
Wie Sie Christo Selbst gethan,
Als Er auf dem Leidens Plaan
Fühlte mehr den tausend Schmertzen.
Herr, wie kan man würdiglich
Auch für solches preisen dich?

8.

Nun so wil Sichs ja geziemen,
Daß wir unser' Herligkeit,
Welch' uns Gott ertheilet, rühmen,
Wen Er uns in diser Zeit
Solche grosse Fürsten giebet,
Helden, die zu Tag' und Nacht
Schützen uns durch Seine Macht.
Schauet, wie der Herr uns liebet!
Ach wie kan man würdiglich
Auch für solches preisen dich?

9.

Ehr' und Dank sei dir gesungen,
Grosser Gott, mit süssem Toon:
Alle Völker, alle Zungen
Müssen stehn für deinem Trohn'
Und dich unaufhörlich loben,
Daß du deiner Engel Schaar,
Welch' uns schützet für Gefahr,
Sendest täglich noch von oben.
Lass' hinfohrt uns würdiglich,
Herr der Engel, preisen dich!

Fröliches Dank- und Gedächtnis-Lied am Tage D.

Martini Lutheri

Melodie: An Wasser Flüssen Babilon, u.s.w.

1.

O Finsterniss! O Tunkelheit!
Wie hattet Ihr vertrieben

Das helle Licht vol Seligkeit,
Im Wohrt' uns ausgeschrieben!
Es lag die Wahrheit sehr verdekt,
Biß Gott vom Himmel hat erwekt
Den theüren Held aus Sachsen,
Der *Martin Luther* ward genant:
Der thät den Lügen Widerstand
Und ließ die Wahrheit wachsen.

2.

Gelobt sei Gott, der disen Held
So treflich wol begabet,
Der in der Babel diser Welt
Hat manches Hertz gelabet.
Es war in Ihm Ein solcher Geist,
Den billig man Prophetisch heist:
Gahr schön hat Er gelehret
Von Christus Leiden, Tod und Bluht,
Wodurch Sich Gott, das höchste Guht,
Zu den Verlohrnen kehret.

3.

Er ward getauft und in der Schul'
Aufs fleissigst' unterrichtet;
Bald stieg Er auf den Lehrerstuhl
Und thät, was Er verpflichtet.
Wie man nun Seine Kunst bedacht,
Ward Er zum *Doctor* erst gemacht
Im Augustiner Orden,
Worauf Er so die Schrift erklährt,
Daß alles fast durch Ihn bewehrt
Und schön erläutert worden.

4.

Er hielte Sich an Gottes Wohrt,
Ließ Menschensatzung fahren,
Die lose Fabeln musten fohrt,
Er wolte niemahls spahren
Die Wahrheit, welch' Er klahr ließ stehn
In Büchern, da Sie konte sehn
Die gantze Welt mit Freüden,
Ob mancher schon bemühte Sich,
Der Luther solte grausahmlich
Um Ihrent willen leiden.

5.

Drauf setzet Er die Feder ann,
Schreibt Selbst dem Pabst mit Flehen,
Daß, weil die Schrift nicht jrren kan,
So woll' Er richtig gehen
Den Weg, der Ihm von Gott gezeigt.
Diß ist nun Luther, der nicht schweigt
Für Königen und Fürsten;
Er kämpffet frisch für Gottes Ehr',
Ob gleich die Feinde noch so sehr
Nach Seinem Bluhte dürsten.

6.

Sie fodern Ihn gantz trotzig aus,
Er sol mit Jedem streiten;
Drauf hält Er manchen harten Strauß,
Muß kämpfen oft von weiten;
Und weil man Seiner Haut begehrt,
So nimt Er bald des Geistes Schwehrt,
Das ewig ist bestanden,
Schlägt und besiegt den Goliath,
Der Gottes Wohrt mit Füssen tratt,
Hier aber ward zu Schanden.

7.

Was in der Welt gewaltig war,
Was hoch und groß auf Erden,
Daß jagt' und plagt' Ihn offenbahr
Mit mancherlei Beschwerden:
Der Satan ließ Ihm weinig Ruh',
Ihm setzten Päpst' und Fürsten zu
Mit Bannen, Gift und Waffen;
Und ob nun gleich diß grosse Heer
Das Werk Ihm machte treflich schwehr,
So kont' es doch nichts schaffen.

8.

Bald treibt Er aus den Antichrist,
Das arge Kind der Sünden,
Und lehret, was die Wahrheit ist.
Ja Luthers Geist empfinden
Papst, Türk' und Ketzer alzumahl,
Sie ziehen ab nur fahl und schaal:
Es leuchtet durch die Lande
Das heilig' Evangelium,

Und das macht Münch' und Pfaffen stum
Dem Antichrist zur Schande.

9.

So tapfer hat durch Gott gekriegt
Der Luther, reich von Gaben,
Und tausend Feinden obgesiegt,
So daß wir nunmehr haben
An manchem Ohrt dein wahres Licht;
O Herr, das laß verleschen nicht,
Demnach der Schatz gefunden.
Gelobt sei Gott, daß Luther hat
Das Tiehr allein durch Gottes Raht
Bekriegt und überwunden.

Das Vierzehnde Katechismus-Lied, Uber den Andern Artikul unseres Christlichen Glaubens: Ich gläube an Jesum Christum, seinen Eingebohrnen Sohn, unseren Herren

Dieses kan gesungen werden nach der Melodie des schönen Kirchen-Liedes: Herr Christ, der Einige Gottes Sohn, u.s.w.

1.

Last uns mit Ernst betrachten
Den Grund der Seligkeit
Und überaus hoch achten
Den, der uns hat befreit
Von Sünden, Tod und Höllen,
Der sterbend auch zu fellen
Den Satan stund bereit.

2.

Der Jesus ward genennet,
Als Er empfangen ist,
Der wird von uns bekennet,
Daß Er sei Jesus Christ,
Der uns macht frei von Sünden
Und läst die Seel empfinden
Viel Trosts zur jeden Frist.

3.

Es solte Christus heissen
Der Heiland aller Welt
Und Satans Reich zerreissen
Bald als ein tapfrer Held,
Das Höllenschloß zerstören,
Dadurch den Himmel mehren,
Ja thun, was ihm gefält.

4.

Es solte Jesus wehren
Der Sünd' und Missethat,
Gerechtigkeit bescheren
Und als des Vatters Raht
Im Sieg den Tod verschlingen,
Auch alles wiederbringen,
Was man verlohren hat.

5.

Von Gott ist Ihm gegeben
Der Zepter in die Hand,
Sein Königreich daneben,
Daß Er in solchem Stand'
Uns Geistlich sol regieren
Und durch sein Leiden führen
Ins wahre Freüdenland.

6.

Er ist von Gott erkohren
Zum Hohenpriesterthum:
Er selbst hat Ihm geschwohren,
Daß Er mit grossem Ruhm'
Ein solches Amt bedienen
Und ewiglich sol grünen
Als Sarons schönste Bluhm'.

7.

Er wird auch HERR genennet,
Dem alles unterthan,
Wodurch man frei bekennet,
Das Er ohn' eitlen Wahn
Auch Gott sei nach dem Wesen,
Durch den wir blos genesen
In dieser Unglüksbahn.

8.

Mus doch die Schrift bezeügen,
Das Er Jehovah heist,
Dem alle Knie sich beügen,
Den alle Welt hoch preist,
Ja dem von allen Zungen
Wird Ehr' und Dank gesungen,
So weit die Sonne reist.

9.

Sein Stuhl mus ewig tauren,
Sein Zepter stehet fest
Samt Zions starken Mauren;
Er ist aufs allerbest
Mit Freüdenöhl gezieret,
Hoch ist Er aufgeführet,
Der nie sein Volk verläst.

10.

Ist Gott nun offenbahret
Im Fleisch, so glauben wir,
Das der, so uns bewahret,
Ja segnet für und für,
Sei Gott und Mensch zu nennen:
Es lassen sich nicht trennen
Der Gott und Mensch allhier.

11.

Durch Jesum ist bereitet
Die Welt, ja Jesus hat
Den Himmel ausgebreitet,
Es ist durch Jesus Raht
Der Engel Heer erschaffen,
Ein Heer, das ohne Waffen
Oft grosse Wunder that.

12.

Er, Jesus, kan erwekken
Die Todten kräftiglich,
Er weis ein Ziel zu stekken
Dem stärksten Wühterich,
Er prüfet Hertz und Nieren,
Wil die zum Himmel führen,
Die selbst verläugnet sich.

13.

Last uns zusammen treten,
Des Allerhöchsten Sohn
In Demuht anzubehten,
Den Ihm' ist ja die Krohn'
Und Ehr' und Macht gegeben;
Gib, Herr, nach disem Leben
Auch uns den Gnadenlohn.

Das Fünfzehnde Katechismus-Lied, Uber den Dritten Artikul unseres Christlichen Glaubens: Der empfangen ist vom Heiligen Geiste, Gebohren aus Maria, der Jungfrauen

Dises kan man singen nach der Melodie unseres alten Weihenachtliedes:
Ein Kindelein so löbelich, u.s.w.

1.

Kein grösser Wunder findet sich
Im Himmel und auf Erden,
Als das so gahr verächtiglich
Gott wolt' ein Kindlein werden:
Der Herr, der ausser aller zeit
Ein wahrer Gott von Ewigkeit
Erzeüget und gebohren,
Der wird ein schwaches Menschenkind,
Auf daß es wiedrüm das geschwind'
Erlöste, was verlohren.

2.

Komt, lasset uns hie stille stehn,
Dis Wunder recht zu schauen.
Wer hat doch in der Welt gesehn
Vom Saamen der Jungfrauen
Ohn Mannes Hülff ein Kindelein
Empfangen und gebohren sein?
Vernunft kan dis nicht fassen;
Ihr ist verborgen, was diß heist:
Es solte sich durch Gottes Geist
Maria schwängern lassen.

3.

Dis ist der Geist starck, ewig, gros,
Der nach des Vatters willen
Sich in die keüsche Mutter goß,
Des Höchsten Grim zu stillen,
Worinn Er nach hochweisem Raht
Das Fleisch und Bluht gereinigt hat,
Aus welchem solte kommen,
Der Gott und Mensch, heist Jesus Christ,
Der Fleisch und Bluht zur selben frist
Hat willigst angenommen.

4.

Da steiget nun aus Seinem Thron'
Hinunter zu der Erden
Des Allerhöchsten libster Sohn,
Ein Menschenkind zu werden:
Da nimt Er als ein andrer Mann
Leib, Seel' und Geist wahrhaftig an,
Damit wir einen hetten,
Der blos auf unser Heil bedacht
Bald von des Satans List und Macht
Uns herlich könt' erretten.

5.

Seht hie das Zweiglein Isai,
Seht hier des Weibes Saamen,
Nach welchem alle Welt so schrie,
Den anzubehten kamen
Die Weisen samt der Hirten Schaar,
So bald Er Mensch gebohren war.
Nun darf man kühnlich sprechen:
Dis ist der Herr der Herligkeit,
Der konte leicht durch tapfren Streit
Des Treibers Joch zerbrechen.

6.

O heiligs Werck, O Trost, O Freüd':
Ist Christus Mensch empfangen,
So weis Ich, das zur Seligkeit
Uns dieses mus gelangen;
Den wir, gantz unrein, schwach, ja tod,
Sind schnell dadurch aus aller Noht
Erlöst und rein geworden;
Ja dises Kind, das uns erwehlt,

Hat uns auch Gnädigst zugezehlt
Dem Gottgeliebtem Orden.

7.

Wie nun die Zeit erfüllet war,
Vom Himmel selbst erkohren,
Ist Christus Jesus offenbahr
Ein Mensch zur Welt gebohren.
Augustus führte dazumahl
Das Regiment, war nach der Zahl
Der Ander von den Kaisern.
Der Ohrt, wo dises Kindlein lag,
War unter eines Stalles Dach
Und nicht in Salems Häusern.

8.

Da sehet Ihr das Kindlein nun,
Das zweimahl ist gezeüget.
Komt, lasset uns Ihm Ehre thun,
Es ist uns sehr geneiget;
Es libet uns als Mensch und Gott.
Was kan uns den die lose Rott',
Als Teufel, Tod und Hölle,
Viel schaden thun in diser Zeit?
Ist doch der Herr der Herligkeit
Selbst unser Mitgeselle.

9.

Das nun der Heiland Jesus Christ,
Für dem sich alle neigen,
Ein wahrer Mensch gebohren ist,
Dasselb' ist unser eigen.
Drüm rühmen wir mit Pracht und Macht:
Uns ist der edle Schatz gebracht,
Uns ist dis Kind gegeben.
O Vatters Hertz, O süsse Brunst,
Hier findet sich die theüre Gunst,
Wodurch wir ewig leben.

10.

O Jesu, hilf doch gnädiglich
Daß, weil wir sind auf Erden,
Von gantzer Seelen suchen dich,
Auch neü gebohren werden.
O Herr, laß uns zum grossen Heil

Empfangen Dich, das beste Theil,
Bleib' unser Schutz in Nöhten,
Verleih' uns einen tapfern Muht,
Das hochverderbte Fleisch und Bluht
Getrost durch Dich zu tödten.

Das Zwantzigste Katechismus-Lied, Uber den Achten Artikul unseres Christlichen Glaubens: Ich gläube an den Heiligen Geist

Dises kan man auch singen nach der Melodie des schönen Pfingstliedes: Komm, Heiliger Geist, Herre Gott, u.s.w.

1.

O Heiliger, O guhter Geist,
Den Christus selbst den Tröster heist,
Wir Alle gläuben und bekennen,
Du seist ein wahrer Gott zu nennen,
Ein Gott samt Vatter und dem Sohn',
Ein grosser Gott ins Himmels Thron',
Ein Gott, der uns mit Seinen Gaben
In Noht und Tod kan kräftig laben.

2.

Du Herr und Schöpfer diser Welt,
Du hast das blaue HimmelsZelt,
Dazu den Umkreis diser Erden
Samt Meer und Wassern lassen werden.
Des Himmels Heer mit allem Pracht
Ist auch durch deinen Mund gemacht;
Du hast als Gott Leib, Seel' und Leben
Im Anfang' uns ja Selbst gegeben.

3.

In aller Welt ist gahr kein Ohrt,
Da du nicht schwebest fohrt und fohrt,
Wie solches in der Schrift zu lesen.
Unendlich ist dein Thun und Wesen:
Fahr' ich hinauf, so find' ich dich,
Fahr' ich hinunter, führst du Mich;
Könt' Ich der Welt am Ende stehen,
Würd' Ich auch da Dir nicht entgehen.

4.

Du bist der Geist der Wissenschaft,
Sehr gros ist Deiner Gottheit Kraft:
Was Menschen Witz nicht weis zu finden,
Was kein Gehirn sonst kan ergründen,
Erklährest du gahr leicht und wol.
Du weist, was künftig werden sol.
Den Lauf und Endrung diser Zeiten
Verkündigst du wol gahr von weiten.

5.

Du hast durch der Propheten Mund
Der gantzen Welt gemachet kund,
Was grosse Wunderding auf Erden
Sich künftig noch begeben werden.
Du kennest ja des Menschen Hertz
Und dessen Lust, Leid, Freüd und Schmertz;
Ja Sein Begehren, Hoffen, Sorgen
Ist deiner Weisheit unverborgen.

6.

Du bist ein Geist der Stärk' und Kraft,
Der durch sein herlich' Eigenschaft
Kan grosse Sachen vollenbringen,
So gahr den Satan selbst bezwingen.
Du hast der Jünger Zung' und Mund
Regiert, das Sie zur selben Stund'
Auch vieler Sprachen wol erfahren
Recht hochbegabte Meister waren.

7.

Wir gläuben auch, das Jesus Christ
Von Dir, O HERR, gesalbet ist;
Drüm bist du, der allein regieret
Das Predigtamt und treflich zieret
Die Lehrer, das in dieser Welt
Der Gottesdienst wird recht bestelt
Vermittelst deiner theüren Gaben,
So wir nach allem Wunsch' itz haben.

8.

Du strafst die Welt durchs Predigtamt,
Die sich durch Sünde selbst verdamt
Und deinem Willen widerstrebet,
In tausend Schand' und Lastern lebet.

Du lehrest auch, daß Jesus Christ
Das Heil der armen Sünder ist,
Den ohne Dich kein Mensch kan kennen
Noch gläubig seinen Heiland nennen.

9.

Du bist es, der uns neü gebiert,
Du bist es, der den Glauben ziert
Mit Tugenden und guhten Werken,
Wobey man sol den Glauben merken.
Durch Dich wird auch des Fleisches Lust
Sehr fein gedämpft in unsrer Brust
So gahr, das wir im Christenorden
Sind neügebohrne Menschen worden.

10.

O wehrter Geist, das wir in Ruh'
Und Gnaden stehn, das schaffest Du:
Du hast die Sündenbahn verriegelt
Und die Verheissung uns versiegelt,
Du bist das rechte Gnadenpfand,
Du bist der Libe stärkstes Band,
Welch' über Christus Reichsgenossen
Mit voller Mahss' ist ausgegossen.

11.

Du hilfst in disem Lebenslauff
Uns oft mit Freüden wieder auf,
Das wir getrost zum Himmel treten,
Im Geist und in der Wahrheit behten.
Du stärkest uns ohn' End' und Zahl,
Ja hilfst uns seüftzen manchesmahl,
Daß wir uns Gottes Güht' erfreüen
Und »Abba, liber Vatter« schreien.

12.

O Heiliger, O guhter Geist,
Den Christus unsern Tröster heist,
Laß uns in keiner Noht verzagen,
Ach hilf, daß wir es freüdig wagen
Durch dises Thränenthal zu gehn,
Las mich im Kreütz auch hertzhaft stehn.
Hilfst Du Mir, Herr, dis vollenbringen,
So werd' Ich ewig Dir Lobsingen.

Das Ein und Zwantzigste Katechismuslied, Uber den Neünten Artikul unseres Christlichen Glaubens: Ich gläube eine heilige Christliche Kirche, die Gemeinschafft der Heiligen

Dises kan auch gesungen werden nach der Melodie unsers bekanten Liedes: Ein feste Burg ist unser Gott, u.s.w.

1.

Gelobet seist du, grosser Gott,
Das du die Schaar der Christen,
Die fleissig halten dein Gebott,
Hast gnädig wollen fristen.
O Herr, es wird dein Wohrt
Gelehrt an manchem Ohrt,
Dein Wohrt, das alle Welt
In wahrer Furcht erhält
Und Dir ein Häuflein samlet.

2.

Nun diser Hauffe wird genant
Die wahre Kirch' auf Erden,
Die, weil Sie Dir nur ist bekant,
Nicht kan gesehen werden.
In solcher sind allein
Dein' edle Schäffelein,
Die rechter Tugend vol,
Mein Gott, dich kennen wol
Und deiner Stimme folgen.

3.

In diser Kirch' ist Heiligkeit,
Doch nicht aus unsern Werken:
Diselbe mus das saubre Kleid
Des Herren Jesu stärken,
Das Er der liben Braut,
Welch' Er sich hat vertraut
In diser Sündenbahn,
Hat gnädigst angethan
Und herlich Sie geschmükket.

4.

Zwahr scheüßlich war Sie von Natur,
Vol Mängel und Gebrechen,
Auch Satan lief bemühet nur,
Sie mehr und mehr zu schwächen;
Doch hat Ihr Bräutigam,
Das libe Gottes Lamm,
Sie treflich schön gemacht,
Ja das Ihr wiederbracht,
Was gäntzlich war verlohren.

5.

Er hat Sie durch das Wasserbad
Im Wohrte rein gewaschen,
Und ob Sie gleich hieß' in der That
Nur Unflaht, Staub und Aschen,
Hat Christus Sie der Welt
Doch lieblich fürgestelt,
Ja das an Ihr bedekt,
Was vormahls Ihm' erwekt
Nur Ekkel, Schand' und Grausen.

6.

Wollan, es bleibt doch stets dabei,
Was Gottes Wohrt uns lehret,
Das Christus Kirchlein heilig sei,
Das Ihn von Hertzen ehret:
Dis ist des Geistes Kraft,
So neüe Menschen schaft,
Ja wirket oft geschwind'
In Ihr, das Leüte sind,
Die Gott von Hertzen dienen.

7.

Solt' aber auch wol die Gemein'
Ohn' Haupt gefunden werden?
Ach Nein! Ihr Haupt mus Christus sein
Der Sie regirt auf Erden,
Ja machet, das der Leib
An disem Haupte bleib'
Und wir in voller Zahl
Sind Glieder alzumahl
Des Leibes, der Ihn preiset.

8.

Wie nun des Menschen Seel' und Geist
Nur einen Leib regiret
Samt allem, was man Glieder heist,
Also wird auch geführet
Die Kirche schön und rein
Von einem Geist' allein,
Der durch der Libe Pfand
In heiligem Verstand'
Und guhter Zucht Sie leitet.

9.

Der Heiligen Gemeinschaft hat
Nur Einen Gott und Glauben,
Den aller Feinde Macht und Raht
Uns niemahls werden rauben.
Der Weg zum Himmel ist
Der Glaub an Jesum Christ.
O wahres SeelenHeil,
Wodurch uns wird zu Theil
Selbst Christus, der Gesalbte!

10.

Nur Eine Tauff', Ein Abendmahl
Ist uns von Gott gegeben;
Drümb last uns friedlich in der Zahl
Der Kinder Gottes leben,
Demnach ein jeder Christ
Des andern Bruder ist:
Dis zeiget weit und breit
Der Kirchen Einigkeit,
Welch' uns so fest verbindet.

11.

Wol dem, der sich ergeben hat,
Dem Negsten Guhts zu gönnen:
Derselb' erweiset in der That,
Das Christus Glieder können
So hier in diser Welt,
Als dort im Freüdenzelt'
Hübsch bei einander stehn
Und Gottes Antlitz sehn
In höchster Ehr' und Wonne.

Das Vier und zwantzigste Katechismuslied, Uber den Zwölften Artikul unseres Christlichen Glaubens: Ich gläube ein ewiges Leben

Dises kan gesungen werden nach der Melodie des seinen Liedes: Last uns Gottes Güte preisen, u.s.w.

1.

Mein Hertz hat Lust gewonnen,
Ein Lied zu stimmen an
Nicht etwan von der Sonnen,
Die zeitlich nützen kan:
Ach nein, es ist bereit
Die Sonne zu besingen,
Die Freüd' und Pracht wird bringen
Dort in der Ewigkeit.

2.

Laß' unser' Augen sehen
Das schönst' in diser Welt,
Laß unsre Zung' erhöhen,
Was Kaisern wol gefält,
Last allen Schmuk und Pracht
Auf einen Hauffen setzen:
Dis ist wie nichts zu schätzen
Für dem, was Gott gemacht.

3.

Beim Herren wird man spühren
Ein Leben ohne Klag'
Und herrlich triumphiren
Von aller Pein und Plag'.
Ey da wird Angst und Noht
Schon gäntzlich sein verschwunden,
Da ligen überwunden
Welt, Teufel, Höll' und Tod.

4.

Da darf man sich nicht sehnen
Wie hier nach einem Grab',
Es wird der Herr die Thränen
Mit Freüden wischen ab;
Da wird noch Leid noch Neid

Noch tausend andre Schmertzen
Bekümmern unsre Hertzen
Für solcher Herligkeit.

5.

Gott selbst wird unser Leben
Und wahre Freüde sein;
Ihn werden wir erheben
Mit höchster Lust allein,
Wen wir dem Wesen nach
Ihn werden recht erkennen,
In Seiner Libe brennen,
Ja froh sein tausendfach.

6.

Da wird der HERR uns kleiden
Mit Herligkeit so schön,
Das wir für grossen Freüden
Nicht mehr zurükke sehn
Auf das, was zeitlich war;
Dort wird man nicht mehr irren,
Dort wird uns nicht verwirren
Angst, Trübsahl und Gefahr.

7.

Im Essen, Trinken, Spielen
Sol zwahr ja nicht bestehn
Das, was der Schöpfer vielen
Wird lassen dort geschehn:
Ach nein! Das höchste Gut
Mit grosser Wonn' anblikken –
Das wird uns recht erquikken
Hertz, Leben, Seel' und Muht.

8.

O Gott, dein süsses Wesen,
Das in der Herligkeit
Uns ewig läst genesen,
Weis gahr von keinem Streit',
Es kennt kein Trauren mehr;
Die grosse LebensSonne
Schaft lauter Freüd' und Wonne,
Lust, Wolfahrt, Sieg und Ehr'.

9.

Hinweg mit allen Schätzen
In diser eitlen Welt;
Gold kan uns nicht ergetzen,
Wen uns der Würger fellt;
Dort aber ist man reich,
Dort kan man edle Gaben,
Welch' ewig währen, haben
Und herschen noch zugleich.

10.

Wer wird doch ferner preisen
Des Höchsten Gnadenlohn?
Wer kan uns das recht weisen,
Wie man die schönste Krohn'
Uns dort wird theilen zu,
Wo wir mit Gott regiren
Und solch ein Leben führen,
Das Reich von Fried' und Ruh'?

11.

O libliches Vertrauen
Mit Gott in Ewigkeit!
O seliges anschauen
Der Zeit ohn' alle Zeit!
O Jauchtzen immerdar!
O reden mit den Geistern,
Propheten, Vätern, Meistern
Und gantzen Himmels Schaar!

12.

Ade, du zeitlichs Leben,
Ich eil' ins Freüdenland,
So bald ich nur gegeben
Den Geist in Gottes Hand.
Ade, Welt, Ehr' und Pracht:
Auf dich wil ich nicht hoffen,
Den Himmel seh' ich offen;
Nun, Sterben, guhte Nacht!

Das andere erbauliches Lied

Dieses Lied kan auch gesungen werden nach der Melodie des bekanten Kirchengesanges: Wacht auf, ihr Christen alle, u.s.w.

1.

Was kan hinfohrt mich scheiden
Von deiner Lib', O Gott?
Kein Trübsahl, Angst noch Leiden,
Kein Unfall, Hohn noch Spott,
Kein Tod noch Noht, kein Leben,
Kein Geist, kein Fürstenthum;
Nur du, dem' ich ergeben,
Verbleibst mein Ehr und Ruhm.

2.

Von Gott sol mich nicht trennen
Der Höllhund Belial,
Ich werd' auch nicht nachrennen,
Welt, deiner Wollust Gall';
Auch sol mich nicht bezwingen
Mein arges Fleisch und Bluht,
Mit Freuden wil ich dringen
Zum allerhöchsten Guht.

3.

O Welt, dein eitles Wesen
Ist kaum des Namens wehrt.
Die Frömste, wie wir lesen,
Die haben nie begehrt,
In deiner Gunst zu stehen;
Denn ihnen war bewust,
Es müste schnell vergehen
Welt, Geld, Pracht, Ehr' und Lust.

4.

Du magst dich nur verkriechen,
Du Lastervolle Welt!
Du bist ja gleich den Siechen,
Die plötzlich überfält
Der Tod, im fall' er raubet
Ihr Leben, Guht und Ehr';
Auch dir ist schnell erlaubet,
O Welt, die Wiederkehr'.

5.

Ich kan dich gahr nicht liben,
Du bist mir viel zu schlecht.
Vom Himmel angetrieben
Lib' ich den Schöpffer recht,
Den Schöpffer, der, geschmükket
Mit grosser Herrligkeit,
Mich gleichsahm hält entzükket
In diser Leidens Zeit.

6.

Ich schwinge mich gen Himmel,
Den Teppich seh' ich an,
Der durch sein Sterngewimmel
Mich sehr ergetzen kan.
Wie schön' ist doch gezieret
Das blaue Wolkendach,
Das gleichsahm nur berühret
Des Höchsten Wohngemach!

7.

Das sind Tapezereien,
Mit Flammen außgestikt,
Die dessen Macht ausschreien,
Den sonst kein Mensch erblikt.
Wie herrlich muß wol prangen
Der grosse Himmelssahl!
Wem solte nicht verlangen
Nach Gottes Freudenmahl?

8.

Ich wil, O HERR, dich liben
Ob deiner grossen Macht;
Es muß für dir verstieben
Witz, Reichthum, Ehr' und Pracht.
Wer deinen Donner höret,
Der zittert als ein Laub;
Denn was dein Blitz verseeret,
Wird kleiner als der Staub.

9.

Rauch geht aus deiner Nasen,
Die Berge stehn wie Wachs,
Sie schmeltzen durch dein Blasen
Wie für dem Feur das Wachs.

Die stärkste Helden beben,
Wenn du dich hören läst;
Die Fluht muß sich erheben,
So bald dein Odem bläst.

10.

Gelobet und gepriesen
Seist du, mein grosser Gott;
Du hast dein' Ehr' erwiesen,
Du stärkster Zebaoht,
Reich, wunderbahr und prächtig,
Schön, tapfer, stark, behend'.
HERR, du bist alles mächtig,
Drüm lib' ich dich ohn' End.

Das zwei und zwantzigste erbauliches Lied

Kan auch gesungen werden nach der Weise unseres bekanten Kirchengesanges: Christus, der uns selig macht, u.s.w.

1.

Lobet Gott im Heiligthum,
Preiset seine Tahten,
Lasset ja des Schöpffers Ruhm
Treflich wol gerahten.
Lobet ihn mit Saitenspiel'
Und mit hellen Pfeiffen.
Ey man kan itz nicht zu viel
In die Orgeln greiffen.

2.

Wenn die süsse Laute klingt,
Wenn die Harff' erschallet,
Wenn der Kapelliste singt,
Wenn die Pauke knallet,
Wenn der Geiger lieblich streicht,
Wenn Posaunen prangen,
Denn wird fast ein Felß erweicht,
Seel' und Hertz gefangen.

3.

Aber, O der Eitelkeit,
Die diß arme Leben
Gleichwol nur so kurtze Zeit
Kläglich hat ümgeben!

Ist das Lied gleich noch so guht,
Läufts doch bald zum Ende;
Auch was sonst der Künstler thut,
Fleugt davon behende.

4.

Aber dort in Sions Statt
Sol es anders klingen,
Da man nimmer müd' und satt
Werden kan vom singen,
Wo der Außerwehlten Schaar
Stündlich neue Lieder
Dichten wird, auch immerdar
Springen hin und wieder.

5.

Kinder werden den Discant
Freudig lassen schallen,
Und was sonst der Alt genannt,
Solches wird gefallen
Jünglingen und Jungfräulein.
Männer sollen fassen
Den Tenor, den Baß gahr rein
Nur den Alten lassen.

6.

Niemand wird da laß noch matt,
Unsern Gott zu preisen;
Man erdenkt in Sions Statt
Täglich neue Weisen.
Einer mahnt den andern an:
Last uns Gott lobsingen
Und nur dem, der alles kan,
Freudenopffer bringen.

7.

Jauchtzet, jauchtzet, alle Welt,
Lobt Gott, alle Heiden!
Ehr' und Dank werd' ihm bestellt,
Dienet ihm mit Freuden!
Harffen, Pauken, Psalterspiel,
Flöhten, Lauten, Geigen
Und der Instrumenten viel
Sollen nimmer schweigen.

8.

Sing', O Welt, nach deinem Wahn
Nur von solchen Sachen,
Welch' ein tapfrer Held gethan:
Ich wils anders machen.
Kräftig wil ich meinen Geist
Durch ein Lied ergetzen,
Das man hoch erbaulich heist,
Das für Gold zu schätzen.

9.

Libster Jesu, laß mich doch
Deine Wollust schmekken!
Ach zerbrich mein Unglüks Joch,
Laß dein Bluht bedekken
Meine Schuld und Missetaht,
Laß mich dich erheben,
Wo dein Lob kein' Endschaft hat,
Dort im Freudenleben!

Das neundte erbauliche Seelen-Lied

Nach der Weise unseres bekanten Weyhenachten-Gesanges: Ein Kindelein so löbelich ist uns u.s.w.

1.

Ich weiß, o mein Herr Jesu Christ,
Daß, weil ich leb auff Erden,
Das Creutz mit mir verknüpfet ist
Und ich versucht muß werden.
Bald plagt mich Krieg, bald Hungers-Noht,
Bald Kranckheit schier biß auff den Tod,
Bald muß ich unrecht leiden;
Der Lügner läst mir keine Ruh',
Er setzt mir offt so grimmig zu,
Daß ich wünsch' ab zu scheiden.

2.

Ich bin geplagt bey Tag' und Nacht,
Ich muß voll Angst hie wallen.
Des Satans Zorn und grosse Macht
Beschweret mich für allen.
Die Sünde macht mir gar zu bang',
Es währt das Creutz auch viel zu lang',
Ich förcht, ich muß verzagen.

Wo sol ich hin, ich armes Kind,
Im Fall' ich kein Errettung find?
Herr, höre doch mein Klagen!

3.

Mein Seelichen, ermuntre dich,
Hör' einmal auff zu schreyen.
Dein Gott, der zürnt nicht ewiglich,
Er wil dich bald befreyen.
Was ist doch unser Lebensgang?
Ein Augenblick, ja kaum so lang;
Es ist sehr bald geschehen,
Daß wir nach dieser kurtzen Zeit
In übergrosser Herrlichkeit
Den Herren Jesum sehen.

4.

Ich seh' jhn schon dem Glauben nach;
Ey solt' ich dan nicht hoffen,
Daß sich wird bessern meine Sach?
Es steht der Himmel offen;
Da seh' ich in dem Freudenland'
Und zwar zu Gottes Rechtern Hand
Den Herren Jesum prangen.
Nun ist vollendet bald mein Lauff.
Mein Heyland, nim mich gnädig auff
Und stille mein Verlangen.

5.

Was acht' ich Trübsal, Angst und Pein?
Was frag' ich nach den Schmertzen,
Die härter sind als Stahl und Stein,
Ja quälen Seel und Hertzen?
Was sol das seyn, so mich beschwert?
Diß Leyden ist ja nimmer wehrt
(Wie Paulus selbst bekennet)
Der grossen Ehr' und Freudenzeit,
Welch' in der süssen Ewigkeit
Uns Gottes Kinder nennet.

6.

Ich weiß, daß mein Erlöser lebt,
Drumb darff ich nicht erschrecken.
Er ist der Held, der mich erhebt,
Er wird mich aufferwecken

Und als sein' ausserwehlte Braut
Mit Adern, Sehnen, Fleisch und Haut
An jenem Tag' umbgeben.
Da wil ich dan verkläret stehn
Und Gott mit meinen Augen sehn.
O wundersüsses Leben!

7.

So tobe nun, Welt, Teuffel, Tod,
Laß tausend Trübsal kommen:
Mich schrecket weder Angst noch Noht,
Die Furcht ist mir benommen.
Es währt doch alles Creutz und Leyd,
O Seelichen, nur kurtze Zeit;
Drumb darff ich das nicht scheuen.
Bald kompt die Stund', in der ich mich
Die Welt quitirend ewiglich
Mit Jesu werd' erfreuen.

Das zwölffte erbauliche Seelen-Lied

Welches kan gesungen werden nach unserm andächtigen Hauß- und Kirchenliede: Von Gott will ich nicht lassen, den er läst.

1.

Laß uns, o Seele, fliehen
Auß dieser bösen Zeit;
Laß uns, O Seele, ziehen
Ins Hauß der Ewigkeit.
Bald kompt der Engel Schaar,
Gen Himmel uns zu führen,
Woselbst uns kan berühren
Kein Unglück noch Gefahr.

2.

Wir sind schon längst gesessen
Im Kärcker dieser Welt,
Wo niemand kan ermessen,
Wie sehr uns nachgestellt
Welt, Teuffel, Fleisch und Blut.
Wir haben außgestanden
In Ketten und in Banden
Mehr, als ein Sclave thut.

3.

Der Satan hat betrübet
Uns leider! Nacht und Tag.
Wir sind im Creütz geübet
Mehr, als man glauben mag.
Wir lagen grausamlich
Bey Drachen und bey Schlangen
An Leib' und Seel gefangen,
Ja fühlten manchen Stich.

4.

Wir musten furchtsam gehen
Den gar zu schmahlen Weg,
Wir konten schwerlich stehen
Auff dem zerbrochnen Steg.
O welch ein' Unglücks-Tieff!
Ein Wasser, schwartz und grewlich,
Ein Wasser, das abschewlich
Uns zu verderben lieff!

5.

Hilff Gott, es soll bald werden
Mit uns ein andrer Stand,
Wan wir nur von der Erden
Ins rechte Vatterland
Zu Jesu sind gebracht;
Dan wird uns gar nichts fehlen,
Auch künfftig nicht mehr quälen
Des Satans List und Macht.

6.

Wir kommen auß dem Tuncklen
An einen solchen Ort,
Wo Sonn' und Sterne funcklen,
Wo lauter Frewd' hinfohrt,
Wo Gottes Lob erschallt,
Wo wir in Freyheit wohnen,
Geschmückt mit güldnen Krohnen,
Sehr herrlich von Gestalt.

7.

Da wird man frölich sagen:
Willkommen, liebes Kind!
Dich hat der Engel Wagen
Herauff geführt geschwind'

Und in den Stand versetzt,
Wo du nach tausend Plagen,
Nach lauter Angst und Zagen
Wirst ewiglich ergetzt.

8.

Hinweg, jhr Strick' und Bande,
Hinweg, du Sclaverey!
In diesem hohen Stande,
Da herrschet man recht frey.
Hinweg, Furcht, Pein und Quaal!
Diß alles ist vergangen;
Wir jauchtzen jtz und prangen
Im grossen Himmels-Saal!

9.

Laß uns, o Seele, fliehen
Auß dieser schnöden Zeit!
Laß uns, o Seele, ziehen
Hinauff zur Seeligkeit!
Dort steht der Engel Heer
Bey Sions güldnen Thüren,
Sampt uns zu triumphiren.
Diß ists, was ich begehr!

Die wegen ihres schwehren Kreutzes hefftig geängstete und sehr geplagte, nunmehr aber durch reichen Trost kräfftig erquikkete und wieder auffgerichtete Seele danket dem grossen Gott und getreuen Vater im Himmel mit nachfolgendem Liede

Welches kan gesungen werden nach der Melodie meines sonst wolbekanten H. Liedes: Von Gnade wil ich singen, u.s.w.

1.

Ich wil den Herren loben,
Denn er ist meine Stärk';
Er selbst hat mich erhoben,
So daß ich seine Werk'
In aller Welt muß preisen.
Der Herr kan Hülff' erweisen,

Der Herr ist sanft und mild,
Er bleibt mein Hort und Schild.

2.

Der Herr hat nicht gespahret
An mir sein' höchste Treu,
Der Herr hat mich bewahret,
So daß ich sorgen frei
Gesessen unterm Hügel
Und Schatten seiner Flügel;
Der Herr hat mich, sein Kind,
Errettet gar geschwind'.

3.

Es muß mein Hertz sich freuen,
Daß du so gnädig bist.
Herr Gott, mein Mund sol schreien,
Daß ich in kurtzer frist
Dein heilsahm Hülff' empfunden
Und alles überwunden,
Was mitten in Gefahr
Mir höchst erschreklich war.

4.

Du bist ein Schutz der Armen,
Ein Schutz zur Zeit der Noht,
Bei dir gilt nur Erbarmen;
Drum ich, wenn schon der Tod
Gahr hart auff mich getroffen,
Dennoch auff dich wil hoffen;
Denn wer dein Angesicht
Fest sucht, der fehlt hie nicht.

5.

Es ist an allen Ohrten
Dein Nam', O Herr, so groß,
Daß ich es auch mit Wohrten
Nicht kan erzehlen bloß:
Es preisen dich die Kinder,
Die Säugling' auch nicht minder,
Ja Luft, Feur, Erd' und Meer
Gehn lobend dich daher.

6.

Du hörest uns in Nöhten,
Dein Nahm', Herr, schützet mich.
Wil uns die Trübsahl tödten,
So hilffst du wunderlich.
Du gibst, was wir begehren,
Und wenn uns hart beschweren
Die Plagen, ist dein' Hand
Von Raht und Taht bekant.

7.

Was sol ich denn viel quählen
Mein Hertz mit Furcht und Streit?
Dir darff ichs nur befehlen,
Dein Hülff' ist stets bereit.
Du bist mein Liecht, mein Leben:
Für wem solt' ich denn beben?
Du bist mein Heil und Krafft,
So mir Errettung schafft.

8.

Es sol kein Angst noch grauen
Mich überfallen mehr;
Auff dich wil ich nur schauen,
Du gibst mir schnell Gehör,
Im fall' ich zu dir schreye
Und mich dadurch entfreye
Der grimmigsten Gefahr,
Die mir so nah' offt war.

9.

Ich werd', O HERR, nicht sterben
In einer solchen Noht,
Welch' uns bringt ins Verderben,
Beschleunigt offt den Tod.
Ich weis, du läst mich leben,
Auf daß ich könn' erheben
Dein' Allmacht, Güht' und Treü,
Der ich mich ewig freü.

Der Herr Jesus tröstet Die in äusserster Leibes und Lebens Gefahr auf dem erzürntem Meer schwebende

und deßwegen schmertzlich klagende Seele mit nachfolgendem Liede

Welches auch kan gesungen werden nach der Melodie unseres schönen, sonst wolbekanten Kirchen-Psalmes: An Wasserflüssen Babilon, u.s.w.

1.

Wer ist es, der die Segel lenkt
Und der das Schiff regieret,
Der Jennes Heer ins Meer versenkt,
Der Moses hat geführet?
Ich bins, der Allerhöchste Gott,
Der gross' und starke Zebaoht,
Der auch an allen Enden
So wunderbahrlich helffen kan,
Daß in der Noht sich Jedermann
Getrost zu Mir darf wenden.

2.

Ich spräche nur den Wellen zu,
Wenn sie so grausahm wühten,
Daß sie sich legen schnel zur Ruh;
Ich kan der Fluht gebiehten.
Drum fürchte dich kein Hährlein mehr,
Betrübte Seel', ob noch so sehr
Itz Wind und Wasser rasen;
Bedenk' es nur in deinem Sinn',
Ob Ich der grosse Gott nicht bin.
Für dem kein Wind darf blasen?

3.

Und wenn du gleich durchs Wasser gehst,
Bleib' Ich dir doch zur Seiten
Und schaffe, daß du sicher stehst,
Ja daß auch nicht von weiten
Ein schwehrer Unfall treffe dich.
Drum baue nur getrost auf Mich,
Ich hersch' auch in den Tieffen,
Ja Himmel, Erd' und Meer ist Mein;
Wie schnel pflag Ich dabei zu sein,
Wenn die Verzagte rieffen.

4.

Ich bin der Herr auf wilder Fluht,
Welch' Ich dazu bereitet,
Daß man drauf führet Leut und Guht,
Durch Meine Hand begleitet.
Das Meer ist Schiff und Menschen voll,
Worauf man Waaren führen sol,
Das grosse Nahrung bringet.
Lass' Ich den Winden nun ihr Spiel,
So siehet man der Wunder viel,
Wie hoch das Wasser springet.

5.

Jedoch regir' Ich alle Meer',
Ich hersch' in tieffen Wellen;
Und gehn sie noch so stoltz daher,
Guht, Leut' und Schiff zufellen,
So still' Ich schnell ihr brausen doch,
Dieweil Ich bin viel grösser noch
Als Sie; drum kan Ichs wehren,
Daß Sie nicht werden gahr zu krauß
Und reissen so gewaltig auß,
Als Sie für sich begehren.

6.

Dem Wasser hab' Ich Mahss' und Ziel
Von Alters her gesetzet,
Daß es nicht wühte gahr zu viel
Und werd' auch nicht verletzet
Der Mensch', im fall' er seinen Fuß
In solch ein Häußlein stellen muß,
Daß auf den Wellen schwebet.
So weit erstrekt sich Meine Macht,
Das sicher wird ans Land gebracht,
Was in den Schiffen lebet!

7.

Solt' Ich denn auch nicht können dir
Itz Hülff und Trost erweisen,
Der Ich doch Allen helffe schier,
Die so zu Wasser reisen?
Zwhar hast du deinen Leib vertraut
Nur einem Höltzlein, daß man schaut
Im Meer erbärmlich wanken:
Jedoch getrost! Ich schaff es frei,

Daß Schiff und Guht erhalten sei;
Du wirst mirs hertzlich danken.

8.
Gedenk' an Meine Jünger nur,
Wie heftig das sie schreien,
Als Ich mit ihnen überfuhr.
Sie lagen auf den Knien
Und rieffen: Meister, hilf uns bald!
Und als Ich nun zwang mit Gewalt
Die hocherhabne Wellen,
Da sprang ihr Hertz, Sie dankten Mir.
Ein gleiches wil Ich thun an dir,
Kein Wetter sol dich fellen.

9.
Ich wil dem Wind', Ich wil der Fluht
Mit einem Wohrt gebieten;
Gib Achtung, was Mein' Allmacht thut,
Wie plötzlich Sie das wühten
Der starken See bezwingen kan.
Drum heiss' Ich auch der Wunderman,
Der Alles kan erretten,
Wenn gegen Mich schon Wasser, Feur,
Wind, Sturm und alles Ungeheur
Sich fest verbunden hetten.

10.
Solt' endlich ja daß Schiff so gahr
Auf stükk' und trummern gehen,
So wil Ich mitten in Gefahr
Doch kräftig bei dir stehen:
Ich wil dich retten aus dem Meer,
Als Ich den Jonas widrum her
Ans Land gebracht mit Freuden.
Es geh' auch, als es immer woll':
Erinnre dich, das nichts dich sol
Von Meiner Libe scheiden.

Die in der äussersten Todes Angst mit überreichem Trost hertzlich erquikkete und wieder aufgerichtete Seele erfreüet sich in Gott, ihrem Heilande, preiset

desselben Gühte und wünschet nur bald der Ewigen Seligkeit zu geniessen

Dieses kan auch gesungen werden nach der Melodie Meines sonst wolbekanten Liedes: So wünsch' ich mir zu guhter letzt Ein seliges Stündlein, wol zu sterben!

1.

Lob, Preiß und Dank sei Dir von mir,
O süsser Jesu Christ, gesungen,
Daß Du mir schnel die Himmelsthür'
Eröfnen wilt, wenn ich gedrungen
Bin aus dem Kärker diser Welt,
Der mich so grausahm hat beschwehret:
Itz seh' ich schon Dein Freüdenzelt,
Daß eifrigst wird von mir begehret.

2.

O schönstes Hauß, o güldner Sahl,
O Pallast, gläntzend wie die Sonne,
In welchem ich das Abendmahl
Bald halten sol mit Freüd' und Wonne.
O Hauß vol Licht und Herligkeit,
Wenn werd' ich deine Klahrheit sehen?
Wenn werd' ich, aller Angst befreit,
Aus disem Kärker zu dir gehen?

3.

Wenn werd' ich doch Dein Angesicht,
O mein Hertzlibster Jesu, schauen?
Wenn wirst Du mich Dir selbst, mein Licht,
Als Dein' hertzwehrte Braut vertrauen?
Du hast gesagt, daß, wo Du bist,
Dahin sol ich, Dein Freund, auch kommen:
Hilf nun, daß ich in schneller frist
Zu Dir, zu Dir werd' aufgenommen!

4.

Warum läst Du mich in der Welt
So lang' als einen Pilger wallen?
Mein Jesu, wenn es Dir gefält,
So laß doch bald die Stimm' erschallen:
Du bist mein allerlibstes Kind,
Drum kom, du must beim Vatter wohnen,

Der die, welch' Ihm verbunden sind,
Gantz prächtig ziert mit Ehrenkrohnen.

5.

Ich wil dich aus dem Jammerthal,
Wo nichts als Noht und Tod regiret,
Versetzen in den Freüdensahl,
Da Sion herlich triumphiret.
Ich wil dich bringen mit Gewalt,
O Freundinn', aus dem Tod' ins Leben.
Ja, mein Herr Jesu, komm nur bald,
Diß schöne Wohnhauß mir zu geben.

6.

O unverwelklichs Erb' und Theil,
Daß uns im Himmel aufgehoben!
O Fried, o Freud', o Licht, o Heil,
Wer kan dich recht nach Würden loben?
O möcht' ich augenbliklich doch
Dein unvergänglichs Wesen sehen!
O möcht' ich dise Stunde noch
Samt Deinen Engeln für Dir stehen!

7.

O Gottes Statt, o Vatters Hauß,
O süsse Ruh', o liblichs Wesen!
Itz flieh' ich von der Welt hinauß,
In Deinen Zimmern zugenesen.
O Tag, o Licht, o Herligkeit,
O guhter Will' und Wolgefallen,
Itz find' ich auf so manches Leid
Vergnügung, Fried' und Freud' in Allen

8.

Drauf fahr' ich hin; Der Engel Schaar
Steht libreich da, mich zubegleiten.
Nun ist mein Lauf vollendet gahr,
Nun ist gethan mein schwehres Streiten;
Nun tritt mein Jesus selbst herzu,
Nun wil Er mir die Krohn' aufsetzen
Und mich mit Ehr' und Freud' und Ruh'
In Seinem Reich' ohn' End' ergetzen.

Psalm 34, 9.

Schmekket und sehet, wie freundlich der Herr ist.

Melodie: Du LebensFürst, Herr Jesu Christ.

1.

Auf, meine Seel', und rüste dich,
Dem Schöpfer darzugeben
Dich selbst zur Wohnung säuberlich,
Auf daß er müge leben
In dir und giessen Seine Güht'
Aus grosser Lib' in dein Gemüht:
O HimmelsSchatz', O Gaben,
Welch' uns für alles laben!

2.

Gott ist ein Ewigs, liblich Guht,
Gott ist gantz vollenkommen,
Der uns in Seine Gnadenhuht
Hat väterlich genommen.
Doch wird Er nicht nur so genant:
So wil Er werden auch erkant,
Versteh': in wahren Glauben,
Den uns kein Feind kan rauben.

3.

Wie sol ich aber als ein Knecht,
Der seines Herren Willen
Zwahr weis, doch nicht erfüllet recht,
Mein Seelichen hie stillen?
Ich mus, Herr, Deine Süssigkeit,
Ja Güht und Trost in diser Zeit
Erst schmekken und empfinden:
Den kan ichs fein ergründen.

4.

Wie komm' ich aber wol dazu,
Daß ich in meinem Hertzen
Empfinde solchen Fried' und Ruh,
Demnach ich so viel Schmertzen
Von wegen meiner Missetaht,
Die mich sehr hart beschwehret hat,
Muß Tag und Nacht erleiden,
Auch allen Trost itz meiden?

5.

Der Satan treibt zur jeden Zeit
Sein Werk in mir mit Prangen,
Mit Geitzen, Wollust, Zorn und Neid'.
O Gift der alten Schlangen!
Du must heraus, so wird bekehrt
Mein arme Seel' und recht gelehrt,
Wie herlich sie für allen
Dem Schöpfer kan gefallen.

6.

Dem Herren mus ich hangen an,
So lang' ich leb auf Erden;
Ich wil, so viel ich immer kan,
Mit Ihm ein Geist auch werden.
Ich bin doch gäntzlich itz bedacht,
Der Welt zu geben gute Nacht,
Nur Gott mich zu gelassen,
Die Wollust stets zu hassen.

7.

Wen Welt und Wollust gehn heraus,
Alsden bezieht mit Freuden
Der Schöpfer Seiner Seelen Haus,
Schnel mus das Eitle scheiden.
Die stille Seel' ist rein und frei;
Bald geust in Sie vol Lieb' und Treu
Der grosse Menschenhühter
Den Reichthum Seiner Gühter.

8.

Ach kommet, schmekket, sehet doch,
Wie freundlich Sich erzeiget
Der fromme Gott, der täglich noch
Vom Trohn des Himmels steiget
Und senket Sich in unsre Seel':
O wundersüsses Freudenöhl',
O Trost, O liblichs Wesen,
Durch Dich kan man genesen!

9.

Es kan ja niemand ohne Dich,
Mein Schöpfer, Dich erkennen;
Den wo Du selbst nicht lehrest mich
In Deiner Libe brennen,

So weis' ich nichts. Wen aber Du
Bist meiner Seelen Licht und Ruh,
So prang' ich wol vergnüget
Gleich dem, der obgesieget.

10.

Hinweg, O Welt, mit deiner Pracht,
Hinweg mit deinen Schätzen!
Mein Jesus, der mich freudig macht,
Der kan mich recht ergetzen.
Er ist und bleibt das höchste Guht,
Das grosse Wunder an mir tuht,
Das Fried und Trost mir schikket,
Das Ewig mich erquikket.

11.

Ach kommet, schmekket, seht doch nur,
Wie freundlich Sich erweiset
Der Schöpfer Seiner Kreatur,
Welch' Ihn drum hertzlich preiset.
Mein Gott, ich bin in Lib' entzükt:
Ach laß mich werden hingerükt
Zu Dir, ach laß mich gehen,
Dein' Herligkeit zu sehen.

Joel 2, 13.

Bekehret Euch zu Mir von gantzem Hertzen mit Weinen, mit Klagen; Zerreisset Eure Hertzen und nicht eure Kleider und bekehret Euch zu dem Herren, Eurem Gott.

Melodie: Christ, unser Herr, zum Jordan kahm.

1.

Geh' in dein Hertz, O Menschenkind,
Dein Elend zu betrachten;
Wie bist du doch so toll und blind,
Daß du gahr nichts machst achten
Dein ewigs Heil, da du doch wol
Um zeitlichs dich beklagest,
Nicht aber, was die Seele sol
Erhalten, eifrig fragest,
Noch ob du Gott behagest.

2.

Dein Bühssen, das mus hertzlich sein
Mit Weinen und mit Fasten;
Gott schaut dir recht ins Hertz hinein,
Woselbst Er solte rasten.
Dein Leib und Seele müssen sich
Der Nüchterkeit befleissen,
Damit du könnest inniglich,
Das heist ohn alles Gleissen,
Dein traurigs Hertz zerreissen.

3.

Ein solches Fasten, Reu und Leid,
Ein solcher Glaub' und Behten,
Die können ja zur bösen Zeit
Viel Elend untertreten.
Wen Gottes Zorn die Länder plagt
Mit Theurung, Krieg und Sterben,
So wird Sein Grim hiedurch verjagt,
Daß wir nicht gantz verderben,
Besondern Gnad' erwerben.

4.

Wen mange Trübsahl komt heran
Und wir kein Hülffe wissen,
Welch' uns davon befreien kan,
So sol man sein beflissen,
Durch ernste Buhsse Tag und Nacht
Des höchsten Grim zu brechen;
Den wahre Buhss' hat grosse Macht,
So stark ihm zuzusprächen,
Daß Er Sich nicht mag rächen.

5.

Wen Gott die böse Länder plagt,
Pflegt Er darnach zu sehen,
Ob niemand kommet, der sich wagt
Und für den Riss wil stehen.
Er forschet, ob nicht einer sei,
Der sich zur Mauren mache
Der durch sein Klag- und Buhsgeschrei
Bei diser bösen Sache
Mit behten treuligst wache?

6.

Solch' eine Maur war Daniel
Der grosse Mann, zu nennen,
Als er begunte klahr und hell
Die Sünden zu bekennen,
Womit sein Volk schon lange Zeit
Gahr schändlich sich beschmitzet,
Wodurch den die Gerechtigkeit
Des Höchsten war erhitzet,
Welch' Ihre Pfeil gespitzet.

7.

O Land, stell' eine Fasten an,
Ruff alles Volk zusammen;
Laß schauen, ob man leschen kan
Des Eyfers heisse Flammen?
Der Bräutigam mus itz nur bald
Aus seiner Kammer lauffen,
Die Priester kommen jung und alt,
Die Kinder auch mit Hauffen,
Ob Gnad' hiedurch zu kauffen?

8.

Doch was sol ein zerrissnes Kleid
Für Gnad' und Huld erwerben?
Den angemahsste Klag und Leid
Erlösen nicht vom Sterben:
Nur Gott, der wil von jederman
Die Sünd' erkennet haben,
Damit Er desto besser kan
Diselb' ins Meer begraben
Und die Zerschlagne laben.

9.

Recht fasten heisset Sünd' und Schand'
Aus allen Kräften hassen
Und thun den Lüsten Widerstand,
Sich Gott allein gelassen,
Sich üben in Barmhertzigkeit,
Gedültig sein in Schmertzen,
Erweisen Treu zur jeden Zeit
Und zwhar von gantzem Hertzen:
Recht bühssen ist kein Schertzen.

10.

Gleich wie dem Hertzen weh' es tuht,
Wen es fühlt tieffe Wunden,
Recht so sol uns auch sein zu Muht',
Im Fall' uns hält gebunden
Die Sünd' und Bösheit manger Ahrt.
Da mus nun sein zerschlagen
Das Hertz; und wer' es noch so zahrt,
So mus es sonder Klagen
Die Straff auch willig tragen.

11.

Ein solches Hertz, mit Reu geschmükt,
Kan Gott allein gefallen;
Es wird in Seiner Lib' entzükt
Und siehet dis für allen,
Daß nur sein sündlichs Fleisch und Bluht
Mag wol gekreutzigt werden:
Alsden ist Gott sein höchstes Guht
Im Himmel und auf Erden;
Kein Feind kan ihn gefehrden.

Psalm 104, 1. 2.

Herr, Mein Gott, Du bist herlich und schön geschmükket. Licht ist dein Kleid, so Du an hast.

Melodie: Gott, der Du Selber bist das Licht.

1.

Gott, der Du bist das höchste Guht,
Das uns erquikket Hertz und Muht,
Wie schön bist Du geschmükket!
Wen ich in diser Leidenszeit
Betrachten mag dein' Herligkeit,
So werd' ich gantz entzükket.
Es wird die höchste Pracht der Welt
Allein durch Dich, Herr, fürgestelt.

2.

Im Himmel ist doch nichts so gros,
Nichts gibt uns auch der Erdenkloos,
Das Dir, Herr, zu vergleichen.
Dein' Engel, welche für Dir stehn,
Und prächtig zwahr sind anzusehn,

Die müssen plötzlich weichen,
O Schöpfer, deiner Majestat,
Die tausend Sonnen Klahrheit hat.

3.

Der Engel Licht entspringt ja gantz
Aus Deinem theurem Himmelsglantz'.
O Gott, wer kan gnug loben
Dein' unaussprächlich' Herligkeit,
Welch', alles Wechsels gantz befreit,
Bleibt ewiglich erhoben?
Wer Deine Zierd' im Geist bedenkt,
Wird schnel in HimmelsLust versenkt.

4.

O schönster Gott, O theurster Schatz,
Das noch die Sünd' in mir auch Platz
Durch Satans List kan haben,
Herr, das betrübt mich dergestalt,
Das ich schier wolte mit Gewalt
Mein eignes Hertz durchgraben.
Sol Deiner Schönheit güldner Schein
Durch solchen Koht beschmitzet sein?

5.

Jedoch weil Jesus, Gottes Sohn,
Der Menschen Heil und Gnadentrohn,
Selbst ist ein Mensch geworden,
So hat Er uns auch schön gemacht,
Ja durch Sein' Angst und Kreutz gebracht
In der gezierten Orden;
Itzt dekt Er unsre Mängel gantz
Durch Seinen Schmuk und Himmelsglantz.

6.

Des Himmels Schönheit merk' ich an,
Welch' ich nicht gnug betrachten kan:
Wie gläntzen doch die Sterne!
Wie nimt der Mond doch ab und zu,
Wie läuft die Sonn' ohn' End und Ruh,
Wie glintzert sie von ferne!
Hat solchen Schmuk die Sonn' allein,
Wie schön mus wol ihr Schöpfer sein?

7.

Der Kräuter, Bäum' und Bluhmen Pracht
Nehm' ich auch billig itz in acht,
Wem sol er nicht behagen?
Die Rosen, Liljen, Tulipan
Bezieren so den Gartenplaan,
Das es nicht auszusagen.
Hat solchen Schmuk die Bluhm' allein,
Wie schön mus wol ihr Schöpfer sein?

8.

Wer kan sich doch verwundern gnug
Der Vögel Schnelheit, welcher Flug
Oft streitet mit den Winden?
Wer kan recht setzen zu Papir
Den Unterscheid so vieler Tihr'
Auf Bergen und in Gründen?
Hat solchen Schmuk ein Tihr allein,
Wie schön mus wol sein Schöpfer sein?

9.

Bald such' ich in der Erden Schoos
Gold, edle Stein und Silberklooss,
Auch tausend andre Schätze.
Hirinn betracht ich Gottes Güht',
Auf das dadurch sich mein Gemüht'
Absonderlich ergetze.
Hat solchen Schmuk das Ertz allein,
Wie schön mus wol sein Schöpfer sein?

10.

Ach Gott, wie werden wir so schön
In jennem Leben für Ihm stehn,
Wen nunmehr ist erschienen,
Daß wir den Schöpfer ähnlich sind,
Schön, mächtig, heilig, stark, geschwind
Und gleich den Cherubinen!
Ihn werden wir zur selben Frist
Recht klährlich schauen, als Er ist.

11.

Doch alle Schön- und Herligkeit,
Welch' uns in jenner Freudenzeit
Sol zugetheilet werden,
Die komt, O Jesu, bloos von Dir;

Drüm wünsch' und seuftz' Ich für und für,
Das bald ich von der Erden
Gen Himmel müge schwingen mich,
Dir Lobzusingen ewiglich.

12.

Da sol mein Leib, der hie nichts wehrt
Und dort so herlich wird verklährt,
Gleich wie die Sonne prangen;
Den weil, O Gott, Dein Kleid ist licht,
Kan mirs an Klahrheit mangeln nicht.
Drüm ruff' ich mit Verlangen:
Mein Heiland, las doch bald mich gehn,
Dein' höchste Schönheit anzusehn!

Joel 2, 12. 13.

So spricht nu der Herr: Bekehret euch zu mir von gantzem Hertzen u.s.w.

Melodie: Auf meinen liben Gott.

1.

Ihr Sünder, geht herfür,
Die Straff' ist für der Thür':
Itz nahen Angst und Schmertzen.
Drum kehret euch von Hertzen
Zu dem, der euch gegeben
Witz, Nahrung, Fried' und Leben.

2.

Des Lebens gantze Zeit
Sol man mit Frömmigkeit
Und Buhsse recht verschliessen,
Dafern man wil geniessen
Des Allerhöchsten Segen,
Worann so groß gelegen.

3.

Heut' ist der rechte Tag,
Daran ein jeder mag
Die Gnadenquelle finden,
Die niemahls auszugründen,
Welch' alle Sünder labet
Und herlich sie begabet.

4.

O thörichts Volk, vernim,
Was sagt des Herren Stimm':
Itz ist das Stündlein kommen,
Da du wirst angenommen;
Itz must du schmertzlich bühssen,
Viel Thränen auch vergiessen.

5.

Gedenk an deine Pflicht,
Spahr' itz die Buhsse nicht,
Bis Krankheit dich beschwehret,
Ja gahr dein Fleisch verzehret.
Verzeuch nicht, from zu werden,
Du Hand vol Staub und Erden.

6.

Sprich nicht: Ich bin noch stark,
Es ist ja weit zum Sark'.
O thörichte Gedanken!
Der Tod zerreist die Schranken
Des Lebens, daß wir sterben
Und unbekehrt verderben.

7.

Du gehst nach eitlem Wahn,
Mensch, in der Sündenbahn:
Laß ab von solchen Wegen,
Die Gottes Grim erregen.
Hör' auf von Sündenwesen,
Alsden wirst du genesen.

8.

Wer Gottes Angesicht
In Demuht sihet nicht,
Wer nicht sein Hertz außschüttet
Und üm Vergebung bittet,
Der wird nicht wie die Frommen
Zu Gnaden angenommen.

9.

Es mus von Hertzen gehn,
Im Fall' hie sol bestehn
Das Bühssen und Bekehren,
Wie dise Wohrt' uns lehren.

Es heist »von gantzem Hertzen«,
Hie gilt fürwahr kein Schertzen!

10.

Ach das so manger Christ
Ein grober Heuchler ist,
Der sich zum Schein nur stellet,
Als wen er sich gesellet
Zu längst bekehrten Leuten,
Die nie von Gott abschreiten.

11.

Gott als der Warheit Mund
Schaut auf des Hertzens Grund.
Drum last uns sonder Gleissen
Auch unser Hertz zerreissen
Und nicht, wie vielmahls leider!
Geschieht, nur bloss die Kleider.

12.

Wenn man nun dergestalt
Gleich wird für Trauren alt,
So kan man klährlich spühren,
Wie Gott pflegt zu berühren
Den Geist, der, gantz zuschlagen,
Nach Ihm allein mus fragen.

13.

Barmhertzig, gnädig, guht
Ist Gott, der willig thut,
Was wir von Ihm begehren.
Drum sol uns nicht beschwehren
Die Straff und Lohn der Sünden,
Sein Grim mus oft verschwinden.

14.

Sind gleich der Sünden viel,
So hat dennoch kein Ziel
Des Allerhöchsten Gühte:
Sein freundliches Gemühte,
Das ist so reich von Gnaden,
Das uns kein Feind kan schaden.

15.

O Lib', O Freundligkeit,
Welch' unser Hertz befreit
Von Trübsahl, Angst und Schrekken,
Laß meinen Geist doch schmekken
Dein Freudenöl' im Leiden:
So scheid' ich ab mit Freuden.

Psalm 145, 15. 16.

Aller Augen wahrten auf dich, und Du gibst ihnen ihre Speise zu seiner Zeit; du thust Deine milde Hand auf und sättigest Alles, was lebt, mit Wolgefallen.

Melodie: Allein Gott in der Höh sei Ehr.

1.

Es wahrtet Alles, Herr, auf Dich,
Was in der Welt sich reget,
Was in der Luft und Wassern sich
Durch deine Kraft beweget.
Es schaut auf Dich das Klein und Gross',
Auch was der runder Erdenkloos
In seinem Umkreis heget.

2.

Es kan sich ja kein Menschenkind
Durch eigne Kraft versorgen;
Den ob wir schon bemühet sind
Vom Abend biß zum Morgen,
So thut man alles doch ümsunst,
Im Fall', O Herr, sich deine Gunst
Uns Armen hält verborgen.

3.

Wen wir mit Adam hakken schon
Und mit Elisa pflügen,
So werden wir doch schlechten Lohn
Von solcher Arbeit kriegen,
Wo du nicht, Herr, an uns gedenkst
Und deinen Segen reichlich schenkst,
Der treflich kan vergnügen.

4.

Was hilft es, das ich früh' und spat
Viel pflantz' im Feld' und Gahrten?
Wer dich, Herr, nicht zum Helffer hat,
Des Thun wird sich nicht ahrten.
Dein Segen nützt uns weit und breit,
Er lehrt uns auch, der Ernde Zeit
Fein mit Gedult erwahrten.

5.

Ja, liber Herr, wie soltest Du
Die Menschen nicht ernähren?
Dein Hand ist nie geschlossen zu,
Die Nohtturft zu bescheren.
Dein Segen zeigt sich nah' und fern;
Den jungen Raben gibst du gern
Auch das, was sie begehren.

6.

Die Sperling' hüpffen auf dem Dach'
Und finden doch ihr Essen;
Die Hirsche gehn dem Futter nach
Und werden nicht vergessen.
Du nährest allerlei Geblüht':
Ach Herr, wer kan doch deine Güht
Und Libe recht ermessen?

7.

Doch wen man nicht erkennen wil,
Was deine Recht' uns schenket,
So hält dein Segen plötzlich still,
Diweil dein Hertz sich lenket
Alsden zur Straff' und Hungers-Noht:
Da fehlt es bald am liben Brod',
An dem auch, was uns tränket.

8.

Sprich nicht: Die Frucht, Korn, Oel und Wein
Sind durch mein' Arbeit kommen.
O Mensch, laß doch dein rühmen sein,
Du hasts von Gott genommen.
Der grosse Schöpfer weis es nur,
Was seiner armen Kreatur
Zur rechten Zeit kan frommen.

9.
Wie wen ein treuer Vater pflegt
Die Kinder zu begaben
Und ihnen auf die Taffel legt
Das, was sie nöthig haben:
O frommer Gott, so stehn auch wir
Als deine Kinder stets für dir,
Du must uns täglich laben.

10.
Drum aber sol man sagen nicht:
Mein Gott wird mir wol geben,
Was mir in diser Zeit gebricht,
Ich wil nur ruhig leben.
Nein, liber Mensch, du bist gemacht,
Durch Fleiß und Arbeit Tag und Nacht
Der Nahrung nachzustreben.

11.
Drauf glaubet den ein frommer Christ
Und fähet an zu bitten,
Nicht zweiflend, daß in kurtzer Frist
Der Höchste werd' ausschütten
Den Segen, welchen er begehrt:
Alsden wird ihm sein Theil beschert,
Und das sind Gottes Sitten.

12.
Du schliessest auf Luft, Erd' und Meer,
Daß sie gantz häufig bringen,
O Gott, was ich von dir begehr'.
Ach seht doch nur, wie dringen
Die Vogel, Fisch und zahme Thier,
Dazu das Wild und Korn herfür
Samt tausend andern Dingen!

13.
O grosse Weisheit, Hülff' und Gunst,
Die du der Welt erzeigest!
Dis schaffet deiner Libe Brunst,
Das du so gnädig steigest
Von deinem Thron herab zu mir.
Wie sol ichs gnugsahm danken Dir,
Das du so tief dich neigest?

14.

Nun, Herr, du machst den Leib mir satt
Nach deinem Wolgefallen;
Doch ist mein' arme Seel auch matt,
Ach speise sie für allen.
Herr, segne mich in diser Zeit,
Dein Lob sol in der Ewigkeit
Durch meinen Mund erschallen.

Röm. 5, 19.

Wie durch Eines Menschen Ungehohrsahm viel Sünder worden sind:
Also auch durch Eines Gehohrsam werden viel Gerechten.

Melodie: O Gottes Statt, O himlisch Licht.

1.

O Schwehrer Fall, der Adam hat
Vom Schöpffer abgewendet!
O Sünd', O Schand', O Missethat,
Welch' ihn so gahr verblendet,
Das er von Gott sich hat gekehret,
Der doch so treflich ihn geehret,
Ja der mit grossē Ruhm u Pracht
Zu seinem Bild ihn hat gemacht!

2.

O harter Fall, das Adam ist
Dem Schöpfer Feind geworden,
Wodurch hernach in schneller Frist
Auch in der Sünder Orden
Wir arme Menschen sind gesetzet!
Der Fall hat uns so sehr verletzet
Das wir zum Guhten taub und blind
Itz nichts als HöllenKinder sind.

3.

O grosser Fall, der nicht bestund
Allein im Apfel-essen:
Ach nein! des Hertzens böser Grund
War gäntzlich nicht zu messen.
Schaut, wie dort Adam Gott sein wolte,
Den er doch kindlich fürchten solte:
Diß war die hoch verfluchte That,
Die Höll' und Todt verdienet hat.

4.

O tieffer Fall! war Adam nicht
Das schönste Bild auf Erden?
Noch war er auf die Frucht verpicht,
Welch' ihn lies heßlich werden.
Er hat solch' eine Schuld begangen
Als Satan, welcher ihn gefangen,
Demnach sic Beid' und zwahr allein
Dem Schöpfer wolten ähnlich sein.

5.

O schnöder Fall, der Adam hat
Aus Gottes Bild' und Leben
Vermittelst solcher Missethat
Gebracht und ihm gegeben
Des Satans Bild, in welches Orden
Er viehisch, ja recht Teuflisch worden,
So daß nach seines Meisters Lehr'
Er sucht sein eigne Lib' und Ehr'.

6.

O schwehrer Fall, O sündlich' Ahrt!
Es wird schon in der Jugend
Dis Gift im Menschen offenbahrt:
Da hassen ja die Tugend
Auch die noch unerzogne Kinder,
Die sind zum Argen viel geschwinder
Als mancher, der schon lange Zeit
Gelebt in dieser Eitelkeit.

7.

O böser Fall, der nichts erregt
In uns als Stoltz und Triegen,
Der unsre Seel' und Hertz bewegt
Zum Fluchen, Lästern, Liegen,
Zur Rach', Hass', Unzucht, Fressen, Sauffen,
Zum Wucher, geitzen, balgen, rauffen,
Zur Schalkheit, Hoffart, Hinterlist
Und allem, was ein Greuel ist.

8.

Gleichwie wir nun in Adam sind
Verderbt, ja gantz verlohren,
So werden wir darauf geschwind
In Christo neu gebohren:

Von Christo müssen wir empfangen
Den Geist der Lib', aus Gott gegangen,
Den Geist der Weißheit u der Stärk;
Alsden so thut man Christi Werk'.

9.

In Adam waren alzumahl
Wir jämmerlich gestorben,
Leib, Seel' und Geist auch durch die Zahl
Der Laster gahr verdorben.
Nur Gottes Geist könt' uns erheben,
In Christo gleich aufs neu zu leben
Und das zu thun in diser Welt,
Was unserm Schöpfer wolgefält!

10.

So leben wir in Christo recht,
Demnach wir angezogen
Den neuen Menschen, der nur schlecht
Zum Guhten wird bewogen.
Drum können wir noch hier auf Erden
In Gottes Bild verklähret werden,
Wen wir in diser LebensBahn
Theils thun, was Christus hat gethan.

11.

Lob, Ehr' und Dank, Herr Jesu Christ,
Sei hertzlich dir gesungen,
Das du gehohrsam worden bist
Für mich und hast verdrungen
Des alten Adams sündlichs Wesen.
Wol uns! nun können wir genesen
An Seel' und Leib' erst in der Zeit
Und folgends in der Ewigkeit.

Röm. 12, 11.

Schikket Euch in die Zeit.

Melodie: Du LebensFürst, Herr Jesu Christ.

1.

Ihr Christen, schikt euch in die Zeit:
Das Heil ist itz fürhanden,
Der Himmel und die Seligkeit

Sind offen längst gestanden.
Ach lasset uns die Zeit der Gnaden
Versäumen nicht uns selbst zum Schaden.
Im Lichte last uns wandeln doch,
So lang' ein Licht hie scheinet noch.

2.

Ihr Christen, schikt Euch in die Zeit:
Last uns die Tühr aufmachen;
Es ruft der Herr der Herligkeit,
Wir sollen fleissig wachen.
Ach last den Eifer nicht erkalten,
Der Herr klopft an und wil itz halten
Mit uns in unserm HertzenSahl
Sein hochgepriesnes Abendmahl.

3.

Ihr Christen, schikt Euch in die Zeit:
Last uns die Buhss nicht spahren,
Damit wir nicht mit Grausahmkeit
Zum Höllenpfuhl hinfahren.
Ach last uns, weil wir können fehlen,
Für Hochmuht wahre Buhss' erwählen
Und solche gahr nicht schieben auf:
Sehr kurtz ist ja des Lebens Lauf.

4.

Ihr Christen, schikt Euch in die Zeit:
Wir wollen uns versöhnen
Und stiften Fried' und Einigkeit.
Ei last uns das beschönen,
Wen Ander' uns beleidigt haben;
Wir wollen allen Zank vergraben
Und leben fein nach Christi Sinn;
Zank, Neid und Streit fahr immer hinn!

5.

Ihr Christen, schikt Euch in die Zeit,
Als welch' uns ist erschienen,
Das wir mit Lib' und Freundligkeit
Dem Nechsten sollen dienen.
Last uns den Freunden Guhts erzeigen,
Zufoderst unsre Hertzen neigen
Zu denen, welche HungersNoht
Und Armuht qvählt biß auf den Tod.

6.

Ihr Christen, schikt Euch in die Zeit:
Last ja das Hertz nicht kleben
An Mammons schnöder Eitelkeit;
Wer gibt, dem wird gegeben.
Tuht Guhts und lasset Euch der Armen
In ihrer Trübsahl stets erbarmen.
Was hilft uns endlich Guht und Geld?
Wir gehn davon, das bleibt der Welt.

7.

Ihr Christen, schikt Euch in die Zeit
Und lernet täglich sterben,
Damit wir in der Ewigkeit
Des Himmels Freud ererben.
Wir müssen ja die Welt verlassen,
Drum last uns sie bei Zeiten hassen;
Last uns dem Tod' entgegen gehn,
Es ist doch bald üm uns geschehn!

8.

Ihr Christen, schikt Euch in die Zeit,
Sie kan sich schnel verkehren.
Des Lebens Unbeständigkeit
Solt' uns ja billig lehren,
Das gäntzlich nicht dem Glük zu trauen.
O Narren, welch' auf Menschen bauen,
Demnach auch oft in kurtzer Frist
Der höchsten Ding' Ein Wechsel ist.

9.

Ihr Christen, schikt Euch in die Zeit:
Last euch nicht traurig machen,
Wen Kreutz und Widerwertigkeit
Verwirren Eure Sachen.
Gedenk: Es kan dir übel gehen,
Wen du wirst hoch erhaben stehen;
Gedenk auch, wen die Noht bricht an,
Das es sich schleunig bessern kan.

10.

Ihr Christen, schikt Euch in die Zeit:
Last uns zusammen treten
Und in der höchsten Traurigkeit
Zu Gott von Hertzen behten.

Was gilts? der Höchste wird es sehen,
Er wird erhöhren unser Flehen
Und ändern Zeiten, Stund und Tag
Viel besser, als mans wünschen mag.

11.

Ihr Christen, schikt Euch in die Zeit:
Last des Berufs uns wahrten
Und zwahr mit Freud' und Fröligkeit,
So wird sichs glüklich ahrten.
Kein' Arbeit sol uns ja verdriessen,
Bis wir in Jesu sie beschliessen
Und fahren aus der schnöden Zeit
Zu Gott' ins Haus der Ewigkeit.

Biographie

1607
8. März: Johann Rist wird als Sohn des evangelischen Pfarrers Caspar Rist und dessen Frau Margarete bei Ottensen in Holstein geboren. Johann erhält zunächst häuslichen Unterricht, besucht dann das Johanneum in Hamburg und darauf das Gymnasium illustre in Bremen. Er entschließt sich, Geistlicher zu werden, und studiert an der Universität Rinteln Theologie.

um 1626
Rist geht an die Universität Rostock, wo er Hebräisch, Mathematik, Chemie, Pharmazie und Medizin studiert, da er der Überzeugung ist, daß Kenntnisse in diesen Fächern für einen Landpfarrer unabdingbar seien. Daß er in den folgenden Jahren auch in Leiden, Utrecht und Leipzig studiert habe, läßt sich nicht beweisen. Wahrscheinlich kommt er nach Hamburg, wo er mit seinem Rostocker Studienfreund Ernst Stapel Theaterstücke dichtet und aufführt.

1630
Rist tritt selbst als Darsteller in dem unter seiner Beteiligung verfaßten, aber unter Ernst Stapels Namen veröffentlichten Stück: »Irenomachia oder Friede und Krieg« auf.

1633
Johann tritt eine Stelle als Hauslehrer bei dem Landschreiber Heinrich Sager in Heide an.

1634
Er führt dort sein historisches Stück »Perseus« auf und verlobt sich mit Elisabeth Stapel, einer nahen Verwandten des Pinneberger Amtmanns Franz Stapel, und heiratet sie im folgenden Frühjahr.
8. Oktober: Johann erlebt die furchtbare Sturmflut.

1635
Rist wird mit Stapels Unterstützung zum Pfarrer des nahe bei Hamburg gelegenen Wedel berufen, und bleibt dort bis zu seinem Tod.

1640
Der Dichter veröffentlicht ein Trauergedicht auf den von ihm verehrten Martin Opitz.

1643
Rists Wohnung fällt der schwedischen Plünderung zum Opfer; dabei verschwinden seine Bibliothek und die von ihm angelegten Sammlun-

gen von Steinen, Erzen, Medaillen, alten Münzen, ausgegrabenen Urnen sowie chemischen, optischen und astronomischen Instrumenten.

1645
Rist wird unter dem Namen »Daphnis aus Cimbrien« Teilnehmer des Pegnesischen Blumenordens zu Nürnberg.

1647
Die Fruchtbringende Gesellschaft zu Köthenals nimmt ihn als »den Rüstigen« auf. Sein Drama »Das Friedewünschende Teutschland«, aus welchem das früher vielgesungene Lied »Sichres Deutschland, schläfst du noch?« stammt, erscheint.

1651
Die Sammlung »Neuer Himmlischer Lieder Sonderbahres« enthält 659 erbauliche Lieder, das beliebteste davon ist »Daphnis ging vor wenig Tagen«. Seine in verschiedenen Sammlungen herausgebrachten Lieder bewirken in der schlimmen Zeit des Dreißigjährigen Krieges und den schweren Jahren danach viel Trost und Erhebung. Diese frommen Lieder sind nicht für den offiziellen Gottesdienst, sondern für häusliche Andachten bestimmt. Rist läßt in seiner Kirche zu Wedel nie eines von ihnen singen; gleichwohl gehen viele von ihnen später in kirchliche Gesangsbücher ein.

1653
Kaiser Ferdinand III. als kaiserlicher Hofpfalzgraf (Comes Palatinus Caesareus) erhebt ihn in den Adelsstand und zugleich (nach anderer, wohl unrichtiger Überlieferung schon 1644) zum Poeta laureatus. Im selben Jahr erhält er von Herzog Christian von Mecklenburg, der in Wedel und Hamburg viel mit ihm verkehrt, den Titel eines Mecklenburgischen Kirchenrats.
Es erscheint das Drama »Das Friedejauchtzende Teutschland«, in welchem es sich um ein teils in Versen, teils in Prosa abgefaßtes allegorisches Spiel handelt.

1654
Seine »Depositio Cornuti Typographici« erscheint.

1658
Im schwedisch-dänischen Krieg wird Rists Pfarrhof noch einmal geplündert.

1660

Rist gründet in Hamburg eine Sprach- und Dichtergesellschaft, den Elbschwanenorden, und nennt sich als deren Haupt »Palatin«. In diese Gesellschaft nimmt er zahlreiche Dichter auf.

1662
Die erste Ehefrau stirbt (nach anderer Überlieferung erst 1664) und Johann heiratet im selben Jahr die Witwe seines Freundes, des Weinhändlers Joh. Philipp Hagedorn, Anna geb. Badenhoop, die ihn überlebt. Aus der ersten Ehe entstammen drei Kinder.

1663
Schließlich läßt Rist insgesamt sechs »Monatsgespräche« erscheinen, welche die Form von auf die Monate Januar bis Juni verteilten Unterredungen zwischen Palatin und den ihn auf seinem Wedeler Pfarrhof besuchenden literarischen Freunden haben und die Frage erörtern, was jeweils der edelste von allen unter einen bestimmten Begriff fallenden Gegenständen ist.

1667
31. August: Johann Rist stirbt in Wedel.

Made in the USA
Las Vegas, NV
23 December 2020